U0506236

朱鸿 著

五口情

*Blue*

若蓝

人民文学出版社

图书在版编目（CIP）数据

吾情若蓝/朱鸿著. —北京：人民文学出版社，2021
ISBN 978-7-02-010372-0

Ⅰ.①吾… Ⅱ.①朱… Ⅲ.①散文集—中国—当代 Ⅳ.①I267

中国版本图书馆 CIP 数据核字（2021）第 246323 号


策划编辑　　脚　印
责任编辑　　张梦瑶
装帧设计　　李思安
责任印制　　任　祎


出版发行　**人民文学出版社**
社　　　址　北京市朝内大街 166 号
邮政编码　　100705

印　　　刷　三河市鑫金马印装有限公司
经　　　销　全国新华书店等

字　　　数　263 千字
开　　　本　880 毫米×1230 毫米　1/32
印　　　张　11.375　插页 3
印　　　数　1—5000
版　　　次　2021 年 12 月北京第 1 版
印　　　次　2021 年 12 月第 1 次印刷

书　　　号　978-7-02-010372-0
定　　　价　49.00 元


如有印装质量问题，请与本社图书销售中心调换。电话:010-65233595

脚 印 工 作 室

# 目录

## 人生，试用一下减法

## 想到至亲心就疼

# 爱 无 言

# 踏上故乡的小路

# 题 记

自从投入生活，领略了它的滋味，我便对生活怀有饱满的热爱。在岁月用种种烦恼和苦难缓慢地浸润了以后，我仍不减对生活的热爱之情。

偶尔我也空虚和寂寞，孤愤也是经常发生的，然而始终没有厌倦生活。多年以后，我弥留之际，将一定还会表现出对生活的眷恋！

生活本不尽善尽美。公平和正义，也只能向往和逼近。不过再糟糕的生活，也有无穷无尽的诱惑，包括美和善的诱惑，以飨人类物质的需要和精神的需要。我坚信生活是好的！

吾情若蓝，是因为我一直热爱生活，并至诚地生活着。其情真，其情切，其情重，其情浓，其情有直有曲，其情敏于冷暖，感于忧乐，合乎天道。目见五色，蓝色非常恰当地对应了吾情。青、黄、赤、白、黑，五色之中，虽然青为其冠，不过青是取诸蓝的。

蓝是祖先压榨植物，其汁所成的一种颜色，属于一种创造。木蓝、马蓝、菘蓝和蓼蓝，都能染布为蓝。蓝也是大海的颜色，长天的颜色。仰望星空，可以发现汇聚在宇宙的深处，汪然的，总是幽幽的蓝。蓝色难免是冷的，不过它更是纯净的。宝石蓝象征着希望和高贵，而孔雀蓝则颇为神秘。

　　此时此刻，夏日趋盛，风慷慨地给天空送来了很多白云。请允许我借一片，放上我的蓝。

二〇二一年六月十九日

人生，试用一下减法

简单生活是接近原始意义的一种生活，其本质的特点是让自己的生活聆听心灵召唤，所以它是真正健康的生活。

# 我什么都不是

我一直都是一个矛盾的人，跨界的人，混并的人。我之所历所劳一再反常，走的尽为歧途。

我什么都不是。

我呱呱坠地，家庭结构就有问题。父亲当工人，领的是月薪。母亲做农民，得的是粮食。父亲进进出出，留着分头，戴着手表，穿着皮鞋。一年四季，衣服是中山装，上有两个口袋，下有两个口袋。母亲扛着铁锨，走向田间，放下锄头，围着灶台。草帽遮颜，汗流浃背。

我的户籍在村子，当然属于农民子弟。不过我脸白，手净，衣服换洗颇勤，虽然混打混闹于庄稼伙伴之中，但我却仍是庄稼伙伴之中特别的一个。吃夹心糖或奶油糖是平常的，偶尔也吃五颜六色的颗粒糖。雨天上学，我的同学多是身披麻袋，而我则打伞。1973年，我一次接受了两双懒汉鞋，白塑料底子，黑布面子，有椭圆的松紧带，穿上脱下都极为方便。懒汉鞋从北京流行至长安，何曾离开过阳春白雪之足！我竟蹬着它遍行少陵原的小路，引来的目光遂有惊诧、羡慕和嫉妒。

我难免会随父亲到他的工厂住几天，高耸的烟囱、漂亮的橱窗、水龙头、林荫道、传达室，兼有刺探与怀疑的眼睛，令我十分孤独。父亲上班了，我躺在他的蚊帐里，交织入耳的法国梧桐上的秋风声和偶尔爆响的关门声或钥匙转动的开门声，会使我想起爷爷、奶奶和母亲，便悄然流泪。

我尝狠学犁地、撒种、套车，甚至赤脚光背，披衫挽裤，以向庄稼人靠近。我也尝在口袋里装着圆镜，照着它正帽顺发，并把自己订的报纸插在书包的夹带上，方步而行，仿佛一个干部，以向城里人靠近。终于，在乡下，我不像乡下的少年；在城里，我不是城里的少年。

自初中开始，我就有志于文学，但大学录取却并不照顾志愿，硬划我进了政治教育系。秩序为重，个性为轻，其来尚矣，谁会一一征求学生的意见并成全他的所想呢？

可惜我很执拗，不肯就范，遂身在此，心在彼。我的同学无不孜孜于政治教育专业，起码专业课的成绩不能偏低，以防毕业以后影响分配工作，但我却不顾专业，坚持把更多的时间用在了文学上。背诵诗歌，抄文章，做小说的读书笔记，有了感受，便写散文。去中文系听先秦文学课、美学课和世界文学课，虽然坐在教室的角落，不过聚精会神，状如狼吞或虎咽。

春秋几度，我的大学没有一天不是这样念的。我显然是游移的，分裂的，缺乏明确的归属。在政治教育系这里，我不像政治教育系的学生；在中文系那里，我不是中文系的学生。

现在我执教于一所大学，此乃学术研究的园地，一个人的价值主要是以论文和项目体现的。论文黑也罢，白也罢，只要通过各种途径能刊发权威杂志，就是伟大了。项目方也罢，圆也罢，只要摘得国家项目，就是光荣了。一个人有权威论文，有国家项目，其奖金会多，职称晋升会快，学术地位会高，学术活动会频繁。象牙塔里的游戏规则如此，要玩便得如此玩。于是衮衮教授就无不在忙论文，忙项目，组织学术活动，主持学术活动，并互相组织，交叉主持。虽然学术都消失在活动中了，不过通过活动，产生了匆匆的身影，熠熠的称号，实现了鸟枪换炮！从事这种游戏，除了难以产生真正的学术流派和宝贵的学术思想之外，什么都能得到。可惜在这样的一个园地，我既无论文，又无项目。我不算学者，虽然我也是教授。我不务学术，只有散文。我一以贯之，有了感受，遂写散文。我把历史融入我的散文，为了求真，每每遍查典籍，考察田野，拒绝丝毫之错，然而我非学者，务的不是学术。

实际上我对马克思的著作非常喜欢，曾经像背诵诗歌一样背诵他的作品，遗憾我终于深受孔子的影响，想当一个君子。我推崇西方的个性，也欣赏东方的秩序。我固然喜欢孔子，也敬仰老子。我希望有自强不息的精神，也向往出世无为的境界。我进取，也知足，知止，甚至知退。我对恶权甚为激愤，然而在文化上，倾向于保守。想做陶渊明，也想做杜甫。喜欢鲁迅，也喜欢周作人。喜欢歌德，也喜欢托尔斯泰。喜欢马尔克斯，也喜欢米兰·昆德拉。我爱耶稣，不过未排斥释迦牟尼。我信仰主，做礼拜，做祷告，不过并没有受洗。

我什么都不是，唯所历所劳有一点掣肘，一再反常，从而不得不用别样的角度思考才能生存。我是矛盾的，跨界的，混并的。我不知道自己怎么成了这样的人。我什么都不是。

# 舒放的日子

算起来一生中最喜悦的日子应该是在大学，不过比大学更美的日子还是五岁到十二岁的时候。

那时候我在乡下，在少陵原上。

没有进小学，心就野了，希望摆脱父母的束缚。我还好，父亲在工厂，一个星期回家一次，而母亲则忙得天昏地暗，爷爷奶奶便无法管住我。完全是肆意的日子，自由的日子。

看到邻居养猪，翻江倒海地闹着，也要母亲买猪，不过是想趁着喂食之际，给猪抓痒。先抓颈，再抓腰，手慢慢地移到肚子上，抓着抓着，猪便陶醉似的侧卧在地，做梦了。养猫，逗它捕捉蝴蝶、纸团或乒乓球。养狗，张开其嘴，抚摸其温热的舌头。用弹弓瞄准栖在树枝上的麻雀狠狠射出土块，打下来，若是活着，就线扎翅膀，放在地上驯而弄之。也会站在谁的肩膀上，跷起脚，硬挣着毁巢取卵，惹得成群结队的麻雀愤怒地抗议和悲哀地哭泣。撵兔，往往是在收割小麦以后。一声呐喊，农户就变成了猎户。宁静的田野，骤然紧张。生产队的男社员除了老者，几乎全体出动，狂追其兔。虽然知道自己不可能获得，我也要跟着跑。一旦发现墙角或椽间结着马蜂窝，兴奋至极，到处呼朋唤友，起哄着扔瓦片，扔砖头，砸而不中，便操起木棍捅。马蜂飞过来，几乎要落到头上和背上，一边扑打，一边骏奔，遂在叔叔婶婶的惊呼中之中逃过一劫，真是十分的刺激。

穿梭于天地之间，不过那时候还不理解它的伟大和神奇。

农民套着马犁地，明锐的铧钻进去，黄土便翻到两边。黄土翻着翻着，遂形成一条向前慢慢延伸的沟渠。一晌下来，就犁半亩，一天下来，就犁一亩。几个把式一齐上阵，金盆一带的百亩地便犁完了。农民把种子扬下去，几日之后就是青翠的麦苗。辄想随犁抓一把黄土，或是掘出黄土里的种子看一看，难免受到呵斥，然而这有什么呢？顷闻崖塌了，妇女流泪，而男社员则匆匆用手刨着黄土。蓦然见人浮出黄土，闭着眼睛，仿佛死了。对其水沟穴按下去，掐，再掐，他遂苏醒了。一再跟着送葬的队伍往茔地去，看棺材如何吊至墓坑，推至墓道，之后如何用黄土利索地封填，堆起一个坟头。一个人或约上几个伙伴在田野割草，也充满乐趣。凡是不长庄稼的坎上、梁上或垄上，都长白蒿、蒺藜和狗尾巴草，这是黄土的慷慨。

夏日的午后，正在场里捉迷藏，忽然电闪雷鸣，我和几个伙伴还未跑到村子，雨便大如瓢泼，劈头盖脸。不过刚刚换了衣服，就发现一道彩虹从东至西，沿着终南山悬挂着。冬日虽然狂风扫叶，尘埃劲吹，不过仍会半遮着眼睛，看树枝断裂，柴门猛撞。下雪了，少陵原上一片宁静，仿佛黄土及其生长着的麦苗全睡了。爷爷也禁不住，奶奶也挽不住，根本不怕冷，坚持出门，往田野里有坡的地方去踏雪。

小学一年级还怯生，三年级以后混熟了，便发现同学之间是一个风味十足的世界。那时候作业少，老师总是在下课以后，于黑板的一角留两道题或三道题，无非是为了巩固知识而已。也没有什么奥林匹克数学竞赛班或别的什么补习班，完成半页纸的作业就剩下玩了。

所有的项目都很传统，抽猴、打嘎、滚铁环，还有怼仗、摔跤、掰手腕。既锻炼了身体，也培养了感情。感情可能是积极的，偏向亲爱；也可能是消极的，偏向怨恨，这也无妨。

那时候各家各户都不设防，串门遂天天发生。班上有三十二个学生，我无不跨其槛，入其屋，浏览他们的贫穷，也阅视他们的温馨或生分。交游女同学，开始是糊里糊涂的，渐渐地我便羞涩了。男同学，当然无所顾忌，甚至恼了还会打架。不仅在生我养我的蕉村串门，因为认识了邻村的同学，也会串门至邻村。

并没有多少信息要交流，也没有什么计划要沟通，十岁左右，常常是在沉默的空隙出现一句或两句简单的叙事。我会分享出半块馍，偶尔会分享出一颗糖。同学分享出的往往是红苕，或树上的枣子或柿子。

每家每户都是土墙、土灶和土炕，吃饭就端碗蹲着吃。如果有爷爷奶奶，且不能劳动了，他们会静静地坐在房檐下。难辨他们的家庭关系，偶尔会碰到一个妇女坐在窗子里纳鞋底或缝衣服，并不招呼我。黄昏不降临，鸡就在院子里转来转去，啄食虫子。碰到夫妻拌嘴或妯娌吵嚷，也不回避我。我和同学要自己的，不知道什么念头一闪，也会一起串门寻找别的同学。几年下来，不仅熟悉了蕉村三个队的所有巷子，也熟悉了通往邻村的小路，小路两边的白杨树或绚丽的晚霞。

1973 年，春节以后，我上杜陵中学了。五个班的二百零五个学生集合起来，接受校长的训诫。一个女生还戴着红领巾，遂遭到另一个女生的讥讽："你以为自己还小啊，中学了！"女生红着脸，急忙解下红领巾，装进自己的口袋里。我忽然意识到，前后左右的同学都变得有一点凝重了。

我曾经一再咀嚼那些舒放的日子，虽然没有像当代的孩子这般孜孜于书本学习，所掌握的书本知识显然也颇为贫乏，不过置彼此于广阔的人生背景，到底孰强孰弱还不可轻率论定。吾辈通过自己的体验区别了人类和动物，并充满感情地建立了人类与动物应该有的一种关系。吾辈降临于这个世界，就生活在自然之中，大地的形势与星空的深邃，是看见了，听见了，而且把对自然的感受永久地留在了灵敏的手指上和脚掌里。吾辈从小就在人际之中，不怕人，不远人，是因为一直就没有离开人，也没有任何伤痕使自己要疏弃人或拒绝人，虽然过去也有矛盾和冲突，不过人际总之是健康的。

　　更重要的是，吾辈始终保持着对事物的兴趣，求真也已经变成了一种生活方式，所以吾辈的知识一直处于积累状态。不仅如此，吾辈还努力使知识增值，这就是保持思想的活力。

　　也许没有那些舒放的日子，吾辈的心理已经疲惫不堪，精神也已经萎靡不振。若如此，何以建设人生并享受人生！

# 好　感

　　人生会有喜事的，然而多乎哉？不多也。何况有喜有悲，悲喜相连，所以道家才遇喜不贺，遭悲不哀。但好感却任凭创造，能够常有，此足以使人生快乐了。

　　有一次我乘公交车，没有零钱买票，遂把一百元人民币呈售票员。售票员皱眉，不高兴。当然不高兴，因为我只有两站路，而且找钱几乎会用尽他的零钱。售票员的不高兴让我紧张，恐他扔下不软不硬的讽刺，到站退我一百元，请我下车。正在焦虑，我邻座一位先生伸手递给售票员一元钱，说："我两站，他也两站，一元钱就不用找了。"售票员转阴为晴，退了我的钱。我也顿然轻松，并觉一种温馨遍体融化。我谢谢邻座的先生，下车告别之际再谢谢他。他四十岁的样子，湖北仙桃人，在西安打工，住丈八路潘家庄。好感不虞而得，我收藏了。

　　还有一次，我匆匆上课，出了小区才发现因换衣服忘了带钱，如果返家取之，我将迟到。我呼住一辆三轮车，司机让我上。我站着未动，对他说："我坐过你的车。"司机说："好像坐过。""我今天还要坐你的车。""没有问题，请上。"我说："今天我忘了带钱，你能不能拉我？"司机一震，抬头直视我，似乎估量了一下，说："忘了带钱也拉你，请上。"我说："谢谢你！我肯定会付你钱的。"遂坐了他的车，嘱他拉我至长安路。到站我再谢谢他，就跨桥进校上课了。

之后有数月我没有碰到这个司机，遂觉亏欠。从明德门至长安路一程五元，然而这个司机就是靠一程五元的积累维持生存的。夏天的黄昏，我在路上走着，忽见他驾着三轮车向前驶，赶紧喊他。他停下来，等我上。我说："我一直在寻你。"他说："寻我？干什么？"我说："春天我坐你的车到长安路，没有付钱，今天付你。"我掏出五十元，是应付他的十倍，说："谢谢你，你那天没有拒绝我。不要找了！"他诧异地说："不行，不行！"我说："行，行！"就走了。这种好感来而往之，是循环的，我也收藏着。

我反复想起一位陌生的兄长，并久享他所赠我的好感。那是1984年，我刚刚从大学毕业，欲吃一顿羊肉泡馍，便进馆子排队买票。不料一步一步挪到柜台，才知道钱不够。难免羞愧，便打算抽身放弃。这时候有一个青年越二人而过，到柜台来说："我给他补够。"就数了九角钱给了服务员。我胸滚烫，激动至极。不过我仅仅以目致敬，没有谢谢他。只见他悄然返至自己的位置，继续排队。我注意到他旁边站着女朋友，她一直向他微笑。这是一个敦实的小伙子，肤色略黑，留着短发，充盈着一种可以信靠的英气。虽然我没有谢谢他，不过他声色平静地启示了我。他所赠的好感我已经收藏了三十余年，早就增值了。

好感生于善举。善举或大或小，皆毓好感。不应该大善难行遂不为。实际上小善就会净世和暖世。总行小善，还会养性滋仁的。

我所谓的好感可以任凭创造，可以常有，是指小善可以处处做，不以小善而止之。对乞丐的评价素有纷纭，甚至有认为他们是骗子的。不过我以为，即使他们是骗子也不容易，因为他们损毁了自己的尊严，尤其是白发苍苍的骗子。何况他们只是为了一点小利，并不作恶。为了一点小利，以讨钱的方式做一个骗子，也足以怜悯和同情。不是生存所迫，谁这样呢！问题是，他们一定也有实实在在的乞丐。基于此，从酒楼饭店出来，碰到抬手要钱的，我或选择回避，然而我始终没有鄙夷和愤恨，更不训斥。在路上，凡碰到匍匐在地的乞丐，我往往会给其盒子放一点零钱。在街上碰到权力机构收拾小摊小贩，管理过度以砸物打骂，我也会仗义为弱势而辩。在公交车上，我辄让年轻者给老者或残者让座。有一次，适会一个妇女刷卡乘车，她连刷三次也未有反应，又没有两元的零钱可以投箱，司机便转方向盘准备把车向路边开，以喊她下车。我觉不能这样让一个妇女丧失尊严，遂走过去替她刷卡。当此之际，我想起了多年以前为我补够钱以让我吃了一顿羊肉泡馍的那个陌生的兄长。我对自己很是满意，因为心存好感。

# 高考不可怕

中学时候，有老师借社会之势给我的一种自然行为加罪。尽管知道自己无辜，可惜年幼，难探深浅，遂咬牙承受。由此我也发愿，要当一个作家，揭露人心之危，创造人性之美。此乃一件肃穆的工作，至今我还没有成功。

我曾经告诉学生："一个人在三十岁成功，那是天才。一个人在四十岁成功，那是俊才。一个人在五十岁成功，那是宏才。一个人在六十岁成功，也很光美。一个人终其一生而成功，也是成功，因为世间永远是少数人成功，多数人不成功。所以要给自己的潜能以长远的规划，不可得了小利，失了重名，临死悲凉。"

依我的观点，虽然自己还没有成功，不过仍存在着成功的空间。这由于我一直都在劳动，活越干越顺，何况我也丝毫感觉不到人生的谢幕之日。我自信，好戏在后头。

我所读书的中学在少陵原上，初中先有五个班，后调为四个班，到高中只有两个班。一个小小的中学，学生都是相邻几个村子的。想当一个作家，让天下人知道你的故事，几近做梦。幸而我遇到了机会，竟上了大学。

1977 年，中国电闪雷鸣般地恢复了高考，并争分夺秒地从几百上千万青年之中打捞渐渐沉溺的学子，以补充社会建设的急需之材。吾侪就是遇到了这样一个机会，真是天赐。我意识到当作家不上大学比较渺茫，不上大学平台太窄，视野太短。我也意识到上大学可以改变命运，起码会脱离农村。农村固然有希望的田野，不过在我的印象之中，城市里的流氓分子、思想反动分子、刑满释放分子，总是谪遣农村。农村的胃宽厚且坚硬，似乎有菌有毒之物也能消化。然而我要逃亡，弃农村而去。没有门，唯一的路径是参加高考。

但这却极其艰难，因为中学不是学工，就是学农，还要批判林彪，批判孔子，批判邓小平，批判资产阶级，所给知识甚少，空空如也，怎么会为大学所录取呢？我深恶那个老师，就是他指控我是一个新生的资产阶级分子。此帽子在当年会把人压倒，而那时我只有十四岁。

尽管艰难，我也决意参加高考，而且一定要上大学，否则如何当一个优秀作家呢？世皆称行行出状元，实际上在中国也只有上大学才可能出头。对社会底层之人，尤其如此。怎么办？除排一切干扰，包括家庭的、亲戚的、朋友的、同学的，甚至生理的干扰，从而保持一种定力。悠悠万事，高考为要。

一旦进入志在必得的状态，便仿佛立足顶峰，群山咸小，不但学习有了秩序，而且效果速高。凡俗排斥，唯在知识之海畅游。神聚气清，脑子灵光。重点在握，难点也必须一个一个克服。能感受到，我像一块磁体，知识之铁吸附而来，我像一个容器，知识之水汇流而来。我分门别类，点石成金。我还用思想之线，把知识之珠串在一起，从而构成了开合自如的项链。如此学习，乐在其中矣！

方法也十分重要。我往往是在语文之后演数学，数学之后务历史，历史之后弄英语，英语之后背政治。从头到尾，自尾而头，循环往复。总之，两个学科之距越远，越能产生兴奋。学习一小时，锻炼十分钟，动静结合，便保持了兴奋。窍道更见效，这要自己寻找。

以历史而论，我制作了历史年表，贴之墙壁，俯仰皆能看。历史年表以时间连事件，以事件连人物，以人物连精神，收获颇丰。实际上各人有各人的方法与窍道，只要钻进去，方法自呈，窍道自现，不用谁教的。然而你钻不进去，即使大师教你，也无办法。

在高考之前的几天，我让自己慢慢放松。一张一弛，意在发挥，发挥当然是在考场。既然我已经努力学习了，我怕什么。早一点进考场固然可以镇定，不过迟一点进考场也可以镇定。胸有成竹，不怕竹不生动。考卷来了，便让目光从容地落在考题上，不能紧张，因为慌乱随紧张而生，差错随慌乱而生。达观高考，虽然它在人生之中至关重要，不过它毕竟只是人生的一个环节，所以我更不怕了。我也拒绝父母陪伴。我希望他们忙他们的，只等我的消息就行了。

我的消息是：大学录取了。于是我就有了一个高亢的平台，一个宽阔的眼界，当一个学者化和思想者化的作家就有了可能。尽管天命的作品我现在还没有拿出来，人心之危和人性之美仍处孕育之中，不过我也并非碌碌无为，相反，我一直走在成功之途。凝目思之，如果不是我胜了高考，那么这一切皆为子虚。感谢高考，就因为这个机会让我脱胎换骨。

我的高考早就进入了历史，不过我知道每年都有几百万青年在为高考奋斗，每年都有人喜过龙门，也有人悲落榜下。有一个问题一定要戳破并能洞察它，这就是：高考只是成才的一个步骤，虽然它非常重要。这样想，便会发现人生愿景广袤无垠，从而自己会获得一种纵深的谋略，一种超强的状态，高考就不可怕了。既然不可怕，你的高考便已经赢了一半。

# 独　行

在我年轻的时候，也有志而立，曾经想参军，想打乒乓球，还想演电影，当一个侦察的角色，可惜这些念头一个一个都像钻进了沙漏之中，无不流失，终于选择写作。我总以为自己颇受上帝的眷顾，因为写作变成了我所快乐的生存方式，我的命运。

是写作带动了我的读书，也激发着我的行路。实际上，在古代中国，对于一个士，一个君子，读万卷书与行万里路，是人生的两个方面，缺一有憾。书上的知识，固然是知识，要进取不能不在书上学习，然而路上的知识也是知识，甚至是更重要的知识，因而在路上学习便特别必要。书上的知识能活人，也能死人，但路上的知识却不但可以使人活，而且可以使人富于智慧。依我的体会，路上有日月星辰，山川河流；有朝露之兴，日暮之忧；有乡俗地气，人情世故；甚至也有惊喜和艳遇。尤其路上会潜伏着种种危机，其神出鬼没，不可估量，无从把握，面对起来并无常法，因为时刻都有挑战性，就非常需要应变力。凡斯过程便是历练，唯历练会使人生大聪明和真通达。可惜我毕竟居家多，行路少，从而丧失了三千发现和九万美妙，这当然也是无奈的。

我的外出，几乎全是独行。独行容易寂寞，也降低了安全系数，但它却使我完全自由。进止不必商量，餐饮不用照顾，是十分潇洒的。我还有一个毛病，好走废墟，嗜察风土。如斯嗜好，是人所稀罕的，我何必为难人呢？所以总是独行。独行难免冒险，而且遇事全靠自己克服。1993年，我独行塞上萧关，一日无食，遂入村取之，不料惹狗扑身。一狗撕咬，引来数狗围攻，真是难以抵挡。

郦道元和徐霞客皆是旅行家，又提炼路上的知识而使自己成为文学家和地理学家，青史留名，历来为人所羡慕。没有非常之勇气和胆力，他们是无以取得这种成果的。我想他们也都是独行的吧，因为行路难，难于上青天，谁愿意陪伴他们呢？史记，五十五岁那年，徐霞客在云南丽江患脚病，走不动了，遂卧于一室，不能返家。幸亏当地官员敬重这个贤者，他们用车船送其归于江阴，足见独行之艰。不过独行是有大乐的，这种大乐也只有独行之人才能领略。

# 宁　静

　　阳历元旦与阴历春节期间，人之常情，多在做有形无形的总结。一边盘点往事，喜悦与惆怅掺杂，一边谋划新案，憧憬与忧患共存，总之，心思皆在活动着。在这个时候，我持续的祈祷是，希望宁静。

　　物质主义之风早就强劲地刮起来了，我久久不适，也不安。我曾经惊诧，今人怎么忽然堕落了，对名利的追逐居然恬不知耻，奋不顾身。实际上古人也是喜欢名利的，司马迁便说："天下攘攘，皆为利往；天下熙熙，皆为利来。"司马迁之论，让我会心一笑，继而释然。名虚利实，名可以化利，从而名利不分。也许求名求利属于人的禀性。依生存的逻辑，没有物质之资，人便会冻饿死亡。实际上铜不臭，鱼与熊掌都很香。人行世，必然有所取。取而得之，难免相争，然而蜂拥马奔似的追逐起来，名便会虚，利便会黑。

　　我并非一个禁欲的人，更不会随佛学舌，认为色就是空，世界为空，遂推掉一切责任。我还怕清高之士，一向敬而远之，当然没有以清高自命。不过我厌恶李斯，竟欣赏仓中鼠，西行做秦王的谋臣，甚至不惜伤天害理。王维与歌德倒是颇有智慧的，独立于内，和谐于外，走中庸路线，进行精神的活动，又没有落魄，享受了富贵，又避免失节。孔子高了，是天上的日月，视富贵为浮云，一心求仁，全力布道，遭拒绝也不息，受嘲讽也无畏，是因为他始终对人类充满了热情和祝福，确实伟大之至，我辈只能仰望了。

吃了一些盐之后，我才懂得一个道理：人兽有别，人是靠思想活着的。一旦灵魂玷污或破败，人将生不如死。我相信灵魂像气一样有呼有吸，或光明正大，或阴暗渺小。我知道吾之灵魂的分量。我善养吾灵魂之沛，并一直谨慎地守望和捍卫吾之灵魂。然而我并非一个禁欲的人。

为了逃脱不义之争，我在三十六岁那年便决定放弃一些热门路途。我有文章说：

> 我曾经走过三座高山，九座城市，向一位老者请教成功的秘诀。我所谓的成功，不仅包括人的名位和财富，而且包括人的境界和幸福。
> "减法。"老者说。
> 但是我不清楚减法的含义，我感到困惑。
> "放弃。"老者说。

为了躲避轰轰烈烈、忽聚忽散，我也宣示要过简单生活。在四十岁，我的文章称：

> 简单生活是接近原始意义的一种生活，其本质的特点是让自己的生活聆听心灵召唤，所以它是真正健康的生活。

遗憾的是，我仍觉得聒噪、滋蔓，不舒服。面子太软，便曲意应酬，违心会晤，性格又太敏感，获夸而乐，逢辱而怒，有时候遇到勾引还会兴冲冲地迎上去，遂自恨修养不深，功夫不够。当然，生而披人皮，穿人衣，难免要活着，要温饱，要发展，更要担负一份为子为父为夫为兄为朋友为学生为老师或为乡里的道义。活着繁难，宁静不易。

我知道自己罪大账多，所以我的岁月还是非常漫长的。尽管如斯，我也不能随便挥霍，更不能胡子眉毛一把抓地行世了。现在我的想法是，必须有所选择，尤其有所拒绝，集中力量做最重要的事情，甚至要把神所赐我的每一年，都当作最关键的一年，或是最后的一年。我得做最有价值的事情，不枉星辰光华照耀了我的事情，大地五谷哺育了我的事情。希望宁静，非宁静无以致远。盼在宁静之中，完成神谕的工作。

# 朋友之道

朋友伤起人来，常常是在关节处、要害处，它所遗留的症状往往是沮丧的、悲愤的、隐痛式的、扩散性的、难以治愈的，有的还是致命的。

尽管如斯，我仍相信朋友的重要，常说："朋友是天下的空气，是宇宙之流，是人赖以呼吸的。"财富不足以表达朋友的宝贵，因为贫穷并不会使人死，但失去空气人却会窒息。人可以丧父丧母为孤，无兄无弟为独，然而不能不交朋友。人可以一度丧妻，甚至一生缺妻，然而不能一日没有朋友。

也许喜欢孤独的人不在乎朋友，不过究竟谁愿意孤独呢？周作人说："人是合群的动物，他最怕的是孤独。"亚里士多德说："喜欢孤独的人不是野兽便是神灵。"我像爱美色一样爱朋友，从昨到今，一直都在寻找朋友。我的朋友很多。我珍惜朋友之谊，唯恐得罪朋友。

中国人的朋友之好，确实源远根深。诗曰："嘤其鸣矣，求其友声。"孔子告诫弟子："有朋自远方来，不亦乐乎！"

一旦钟子期仙逝，伯牙便不再弹琴，是因为失其知音，操之无味。高山流水，显然已经是朋友的原型。

司马迁为豪杰，深情厚意，世上稀罕。做太史令，见朋友挚峻德才兼备，心冰骨玉，便敦请其出山建功立业。凭良心为李陵辩护，竟惹怒汉武帝，受到宫刑，自以为身残处秽，遭诟辱先，一腔忧愁幽思，只能向朋友任安泪控血诉。《与挚峻书》，透露了他对朋友的热忱与慷慨。《报任安书》，相当于一份遗嘱，尽显他对朋友之信任。然而司马迁下狱之际，竟无一朋友探视挽救。司马迁够朋友，朋友有负于司马迁了。

嵇康与吕巽、吕安兄弟十分相亲，欢乐不哀。不料吕巽奸污了弟媳，酿成家丑。嵇康为朋友计，一再压抑，才平息了吕安起诉其兄之愤。然而吕巽害怕祸伏，竟诬告其弟虐母，使吕安锒铛入狱。嵇康见吕巽如斯卑鄙，毅然提出绝交。其仗义之举，风流千古。

骚客相轻，出于秉性，然而杜甫敬爱李白，柳宗元体谅刘禹锡老母在堂而请求朝廷外放他远、外放刘禹锡近，韩愈又为柳宗元不平则鸣，怨其才不用于世，策不行于时，青史流芳。

苏轼与章惇尝游陕西山水，情感相亲，应该是朋友吧。苏轼多才，也多舛，在五十八岁时不得不彻底退出洛阳，贬谪岭南。苏轼怀旷达之心，即使落难惠州，也能把悲惨的日子整合为愉快的日子。章惇执政，见苏轼依然颇为舒服，腹生恼怒，遂搜罗其罪，竟使苏轼飘摇海南。乘人之危者，天命必罚；欺人太甚者，死有余辜。

知己难得，此乃鲁迅之叹。其名盛位尊，文雄三代，可惜疑云常布，横眉易耸，从而朋友寡合。

舒芜为了自保，居然交出胡风的私件，以拉开他与胡风的距离，其结果无非是舒芜节折，胡风罪加。这是舒芜与胡风之难，既反映了社会的残酷与恐怖，也是中国文化的一种悲哀。

什么是朋友呢？朋友的内涵和外延到底如何？朋友之道恍兮惚兮，使我迷茫。

荷马把他对朋友的理解，隐含在故事之中。阿喀琉斯受到阿伽门农的侮辱以后，退出了特洛伊战场，然而他的朋友帕特洛克罗斯牺牲疆场，尸体不保。阿喀琉斯与帕特洛克罗斯互相倾慕，情感深厚。当是之际，阿喀琉斯义不容辞，重新武装，击败了赫克托尔，并夺回帕特洛克罗斯的尸体。荷马显然推崇阿喀琉斯的品行，为了给朋友报仇，死不足以畏惧。

犹大是耶稣的门徒，也是耶稣的朋友，但他却为牟其小利出卖耶稣。犹大以亲嘴向祭司长暴露谁是耶稣，耶稣说："朋友，你来要做的事，就做吧。"耶稣没有斥责朋友，然而朋友终于后悔，自缢而死！

亚里士多德认为，一个法官重朋友甚于重正义才是优秀的法官。他又说："啊，我的朋友，没有一个是朋友。"伟大的智者，你无非是在喟叹朋友难得吧！

凯厄斯·布洛修斯是提比略·格拉库斯的朋友，他对朋友的态度臻于经典。罗马执政官在判决提比略·格拉库斯以后问他："你能为朋友做什么事？"他说："一切。"又问："要是他命令你火烧神殿呢？"他说："提比略·格拉库斯没有这样的命令。"又问："如果他下达这样的命令呢？"他说："我就服从。"

西塞罗对朋友之谊有高迈之见。他认为朋友的交情是出于爱，合乎天性，是人类的头等大事。他甚至指出，没有朋友，活着是乏味的。他发现神所赐予人类的最好与最重要的东西一是智慧，二是朋友之谊。他把朋友置于亲戚之上，说："朋友超过亲戚，因为亲戚可以是没有感情的，但朋友之间却不能缺少感情。亲戚没有感情仍是亲戚，然而朋友没有感情了就不算朋友了。"

欧达米达斯把朋友为自己效劳当作他给朋友的恩惠。他穷，不过他的朋友阿雷特斯和卡利赛努斯很富裕，遂在自己逝世之前留下这样一个遗嘱：他把母亲赡养和送终的责任赠阿雷特斯，把女儿出嫁的责任赠卡利赛努斯，万一有谁逝世，那么便请活着的一位接替其责任。两个朋友欣然同意，不幸的是在他逝世几天以后卡利赛努斯也逝世了，于是阿雷特斯就接替了卡利赛努斯的责任，并按既定遗嘱完成了朋友的托付。

蒙田也有对朋友的专著，不过其论之源在西塞罗，是对西塞罗观点的发挥和补充。当然，蒙田对朋友的交情是有自己的体会的。他的朋友拉博埃西是一个官员，也是一个诗人，对蒙田影响颇深。朋友临终之时，把其藏书和文稿留给了蒙田，之后蒙田为朋友出版了书。蒙田认为，父子关系，兄弟关系，情侣关系，婚姻关系，统统为轻，唯朋友为重。

培根发现，药有的可以通肝，有的可以通肺，有的可以通脑，然而只有朋友可以通心。人的愤懑抑郁之气，向朋友宣泄一番便会舒服。斯论高妙，遗憾培根有背叛朋友之嫌。有一阶段他与艾塞克斯伯爵互为朋友，伯爵待他热情、慷慨、真诚，带他参加种种交游，并一再为他向女王求职，不遂之后，伯爵便赠他田产二千英镑，以使他宽慰，生活得体。然而伯爵不幸获罪之时，培根竟有两次积极陪审，进而起草伯爵之罪状。尽管这些皆奉女王之命所为，以后他也有所解释，但他的行为多少是缺乏道义的。

马克思有志研究资本，并给无产阶级图谋生路，不过研究资本是没有报酬的，他生活有虞，尤其是流亡伦敦期间，不得不以面包和土豆充饥。恩格斯也有理论思维的天才和兴趣，然而他选择了商务活动，以让马克思潜心研究。他给了马克思大量的钱，甚至马克思一家的花费比他自己一家的花费还高。恩格斯的人格有夏日之朗，冬霜之洁，可惜得力于恩格斯做出牺牲而形成的马克思主义，竟让种种冒充马克思信徒的人悍然修正了，亵渎了。

梵高有一幅自画像，展示他残耳之后的相貌。这个可怜的画家显得清寒和孤独。高更是他难以割舍的朋友，然而种种原因导致彼此龃龉、争执、怨恨。一直有人分析是高更的决裂导致梵高暴怒，遂割下了自己的右耳，并将其送给了一个妓女。不过德国汉斯·考夫曼和丽塔·维尔德甘斯的研究证明，可能是高更用剑砍下了梵高的右耳。高更不愿意获罪，梵高也不想让高更受到惩罚，便编造了自伤的故事。梵高临终留言给高更："你是安静的，我也会保持安静。"为了使朋友得到保护，善良的梵高一直守口如瓶。

特里普是在五角大楼工作的一位女士，她向莱温斯基保证忠于朋友，甚至可以向上帝起誓。莱温斯基便向她透露了自己与克林顿的私情，而且以为她能够分担忧愁，给予安慰，是困难之际的朋友。不料特里普向官方报告了他们的私情，于是发生在白宫的桃色新闻就飘荡于整个世界了。这使二十四岁的姑娘莱温斯基手足无措，克林顿也十分难堪，并身倾深渊。面纱破了，美国人顿感迷茫和尴尬。不得已，克林顿总统做了道歉，自谓他的判断出现了问题，并称这件事是他及其妻女与上帝之间的事，从而轻轻地把莱温斯基推走了。他暗指莱温斯基背叛了他，这当然让莱温斯基委屈至极。实际上进入这个故事之中的所有人都在背叛，不过特里普属于惊险链条的第一环节。

什么是朋友？朋友的内涵和外延究竟是什么？朋友之道玄妙精深，使我迷茫。

小时候我就需要朋友。故乡的田永华和田柏林，是我初中岁月极为亲爱的朋友。村巷，小麦地，夏夜的场里，冬日小屋的炕头，无不留下我与他们的足迹，青春的秘密。没有他们，少年的灵魂会多么凝滞和寂寞。命运不济，永华早逝，所留三女仍在乡下！现在我仍需要朋友。我始终以敏感之思捕捉天下才俊与高士，然而鱼难得，熊掌难得，朋友更难得，莫逆于心并不以时变的朋友最难得。然而凡是陪伴过我生命的朋友，凡是影响过我兴趣和意识的朋友，不管他停留原野还是驰骋都市，不管他游宦海于京还是浮商海于沪，我皆念兹在兹。

我反复想到高选国，大学的一个朋友，希望成为诗人而终于未竟。他聪颖、腼腆，略有自卑，一向不敢在大庭广众之中抛头露面。大眼睛，黑皮肤，扬着脖子走路的样子完全暴露了时代留下的禁欲之痛。他敢于向我暴露其成见，甚至隐私也敢倾吐。他曾经说："数学系的何小荷太丰满了，我恨不得摸一摸她的胸，知道那是一种什么感觉！"有一个夏天，灿烂的阳光之中，他扶着自行车头见街上粉黛如云，白臂婉挥，丰腿漫步，竟忽然说："我希望来一阵大风，拔地而起，把美女的裙子都吹上去，再来一阵风，垂天而下，把她们的内裤全脱下来。"想起高选国荒诞的神情我便会笑，常常独自一个人就笑了。朋友之益种种皆有，支持你的事业，构筑你的同盟，克服你的困难，或为你治丧并抚你六尺之子，然而能够把思想在道德底线一带的彷徨进行交流，也是一益。朋友之间，讨论解放人类固然不易，不过有节有趣地讨论一些忌讳问题也不易。有一个可以探索人性的朋友，无异于在黑暗的屋子里装上了一扇透气入光之窗。毕业二十五年一直不见选国了，不知道他的精神可否安宁？

关于朋友，我还曾经寻找女士做朋友。对暗中所选的女士，我不存丝毫邪念，纯粹是朋友之交游，无非是聊天、喝茶、吃饭，偶尔的活动和事务。然而彼此的目光难免有闪烁颤动飘游穿梭之情愫，某些只有对异性才产生的幻觉、想象、期待、矜持、保留、防范，总使这种交游间隔、杂糅，石不石、绵不绵、盐不盐、蜜不蜜，铁不起来，更钢不起来。它也常常表现为阶段性，缺乏持久性。一旦不能烧得发红熔融，它便会慢慢温下去，流于礼节，并慢慢冷却。若不以事务维系，那么其交游就会像打开盖子的白酒一样袅袅冒气，失去精华。有时候我会想：也许男女之间是难以成为真正的朋友的，他们的关系，最自然最习惯最美丽的，就是两性的关系。一些表面的工作关系，挖掘下去将发现仍有出于异性的欣赏和喜欢连接着。

朋友彼此的失望、不满、冷淡、分手，甚至翻脸为仇，显然谁都会伤感和苦恼。缘其波，探其源，沿其根，讨其叶，当发现问题在对朋友的选择简单草率。观其朋友，多从同乡而来，同学而结，同行而得，似乎顺理成章，足以亲之。实际上这并不够，也不妥，存有误区，因为祸心和妒意恰恰容易产生在同乡之中，同学之间，同行之域。申包胥是伍子胥的同乡，申包胥抗之；李斯是韩非的同学，李斯害之；李醯是扁鹊的同行，李醯杀之。以我的经验，选择朋友必须慎重并严格。接纳一个人做朋友的时候，如果自己像辨玉识货一样认真，那么是对的，然而究竟谁能如此认真地选择朋友呢？也许多是一来一往，遂为朋友。

我以为选择朋友，要注意价值观的相近，善良度的相当，趣味性的相投。价值观的悖逆是朋友的大忌，善良度的落差是朋友的远患，趣味性的歧异是朋友的隐障。君子慎始，所以初交朋友，一定要细察价值观，其不同注定要决裂；一定要细察善良度，非善良之徒根本就不会产生朋友之谊，其疑似朋友，卒为结党；一定要细察趣味性，因为雅俗高下之分，当有美中不足之感，或生怅然耿耿之叹。

朋友之间，必须有一些沉默约定，从而神会躬行。要彼此规劝，不要听之任之。发现朋友的想法和德行有问题，应该谏诤，使其改正。不愿意指出朋友缺点的朋友，不是真正的朋友。要彼此隐瑕，不要揭发其短。也可以为朋友扬善，然而作为朋友，其关键是不能暴露朋友之羞，传播朋友之耻，相反，要掩饰朋友之瑕疵。隐朋友之恶，就是隐自己之恶，扬朋友之善，就是扬自己之善。要彼此包涵，不要对朋友的不当或过失反应激烈。也许就因为面对的是朋友，他才放诞、随便，从而冒犯。难得有朋友的攻击，何妨忍痛而纳呢！要彼此吃亏，不要有意无意地占朋友的便宜。要彼此推崇，不要对朋友拆台。如果朋友的名隆，功高，或是得到擢升，自己做不到为其高兴，表示祝贺，那么起码应该强按酸楚恼愤从心而起，并防从口而出。拆台伤朋友，更损自己。

交情殆尽，朋友当散，怎么办？书曰："古之君子，交绝不出恶声；忠臣之去国，不洁其名。"前贤的方法很是高明，我看就继承这个传统吧！

凡是以利益而结交的朋友，卒将以利益离析，因为这种关系究其本质并非朋友。其交游充满了吃吃喝喝，拉拉扯扯，热热闹闹，轰轰烈烈，形为朋友，不过终于只是利益的共同体或共谋者。利益是损害朋友关系的。朋友之间一旦夹杂利益，其交情之亮度和净度便要减弱。今之为官落马者，身败者，誉扫者，多有所谓的朋友元素。

天命在望，能约二三子，坐于窗下或花园，书香送雅，风悠携爽，当此之间，有一口无一口地品茗，有一声无一声地说话，海阔天空，世广人深，我真是有福了！

# 出城踏雪

　　冬天不下一场好雪，就像人生少了一场热恋一样平淡、乏味，庸庸碌碌，甚至浑浑噩噩。只是这时代，这风气，多发生含金量高的男女关系，含情量大的热恋便物以稀为贵了，甚至是难以发生的。不过一场好雪毕竟还可以希望，遂盼着盼着。终于在钟楼与秦岭之间出现了一片黑云，其反复酝酿，极端努力，黄昏之际，便有雪飘扬了。

　　不知道什么缘故，雪总是让人兴奋，尤其是小孩。我的儿子今年七岁，早晨起床，见窗外一白，有雪斜飞，惊呼着，操起一把手枪便开门，急得连外套也不穿了，匆匆向楼下蹿。社区有一个贫困的花园，素日并不使人青睐，但雪落一层却顿生魅力。那里已经有几个小孩以雪做球，互相抛掷。儿子奔突而去，径直加入了战斗。一个少妇似乎情不自禁，参与到小孩的游戏之中了，于是形势骤变，她作为一方，几个小孩作为一方，就开始对打起来。她的感觉也太夸张了，其呼其叫，弯弯绕绕，起起伏伏，竟穿过了我家的玻璃。也太夸张了，是由于太高兴了吧！

　　有一些经典的故事涉及雪，程颐门外的雪，便是一个。程颐是思想大师，当年杨时和游酢慕其学识，往洛阳拜他为师。一日见程，程也愿意解惑。只是程年迈身倦，竟瞑目而眠。二弟子出于敬仰，不去，一直侍立旁边。等程觉醒，门外积雪已经一尺深厚。斯故事在于表达师之尊严，传播近乎千年。然而我以为它虚伪，并从心里反感。雪落一尺，需时不会短吧，此间二弟子没有离开，继续站在大堂，自以为是礼，实际上是把礼变成了打扰，好在程眠得坚实，才未梦断而起。程颐也是，为人之师，自己困了，思寝了，本应该让二弟子规避一下，因为学问高并不保证睡态也雅，万一打鼾、呓语，或是口流涎水，岂不是有失师之道貌和威仪。我以为作家杜撰这种故事就像杜撰七十岁的老莱子晃着小摇鼓逗弄父母欢笑一样让人肉麻，而且虚伪。世纪之初，有几个学者模样的人猝尔换上所谓的唐装或汉服，大肆鼓噪什么国学，认为国学之中有实力。我不识时务，竟把国学的一点元素损毁了，真是罪过啊！不过请宽容，宽容才是文明。关于涉及雪的故事，丹麦那位卖火柴的小女孩，我觉得还有一些意思，主要是它有美感。雪天雪地，小女孩又饿又冻，几近于死，但她却能在一点火柴所闪的光芒之中，看见吊灯、台布及其昂贵之瓷器，而且欣然看见了早就逝世的奶奶，并由奶奶领她到天堂去了。这完全是一种幻象，然而它的美感可以融化其雪，甚至让寒心获得暖意。

我想踏雪去！可惜在都市的雪有轮胎碾轧，尾气污染，摊在路面便化成墨汁，又处处是高楼，缺乏辽阔的视境，又满是广告，五颜六色的，显得迷乱一团，难免龌龊和局促。

那么就出城踏雪吧！应该极美，若有二三子或一二女同行，那么一定更妙。然而这时代，这风气，忙者多，痴者少，我怕我的邀请遭到拒绝反而扫兴。也许会有响应的，不过他们若仅仅是出于礼，其性不率，情不动，那么即使相伴，也难满兴。到旷野去踏雪，完全是一种自由行动，仿佛苏轼当年贬谪于黄州的一个夜晚，他已经解衣上床，倾见月色入户，寐意速消，遂入承天寺，寻张怀民夜游一样。难得张怀民，他未窝苏轼的性情。

　　下午三点，我愉悦出城，独上少陵原。天地浩然，穹苍尽雪，走数公里，才遇一村。房、树、电杆、水井，皆陷于雪，车声、人声、鸡犬声，一声也没有。我的路线是，出城向南，走小道，一直穿过少陵原，到樊川北岸回头。我悠然地走着，真是体轻魂喜，澄明在胸。我想，如果碰到一位像我一样在旷野踏雪的人，那么他一定会觉得我是少陵原上茫茫大雪之中悄然移动的一个信息，一个鼠标，或是像明朝大雪三天之后出现在杭州湖心亭的其中一粒。遗憾我四下张望，竟没有任何人。不过天地为家，有何孤独。

# 天

　　从我的窗口向东南方向望出去，可以看到少陵原上的天。当初选房，一个基本原则便是要获得一个能够生情的视野，有天遂能生情。

　　天是古老的存在，世间各民族的那些智者无不研究过天，并对它发表过意见。希腊人让宙斯及其诸神居住在奥林匹斯山上，但他们的活动却常常以天为背景。有一个故事是关于底比斯王后尼俄柏的，她冒犯了太阳神阿波罗和月亮女神阿耳忒弥斯的母亲勒托，尤其她狂妄地宣示自己有七个儿子和七个女儿。在月亮女神的支持之下，太阳神为母亲出气，从天上先射七箭，使尼俄柏的儿子一一倒下，再射七箭，又使她的女儿一一倒下，尼俄柏手上一瞬之间空空如也。希腊人的天充满了斗争，当然它也启示人应该内敛和低调。犹太人认为天是上帝创造的，从而有什么事情总是向上帝祷告。《圣经》上记着，上帝的儿子耶稣诞生的时候，东方的几个博士发现了他的星，跑到耶路撒冷，又跑到伯利恒。那星一直在他们前边行，一直行到耶稣的家，他们便进去拜望他，并献上黄金和乳香一类的礼物。这样的天显然是诗，可以审美，又可以歌颂。我不清楚牛顿真实的上帝理念，因为他生活在科学鼎盛的时期，科学带来了革命。有一年，他亲自打磨了一架望远镜，观察日月星辰，并发现了一些著名的定律，特别是万有引力定律。结果，他不得不认为天大而结构精密，非上帝的设计不能有规律的运转。中国人认为原始的宇宙混沌若鸡蛋，盘古居其中，是他以手打开了天，然而以后天竟因故陷落下来，悲惨极了，幸亏女娲炼五色石补之，天又得以支撑起来。中国人也是敢于并善于想象的，不过以理推之，天似乎还有隐患，所以要小心谨慎一点。孔子不语神鬼，并不是他否认神鬼，他只是觉得人事重要，希望把神鬼之事先悬置起来，也许有机会他还会再议。但孔子却是明确承认天的，他对天的体悟和理解有其弟子的笔记为证。孔子显然视天为绝对权威，他见南子，子路不悦，孔子为自己辩白的时候便抬出了天，他说："予所否者，天厌之！天厌之！"在孔子看来，天还是一种有灵魂和有感受的生命存在。孔子说："天何言哉？四时行焉，百物生焉，天何言哉！"孔子认为："君子有三畏：畏天命，畏大人，畏圣人之言。"窃以为君子之三畏，是从天开始的。智者论天，有原创性和穿透力，吾辈往往只是追随各民族那些前贤的足迹而已，当然吾辈尽管平凡，吾辈对天也还是可以有自己的体验的。

我是一个出生在少陵原上的人，我见惯了天。这个世间除非生即失目，谁都是见过天的，然而不同。我认为天已经把它的形容深刻地烙印在我的心中了，我对天有难以湮灭的感受，我的敬畏意识产生于天。小时候，乡村的夏夜，我会睡在场里，长者辛劳，早就睡着了，但我却久久醒着。天是浩瀚的，半是透明，半是微茫。它包容着月亮和闪烁的星辰，并允许云自由飘游，不过云再放肆，云还是局限于天的范围。万籁俱寂，很宜沉思，然而我什么也琢磨不出来。早晨太阳升起之前，东南边际总是布满了大片大片玫瑰一般的红霞，并呈燃烧状，沸腾状，但红霞之外的广袤的天却静若处子。这样的天总是触动着我某根敏感的神经，汩汩而流的是我的青春之泪。夏雨多是急下而速停，长安人以白雨谓之。白雨以后，天晴得像洗了一样蓝，干干净净，深邃至极，而突然出现的彩虹则会把万家万户呼唤出来。我很想呐喊，我本能地想嘶叫，但我却还是随故乡人悄然地仰望着。年年岁岁，天进入了我的心中，而且使我实实在在地知道了天的奇妙、神秘，无穷无尽，无始无终，变幻莫测，阴晴无常，而人则是渺小的，我是渺小的。

当然天并不是让我对它的了解仅仅停留在一般的印象之上，实际上它会寻找机会，在一瞬之间使我把握它的性格。我以为这一步是天通过我祖父完成的。小时候我真是捣乱到了恶劣的境地，有一天，为了一件什么事情，我不但翻嘴，而且粗言鄙语，鲁手莽脚，几乎无人能压下我的气焰，甚至我竟要犯亲了。祖父走了过来，蓦地大喝一声："天在看你呢！"这一声立即使我发现天的一种审判和惩罚的权威，我悚然而立，十分震撼。祖父之举有画龙点睛的作用，它使我完成了对天的理解，懂得了敬畏。

唯物论兴，唯灵论消，人遂明目张胆地抛弃了天。不知有天，何论道德，何论法律，从而谎言弥天，诈行遍地，甚至抢人杀人胆正若助人为乐。吾辈活在红尘之中，难免钩心斗角，甚至偶尔也有恶念，然而我有一个底线，便是孔子所提倡的："以直报怨，以德报德。"我相信有一个彼岸世界，那里有一双眼睛注视着此岸所有的人，并将人的所行录在其案。这是天的启示。

# 一臂之力

　　我从来不怕别人笑我：考大学我考了三次。第一次差几分没有考上，第二次也是差几分而没有考上，第三次考上了，但动作却很是惊险。

　　关于其中的故事我很少传播，因为它使我感到伤痛和悲凉。仅仅在当年，即 1979 年的夏天，我向母亲透露过一次。我早就发现，在人生的问题上，母亲总有让我钦佩的意见。然而母亲叹息了一声沉默了，我也沉默了，之后我一直守口如瓶。

　　那时候我是一个连续落榜的人，不过我没有丝毫的沮丧，反之越战越勇。我在坚持自学。全村以至全乡的人都关注着一个决定走进大学的十八岁的青年。那时候社会崇尚知识，读大学不但光荣，而且能改变命运。我的风声颇高。我像一棵已经长过墙头的槐树，远亲近邻都看见它的枝叶了。

　　考场设在长安韦曲的一所中学，我家在少陵原上。村子与县城相距五华里，为了省事，我打算依然骑自行车到中学去应试。第一天是顺利的，但第二天却遇到了麻烦。凌晨下了一层小雨，地面并不太湿，小雨也停了，可以骑自行车，遂按时出门。五华里，其中一段是土路，一段是沥青路。我万万没有料到，走着走着土路泥泞起来，而且泥泞掺杂着柴草在向车链和车圈里面挤塞。我非常害怕自行车被夹死而不得不撑起它，以掏里面的泥泞和柴草。一旦时间耽误，我将功亏一篑。若是步行能够赶到，那么我会扔下自行车改为步行，遗憾的是步行来不及。我一下惶恐起来。猛一抬头，我发现路上有一个人一步一步拣选干硬的地面向前走着。他穿着洁净的干部服装，挎着一个洗了几水的黄色布包。我大喜，我认识他。他和我同村，同生产队，姓童，是一个文化人，不知道过去犯了什么错误而下放到其妻子所在的村子劳动，之后平反恢复工作。他知道我在考大学，还几次笑着了解我复习的情况，问我准备上什么大学。我很尊重这个文化人，平常呼他为叔叔。我断定那天叔叔是到他的单位去上班。我像一个即将溺水的人看见了船桨。大约还有三百米土路就是沥青路了，我想让叔叔帮我抬一下自行车。我觉得这是没有任何问题的，小忙，谁都会帮，甚至陌生人也会帮的。在农村，人习惯于称之为积福！我使劲冲向叔叔说："叔叔，帮我抬一下吧，我马上就迟到了！"叔叔只是笑着，并无别的反应。我以为空旷的原野稀释了我的声音，遂指着沥青路向他呼喊："叔叔，帮我抬一下。谢谢你！我马上就迟到了！"可叔叔却照旧笑着，不动胳膊，也不动手。我顿悟盘踞在他白脸青胡之中的笑表达着一种坚拒的意思，便咬牙将自行车置于我的肩上昂首而去。尽管身子单薄，但我却坚持把自行车扛到了沥青路上。我排除杂念，加速赶路。真的感谢上帝！在老师准备收走我的试卷之际，我气喘吁吁地跑入了考场。

　　我始终没有对童先生表达过憎恨，也没有对他做过谴责。高考结束之后，我便焦急地等待分数。获得录取的消息之后，我便充分享受胜利的喜悦。也因为童先生恰恰就在我所深造的大学做后勤工作，他还到我宿舍来关照过我。尤其是一年之后，他便患胃癌逝世了。

　　然而我并非不琢磨它。不！童先生拒绝支出一臂之力的形容像山顶的积雪一样永不融化，只要抬头，我就看见它，并能感觉它的寒气。我曾经紧紧追究一个问题：谁高兴邻居的房脊高过自己的房脊呢！谁高兴邻居的油瓶大过自己的油瓶呢！我不敢也不愿意认为人心是黑暗的，不敢也不愿意认为人性是邪恶的，因为得出这样的结论，我的精神世界就会坍塌，我的人生将陷于虚妄之中。我知道必须相信精神世界是有阳光的，人生才有可能健康并幸福。我把童先生归为个案，不想让它具有普遍意义。但这个故事的影响却久久延伸。它像滴水穿石一样反复发出自己的声音，使我感到了它的一种提醒。它顽强地繁衍着自己的意义，让我咀嚼了它经常翻新的滋味。我告诫自己，不要像童先生那样行事。我相信，像童先生那样行事，上帝是会诅咒的！

大约从 1989 年起我便学习着助人。凡是有求，我必应之，只要寻找我，我就开门。虽然渺小若我，能力极弱，不过我一定尽心。我还把怜悯四处相逢的妇幼病残及老痴乞浪之属作为功课而修养。孔子说："君子成人之美！"佛提倡慈悲为怀。耶稣说："爱人如己。"真主鼓励救济和博施。圣贤各居其域，各生其时，然而他们所开辟的大道同归了，这便是：行善。可我的行善，我所感到的行善对一个人气质的养成，对一个人快乐的增加，却是童先生作为反方启示给我的。

所有人都时刻站在一个能够给他人以帮助的点上，所有人都会遇到需要他人帮助的时刻，也许一臂之力就足以让他人梦想成真！一臂之力，实际上蕴藏着慷慨与伟大！

# 人生三大红运

　　少年丧父，中年丧妻，老年丧子，是世称的人生三大不幸，古即流传，并一直有使人犯怵的力量。想其还未独立，便失去父亲之赖，随之在经济上缺少支持，精神上引起孤独，甚至要受社会轻蔑，确实是少年的不幸。半途妻子永别，难免会打乱全盘计划，因为收拾残局和重整旗鼓都没有十分的保证，中年的不幸遂是明摆的了。进入晚境，很多事情本将依傍儿子，偏偏儿子走了，白发人送黑发人，不但撕心裂肺，而且况味凄凉，当然为老年的不幸。不过人生的不幸毕竟偶尔才发生，尤其天不会降灭顶之灾，把几种不幸集于一身。天是掌握着平衡的，往往会赐以恩典。凡世间的俊杰与国士，无不有天助。所谓天生我才之叹，大约就有这样的意思。

　　受人生三大不幸的启示，我想指出人生三大红运，其曰：在家庭有一个好母亲，在学校有一个好老师，在单位有一个好上司。好母亲，好老师，好上司，似乎普通，可以经常有，实际上是难有的，所以才为红运。

　　好母亲当然富且贵，不过清且寒也可以成为好母亲，关键在于她是否是明白人。读书使人明白，但读了书的人却每每有糊涂的。重要的是，明白人以良知行世，糊涂人以自私处事。好母亲教育孩子，或以其言行影响孩子，总是使孩子怀抱远大的理想，不以获小名小利为荣，特别是要堵死一切邪门歪道，尽管邪门歪道并非不会使其有所得。孩子的成长就像树的生长一样，好母亲自开始就会修正它，而且在修正之际，就有了栋梁的蓝图，那些栋梁的蓝图可以是现实中的，也可以是历史上的。不过社会栋梁也不是唯一的蓝图，若做不了，那么起码当使孩子有益于社会，并能笑对命运。好母亲除了是明白人之外，她还是乐观的和宽容的。根据是，孩子终究要进入的世界，既不安全，又不公平，所以必须以乐观和宽容的态度待之，否则不好生存。孟轲的母亲择邻居，断机杼，是世人都知道的故事。不过她还有一个故事是，有一天，孟轲见妻子在卧室敞开衣衫，露出了身体，遂为妻子之举所恼怒，迫使妻子提出离走。这时候，他母亲站出来批评孟轲不察礼而以礼责妻子，是完全错误的。因为依礼，在进屋之际应该先招呼一声，但孟轲却未招呼，当然是不当怪妻子的。孟轲的母亲就这样挽救了一个婚姻，也避免了一位女性的冤屈，并使孟轲对礼的研究有所提升。胡适之的母亲只要发现他有不轨之举，便会批评，而且总是天刚亮便会喊醒他，告诉他昨天做错了什么事，说错了什么话，要求他一定纠错，十分严厉，然而也不伤其心。孟轲的母亲和胡适之的母亲显然都是好母亲。

好老师多是渊博的，起码精于其专长，以便传道、授业与解惑。不过好老师特别能因材施教，鼓励不同的学生走不同的路。好老师可能是某个方面的名家，但他却不会坐在山头，独享科学与艺术的风光，反之，会拉学生，扶学生，以便共同领略峰峦的美妙。他不但要把自己成功之经验与失败之教训告诉学生，而且将把自己的资源让学生享用，以使学生尽快脱颖而出，甚至他不是什么名家，也能竭力帮助学生，一个目的，是青出于蓝而胜于蓝。好老师还将全面而一贯地支持学生，有成绩他会高兴，有困难他会帮助，以至关心学生的婚姻与家庭，无非是希望学生有顺遂的环境以建大功，立大业。梁启超是徐志摩的老师，这不但使徐可以获得丰富的知识，而且使徐很快就进入了梁所拥有的圈子。由于梁是一代大师，他的圈子便皆为鸿儒，徐从而得以迅速提高。徐与陆小曼结婚，一时议论纷纷，当是之际，梁毅然出席婚礼，并为他们证婚。虽然他也当众批评徐性情浮躁，用心不专，但他对徐的明贬暗褒及深沉爱护却是谁都清楚的，甚至几十年之后的我也明白。徐志摩的老师是好老师。

好上司有五湖四海之量，只要一个人无大过，有能力，他便招之揽之，并提供条件，以使其能力发挥出来。好上司不存偏见，也杜绝组建什么嫡系，因为他知道嫡系在团体产生之日，便是团体分裂之时。好上司的政令皆出于公义，其保持身正，从而使潜在的邪气不能不收敛，或不得不消散。好上司没有奸佞之性，不然会是非丛生，甚至毁谤盛行，谗害得胜，并会应了上梁不正下梁歪之言。好上司往往有一种牺牲精神，以发达团体的事业，并成全团体之中的分子。好上司不会利用职务之便谋取私利，这样便威慑了小伎俩，也阻吓了小手脚，所以气氛透明而晴朗，对心灵十分有益。蔡元培曾经执掌北京大学，重用所谓的新派若胡适之、陈独秀、钱玄同、刘半农诸君，也懂得重用所谓的旧派若辜鸿铭、林琴南、刘师培、黄季刚诸士，还重用新派旧派均不算的梁漱溟先生，并让他们有效地活动在校园之中。我以为，非大境界不会有这种大举措。蔡元培一向不严责人，也不滥奖人，而且当同仁在外界受到屈辱之时，还敢挺身而出，给予解救。1922 年，他的同仁罗钧任先因故被捕，释放之后又因故被禁，蔡元培深知罗钧任的操守，遂直面政府，为罗钧任辩护，并以辞去校长之职表示他的抗议，其道德勇气可叹可敬。蔡元培多年为校长，但他却始终未阔气起来，从这一点可以推测，他是廉洁的，所以部下对他总是交口称赞。蔡元培是难得一遇的好上司。

三大不幸与三大红运，都是关于人生的。不过不幸是从时间上考察，红运是从空间上考察，不幸以情感为主，红运以功业为主，这是它们的所异。不幸未必不会成事，有好母亲、好老师、好上司，红运如斯，也未必一定就成事，但有红运的却一定会增加成事的可能。人生有年，蓦然回首，好母亲，好老师，好上司，谁不慨然长叹呢？

# 向往乡野

人是跑虫，他喜欢的是四处活动，所以惩罚一个人，总是要把他关进监房，因为这限制了他的自由。拿破仑就是在不能随便活动之中死亡的，而张学良则是在不能随便活动之中掉了牙，谢了顶。一场非典型性肺炎，未必不是一种惩罚，只是它把惩罚的对象扩大到所有人了。教训是很多的，凡人都应该反思，起码我知道了自由的宝贵。好了，让我打开门，穿上旅游鞋，挎上旅行包，轻松地走一走吧！

不过我不愿意到著名的风景区去。也许这种地方有一百条理由证明我行而不虚，然而只有一条理由就拦挡了我：人多为患。居于都市，昼夜有噪，我希望有地方能抚慰我的神经与灵魂。我能想到的最安静最惬意的地方，是乡野。我向往乡野。

我所想象的乡野是一个没有边际的地方，树多村小，多是土路，土路不起浮尘。我在土路上慢慢地走着，夕阳、丘陵、荒冢，都是我要欣赏的。我会跟荷锄的农民交流人生经验。碰到断碑，我会辨认一番，并猜测主人的生前与身后。若有古刹，那么我会见一见其住持，并将观察他的眼睛和皱纹。我希望自己能坐在一个空旷的高地，看月亮从东方升起，悠悠穿过白云，普天之下皆是它的清辉。实际上不仅仅是月亮的清辉，还有稀疏的星斗的光芒。风掠过庄稼，在夏夜，它是爽意；在秋夜，它是凉意。冬春也很好，不过我在冬春是不甚外出的。我将栖居于地道的农家，当然，我会带上我的床单和被罩。我所想象的乡野在秦岭一带。我绝不乱扔弃物，也不乱折花木。地球上的生物属于所有的人，包括子子孙孙，我不能只图自己的痛快而忘乎他们。

诗人一向有在乡野行走的习惯。

> 不知香积寺，
> 数里入云峰。
> 古木无人径，
> 深山何处钟。
> 泉声咽危石，
> 日色冷青松。
> 薄暮空潭曲，
> 安禅制毒龙。

这是王维到香积寺所产生的感受。

> 去年今日此门中，
> 人面桃花相映红。
> 人面不知何处去，
> 桃花依旧笑春风。

这是崔护在樊川一带的艳遇及其遗憾。

> 松下问童子，

043

言师采药去。

只在此山中，

云深不知处。


这是贾岛的一次经历，不遇隐者，略有惆怅。

古人和今人都是喜欢走一走的，只是境界有异。古人注重的是行，今人倾向于游。行是艰苦的，有探索的意思，得到的将是体验和智慧。游为玩，是一种对所谓风景的消费。我向往乡野，当然是向古人学习，因为我知道古人非常热爱自然，自然赋予了他们一种宁静和庄重，而且使他们明白了自己在宇宙之中的位置。

# 大德之旅

　　可君是一个聪颖的学生，大约现在已经到了报考大学的年龄。他的父亲是作家，母亲是教师，都为我的朋友。我到他家去，可君总要从自己的小屋走出来问候我一声，之后继续他的作业。

　　几年之前，我和妻子，可君随着他的父亲与母亲，结伴作海南之行。原估计正月初一，火车上的人一定很少，岂不知人多如麻，不但坐满了座位，站满了车厢过道，而且挤满了厕所。原推测越走越暖，要一层一层地脱下衣服，岂不知越走越冷，要在广州购置一袭棉猴穿上，因为百年一遇的寒流，从遥远的西伯利亚滚滚而来，并裹挟了火车。海南之行，没有预料的那么顺利。

　　我忘记了是在何处，不过总之，火车是过了长江，有一会儿，可君显得颇为烦躁，皱着眉，跺着脚，翻着眼睛看他的父亲与母亲。几个大人热烈讨论着，显然忽略了他，否则他不会翻着眼睛提醒大人。当时可君只有十二岁，接近害羞的青春期，又腼腆，又内向，白皙的脸面时时会浮现红晕。我向他父亲示意可君有事情，他父亲便问："怎么了？"可君说："上厕所。"其父遂领可君出去。回来之后，他的父亲一脸严肃，而可君则一脸窘迫，一点也没有方便之后的舒展神情。其父说："厕所都关着门，让他在过道撒，他又撒不出来。"他父亲一抖情况，尽管可君未吭声，但他却显然有一点恼怒了。他母亲说："可君跟我去。"遂带儿子出去。不过一会儿可君回来，仍是一脸窘迫，而且分明有一种承受折磨的痛感，因为他坐在那里，两腿合并着，使劲地夹着。他母亲忧虑地说："他不好意思！"

我知道这样下去会致他以病的，也知道接近青春期的可君有一点心理障碍，这当然也证明他是一个自尊的孩子，如果他满不在乎，那么还能让尿憋着吗？不过这个孩子过分注意自己的行为产生了影响，他希望有完美的形象，只是他设计的形象堵塞了自己的排泄渠道，并有可能损害其膀胱。当此之际，他是需要帮助的，而且在那样的环境，唯我能给他以帮助。我的意思是，我能克服他当时的困难，也许还能给他一个为人的启示。于是我就摸摸他的头，让他跟我走。

我没有敲打厕所的门，那是徒劳的。我径直率可君来到车厢与车厢之间的过道。这里也有人，在昏暗的光线之中，他们或蹲着，或站着，或斜靠着壁板吸烟，当然也有人从过道来来往往。不过我不能有一点迟疑，因为微小的犹豫都会继续限制可君生理机制的自由运动。我率他来到过道的窗下，让他和我并排站着，只是我稍稍朝前了半步，从而他落后了半步。我坦然地解开皮带，蓦地看到窗外有妩媚的青山匆匆而过，随之感到可君焦急地拉下自己的皮带，接着传来了潺潺的水声。我松了一口气，也骄傲地系上皮带，并像凯旋的将军一样携可君回到座位。可君的父亲与母亲见孩子轻松的样子，便知道问题解决了，何况大家讨论的事情似乎比上厕所的事情要高雅，便继续着自己的讨论，并大有把导致可君非常窘迫的经历封存起来之意。生活在起了褶皱之后，要促使它恢复自己的宁帖，能够理解，如此而已。

但我却不能像一朵浪花消失一样忘记了我的行为，恰恰相反，我一直分析自己在过道的越轨之举。我想，凡是看见我有那种行为的中国人，以其习性，虽然不在面前批评我，也不敢在面前批评我，不过他们有可能，甚至肯定会在背后骂我，鄙夷我，认为我糟糕，并以讹传讹，让偏见和谬种流行于世。不过只有我知道，我是依靠着一种以智慧为基础的勇气，依靠着天赋良知，才做出了越轨之举，而我的越轨之举则是为善之举，而且是我个性的显示。

依我的理解，人应该是活生生，气昂昂的，凡一切为善之举就要敢作敢当，甚至无法无天。但教化却像鸦片一样把人不知不觉喂得骨软筋疲，以至于人把观念当作礼服，想到舆论便患得患失，躲在规范之中缩头缩脑。老子曰："天下皆知美之为美，斯恶已。"不过老子能怎样，美之为美，不但天下皆知，而且天下皆行，因为以美的标准为之大家高兴，自己受益，只是社会所号召的标准把人的个性消磨得仿佛一块小巧的鹅卵石，或风干的土豆蔓了。荣幸的是，我人到中年，尚未世故，还能狷介，并时有让道学家与点评派私议的非常之举。我以为，我的非常之举，是我一直在进行着的大德之旅，就是不违己心，不伪己行，不畏其谤，不流其俗，不讨其好，只服从良知的调遣。大德之旅是有风险的，甚至是注定要付出代价的，所以人多不愿意走这样的路。

不过在历史上，反潮流而破成见的人总是有的，他们的思想已经结晶为文化的遗产，而他们的所行所为则展现了一种个性魅力。孔子向争霸的诸侯推广仁和礼，司马迁为俘虏辩护，耶稣呼吁向虐待者和迫害者祈祷，圣·保罗背叛了犹太教而传播基督教，林肯给了奴隶以自由，甘地要以非暴力抵抗英国的殖民统治，弗洛伊德证明以色列民族的领袖摩西实际上是一个埃及人，拉宾提出以土地换和平。当然这些人也因为其举措而不得安生，有的甚至牺牲了自己。孔子四处碰壁，状若丧家之犬，司马迁服了宫刑，耶稣上了十字架，圣·保罗不得不负荷曲解的压力，林肯遭到咒骂，甘地受到怀疑，弗洛伊德有可能名誉扫地，拉宾饮弹丧命。然而他们都完成了自己的大德之旅，并终于获得景仰。

在我的生活之中，一直有让周边人难以认同的行为，然而我错了吗？我二十岁那年，在一所医院疗养了三个月。这里有一个孩子，患败血症与心肌炎，难以治愈，即将死亡。凡是认识这个孩子的人，都赞叹他的聪明，更为他感到惋惜。这个孩子在去世之前，一直喊他的父亲，并流露着深切的相见之情。问题是，他的父亲与母亲早就离婚了，更遗憾的是，父亲在一次车祸之后变成了植物人。为了不影响孩子的情绪，母亲隐瞒了真相，谎称父亲在新疆，工作忙碌，不能回家。临终之际，孩子执意要父亲，这使母亲十分为难。所有的大夫和护士都为孩子唏嘘，然而不能满足他的愿望。我想了一个办法，并征得了他母亲的同意，随之我以孩子父亲的名义，每天晚上七点，准时从医生办公室或护士办公室给那个孩子打电话，询问他，安慰他，以使他能够安息。这个孩子比我只小十二岁，然而我固有的嗓音，成全一个愿望的冲动，都使我成熟得酷似一个父亲。我四十岁那年，有一个老乡寻找我，苦恼地告诉我，他唯一的女儿爱上了一个中年男子，希望我劝她一下，不然她一生就毁了。老乡特别叮咛，他女儿喜欢我的书，应该会听从我的。我把他女儿约来了解情况，从而知道那个中年男子的妻子已经病逝，也知道她爱他，她根本不图他的财产及地位。在我确信他们是有情人之后，不但没有阻拦，而且婉转地给予了鼓励。

我做的都是小事，不过刘玄德有言："勿以恶小而为之，勿以善小而不为"，我并不惭愧。当然我也有一些越轨之举是属于大事的，涉及了大是大非，不过我现在必须保守秘密。

我明白自己的越轨之举要遭人讥讽，受人贬斥，而且损害着我的清白。然而我不会退缩，也不会悔改。我为我自豪，我强烈地自信着和自爱着，因为在本质上我是为善的，而且个性是尊贵的，岁月将把个性之金越磨越亮，而舌尖之谣则会越传越碎。在这个世界上小人不给小人送葬，唯有高人给高人立碑，所以我会把大德之旅进行到底。

# 彷　徨

在旧世纪终结和新世纪开始那一年，我进入四十岁，孔子曰四十不惑，但我却不能。实际情况是，我在这一年非常地彷徨。固然有一些私事，也有一些拖泥带水的公事，不过主要的还是我的精神走向。

在过去的近乎两年，我匿迹着读书与写作，遂有一组原型人物散文完成。只有我知道，当然也有熟悉的朋友知道，对于我，这些散文不仅仅是文学，确切的，它还是持久压抑与深沉思考的集束发泄，它是冲着中国文化的野蛮元素的。它的出版仍不是为了挣钱，要挣钱我早就改换手法写作别的了。当然它也有一些版税，然而这不过还是意外的收获。我曾经告诉朋友，这一系列散文的完成，使我产生了长江流过三峡的阔朗体验，而它得以在上海结集出版，则是一种幸运。这些都是肺腑之言。

问题是接下来怎么办？我的彷徨随之而至。当我从简易的工作间走出来的时候，这个世界已经完全变了。世界如此繁荣，但我却是如此萧条；世界如此豪华，但我却是如此清寒。甚至一向能咬牙的我，居然也有失尊严地向人倾诉了。世界之变迁还在于它导致了人的交往方式之变，我不得不暗叹，过去的朋友正在悄悄分化。我明显感觉一种落伍，不过它难以使我服软。于是我就为平衡心理而自辩，我以为，我并没有从事经营，我也不做生意，所以不要用经营与生意的结果衡量我，不要用钱衡量我。然而这个世界有自己的法则，并不管你干什么，只是以腰包的饱瘪评判人。习惯与风气如此，你奈何它不得。我遂产生了脱贫的打算，并想迎头赶上。

当一个体面的中产阶级，有轿车，有别墅，甚至有美目盼兮，巧笑倩兮，固然是时代的潮流，也多少让人羡慕。不过我的脱贫，主要还在于使我的父母儿女及妻子不要拮据，也希望自己能以这个世界通行的方式参与这个世界。为此，我曾经打算要用一定的时间写作通俗作品，甚至要用三年五年的时间专门从事图书产业，以改变经济情况。不过我也知道，如果这样为之，那么实际上就是改变了生存方式。也许经过努力，自己会阔绰起来，然而可以预料，这个过程将丧失我的灵性。做一个精神的探索者与做一个钞票的积累者，是不同的实践活动，它也需要不同的素质，从而塑造不同的人。

当一个真正的作家，当一个有知识分子含量的作家，是我从小的理想。而这个理想的确立，则源于我在中学时代所受到的一次打击，它使我发现人性的黑洞，也产生了观察和体验人性的兴趣，甚至我迷恋于这样做。我选择了文学的途径，已经写作二十年。我根本不知道它是否有什么世俗的前途，只知道，它无害于社会，它有福于社会，当然它也是我从小的理想。如果由于外部的压力，丢掉自己的理想，那么我以为这是对信念的背叛，也是一种屈服。这样为之，显然是人生的不幸，其不幸所引起的隐痛，根本不是巨大的货币能够治愈的。坚持写作，全神贯注地写作，以写作的方式研究人性，解析一个民族的心理，并尝试着用爱照亮幽暗的精神地带，注定需要付出牺牲，因为我难以把精力慷慨地用之于现实利益的取得之上。一个可以自慰的道理是，人不能把什么都占全了。问题是，我要放弃的，恰恰是天下熙熙攘攘而追求的。我多少有一点倒行逆施，甚至会孤立于世，自绝于世。我相信自己的考虑是细致的，也是深入的，我仿佛已经看见了自己悲惨的结局，我的晚境将穷困潦倒。然而我还是下了决心，准备牺牲。关于牺牲，中国人对它并不陌生，不过主动与被动牺牲有极大的区别。我引以为自豪的是，我的牺牲是属于主动的。

我还有一些潜层次的考虑：中国人真正缺少的不是财富而是思想。中国在拥有资本家的时候，也需要哲学家，或是现代意义的圣贤，而且迫切的需要。也许考察一个民族是否强大的标准，主要不是人均收入而是处世态度。对这些考虑，我不愿意随便言之，是由于我不愿意遭遇曲解和讽刺。各人有各人的价值观，都有其存在的根据，不过这个世界上往往有人要把自己的价值观强加于人，以使之归顺于一个集体之中，否则便是另类。

秋天的一个晚上，几个朋友一边喝茶，一边讨论。这些朋友都是文化人，有智慧，也有能力，不过那种智慧和能力往往是零散地发挥着，甚至只是为一些正在成长的中产阶级所利用，而自己则一直不入中产阶级之流。这次聚会，把我长期储蓄的一腔情绪喷射了出来，因为我和他们相似，还不如他们，遂多少有惺惺相惜的感觉。一位朋友在上海待了一段时间，有心灵的触动，本是他发挥启示作用以改换大家的脑子，然而音乐之中的灯光，映出了别的一种气氛，我情不自禁，大放厥词。我的观点当然也赢得了大家的认同，而我则由于热烈的鼓舞变得狂放起来。我的结论是：明天就行动，要像革命前辈过去把头拴在裤带上夺权一样把头拴在裤带上挣钱。我热血沸腾，立即拨通北京一个朋友的电话，以启动过去策划的一个方案。然而，也许是天意，那位朋友的电话关着，随之美国遭袭的消息突然传来，聚会便中断了。

但这次没有尽兴的聚会，却对我产生了生死一般的影响，它结束了我的彷徨。我发誓挣钱的咆哮，显然把我固有的一种欲望推到了顶点，然而正是这个顶点使我感到了一种空虚，尽管它还是一个想象与演习的顶点。这个顶点向我反证，用充足的时间全力挣钱，并不是自己所需要的，这仿佛总是争吵的夫妻，整天闹着离婚，可一旦决定离婚，而且汹汹走到衙门要办理手续的时候，却发现他们彼此是深爱的，谁也舍不得谁，遂相拥而泣，携手回家，并将白头偕老。

# 入　眠

我有一位朋友，很会睡觉，自鸣只要倒下就能入眠，这令我十分羡慕，因为我总是难以入眠，甚至睡觉成了我所苦恼的事情。

我入眠的障碍，也不是长大之后才出现的，当然也不是工作造成的。在我小的时候，大约十岁左右，有一天，我的姑姑和婶婶坐在一起窃窃私议我是心思很重的人。我想，也许是的。大概从十岁之前开始，只要是几个人同居一处，我便往往是最后一个入眠的。在故乡夏季的场里，在大学宿舍里，甚至在我家的卧室里，我每每是到了深夜，也仍然清醒着，尽管眼睛是闭着的。故乡夏季的场里，四野空旷，雾霭缥缈，又非常凉爽，只要没有特殊情况，村子的男人几乎都在场里睡觉。在场里，除了可以享受清风与明月之外，还可以有很多趣味横生的交流，确实是美妙的。不过毕竟干了一天农活，大家都累了，于是聊着聊着就断断续续地进入了梦境，有的还发出鼾声。然而我天天晚上都属于场里最后一个入眠的，所以谁说胡话，谁解小溲，我都知道。在场里难以入眠，似乎还可以察天籁之奇，那时我不足十八岁，是好幻想的年龄，而清风与明月的深夜则往往会激发幻想。不过很多时候，难以入眠显然成了一种折磨。

孔子曰：食色，性也。居然未提到睡觉，可能由于他始终抱有乐观主义态度，属于倒下就能入眠的人吧。不过我以为，睡觉也是人生的重大事情，睡眠不好，会导致精力不足，脾气不和，皮肤也会迅速老化。科学实验还证明，睡眠不好，会引起心脏病和高血压，扰乱免疫系统，影响激素分泌，甚至有几周时间不让老鼠睡觉，老鼠就会死亡。遗憾的是，资料显示，世界上有十分之一的城市居民感到睡眠不好，有的是欠缺，有的是过量，有的是睡眠之中有反常行为，有的若我，是难以入眠。一些专家估计，睡眠不好导致的疾病和诱发的其他事故，往往产生巨大的经济损失，从而使睡觉的个人问题变成了社会问题。

我特别关注研究睡眠的专家提出的克服入眠障碍的办法，我也试过数计，普遍应用的办法，也试过散步，有音响之后还试过欣赏音乐，然而效果都不大，看书是反倒让我兴奋的。牛津大学研究员爱莉森·哈维的办法是，躺在床上想象优美的风景，这可以使人放松，加快入眠。她认为，想象平静的流水或安静的沙滩，显然比数羊使人能更迅速地入眠。这办法是新的，我也试了一段时间。我是在少陵原上长大的，离开那里已经二十年有余，常常想回而不能回。于是我就躺在床上像浏览画报似的浏览少陵原的村子、路、树林、沟，浏览作为少陵原背景的秦岭，竟不知不觉入眠了，然而效果也并不持久。尽管我一直没有彻底克服入眠障碍的良策，但我也始终未服过药物，而且将永远不用它。实际上促进入眠的任何办法，都只是对部分人有效，所以各人应该探索各人的办法。赫鲁晓夫的办法是喝酒，林彪的办法是颠簸，就是坐在车上，车行在崎岖的路上，通过对身体的颠簸而以动致静。我现在是无为而治，意思是，不想睡觉就不睡，想睡的时候才睡，放任它，随它的方便。因为我想，睡觉这东西即使像断了线的风筝一样，飞到云霄之外去了，它总还要回来落到地上的，它回来了，我也就入眠了。

# 命运难卜

在我曾祖父的手上，家里的土地已经百亩有余，达到了小康水准，但他却惹上了烟瘾。这是开支颇大的娱乐，从而不得不一块一块出卖土地以购买鸦片。加之又入了佛门，好行善，常常代人还债，用私款办公事，虽然德高望重，获乡亲捐赠的巨大匾牌，但到我祖父手上，就是一九四四年，他逝世的时候，家里只剩了十三亩土地，仅够维持生活，并还有继续衰落之势。几年之后，中华人民共和国成立，家里被定为贫农，竟然成了无产阶级，祖父及父亲不但都免了种种麻烦，而且还有了一个光荣的身份。

数里之遥，我的外曾祖父胸怀财东的雄心，也打下了基础。我的外祖父尤其上进，既勤俭，又精明，经营真是有方，并总要用所得置购土地。到共和国成立之前，他已经有了六十亩旱田，六十亩水田，共一百二十亩土地。这使他顺利地戴上了一顶地主的帽子，随之一落千丈，成为剥削阶级的反动分子，不但自己要站凳接受斗争，要游街示众，而且殃及子女。在中国的二十世纪，一家因丧失土地走运，一家因得到土地倒霉，显然是很多人都有的经验。

李斯背井离乡，到秦国去，开始的打算也无非是改变生存环境，活得体面一点，不料随嬴政工作，竟统一了中国，从而任秦丞相。李斯长子当郡守，有一年，他回咸阳来省亲，李斯置酒于家，以示高兴。官员也多来庆贺，门外车马竟数以千计。此情此景，使李斯感到惶恐，自问他才能平庸，何以富贵成这样，并叹曰："物极则衰，吾未知所税驾也！"赵高欲篡改秦始皇诏书，赐扶苏死，扶胡亥立，寻求李斯配合。李斯左右为难，徘徊于忠奸之间，并终于决定服从赵高。此时此刻，他流泪而叹曰："嗟夫！独遭乱世，既以不能死，安托命哉！"李斯为赵高所陷害，判其死。当拉他走出监狱实施腰斩之际，李斯幡然醒悟，想起了故乡的平民生活，遂问次子曰："吾欲与若复牵黄犬俱出上蔡东门逐狡兔，岂可得乎！"

袁世凯也属于善于钻营的人，一生之中，屡屡摇身而变，位居要津，几乎没有失败的记录。这显然助长了他的野心，以为普天之下，唯他有佑，从而在一九一五年指示亲信策划于密室，委派党徒煽动于大街，目的是当皇帝。在玩弄了屡屡花招之后，袁世凯感到时机成熟，便接受了所谓国民代表大会总代表的再三推戴，坐上了皇帝的宝座，似乎成功。不虞山呼万岁之声刚刚平息，大江南北，长城内外，便掀起了抵抗与讨伐的浪潮，遂不得不在惊慌之中退位。社会浪潮显然沉重打击了他，使其既生心病，又患身疾，一下就死了。

按公理，按民意，那些积大德行大道的人，是应该有好的结局的，但实际情况却不尽然。甘地为印度人从英国殖民政府的统治之下独立出来，历尽艰辛，又为印度教徒与伊斯兰教徒的和睦与合作殚精竭虑，以建立一个完整的印度，愿望非常高尚，但一个印度人却伪装致礼，竟杀了他。拉宾在犹太人与巴勒斯坦人长期以暴易暴的胶着状态，转换思维，打算以土地换和平，使以色列得到安全，但一个犹太人却在和平运动如火如荼之际，躲在暗中向他开枪。甘地与拉宾的主义，应该都是为了民众，然而他们并未得到善报。

我曾经一个人在原野行走，那种空旷与静穆的气氛，教会了我对天地的敬畏，甚至教会了我对蚂蚁和草木的敬畏，因为我确实不知道它们与上帝之间是否保持着联系。人有命运，然而它似乎不由自己决定。世间显然有一种超越人智慧的力量，也许阅人多了，就能感觉出来。

附记：曾经有一位僧人从西藏来到西安，为教徒所崇拜，他们跟前跟后，希望得到教诲。僧人见西安处处有鸟关于笼、鸡囚于架、兔禁于箱、鱼困于缸，将成刀下菜，遂以化缘所得，购市场的禽兽，并率教徒到西安城南石砭峪水库去放生。僧人有僧人之信仰，其所做也以善为本，他们在市场所购禽兽，显然也都是幸运的禽兽，因为这些禽兽有可能躲过屠宰与锅煮。在水库坝南的田间，僧人展开毛毡，把法器及经书放在上面，一边念念有词，一边让教徒放鸟、放鸡、放兔、放鱼。不料几只鸟刚出笼便飞向水库，几只兔刚出箱也便跑向水库。水库是浩茫的，风在劲吹，鸟不到岸便无力向前，只能落入其中，兔也挣扎了一阵沉于其中。僧人猛地站起来，教徒无不大惊失色，随之站起来，看着禽兽渐渐死亡。僧人说："罪孽太多了，罪孽太多了！"教徒皆闭着嘴，一言不发，在沉默之中似乎感到了深深的负疚。这一幕全在我目，鸟死兔亡，我开始也觉得紧张，不过我马上就有了解脱的办法。我过去告诉僧人："不必动怒。实际上这些禽兽和人一样，各有各的命运。我觉得你和教徒已经尽心了！"是的，万物都有自己的命运，而且是难卜的。

# 恋　旧

　　我是一个恋旧的人，凡是我曾经使用的东西，即使完全过时、逊色、损坏，我都不舍得扔掉。当然也不愿意把这种有淘汰之嫌的东西捐给灾民，尤其不愿意赠送宾客，除非他们主动索要。因为我觉得赠送东西赠送新的，赠送自己亲手所购的，才显出情分。我知道恋旧的毛病会为人所讽，然而让我轻易扔掉自己的故物，总是手软，也心疼，所以这个毛病是难改的。

　　我有一件黑色雪花呢大衣，是大学毕业之前，父亲请人为我定做的。那时候，这种大衣相当流行，其多少有一点身份的象征。北方的男士，当然是干部，只要经济许可，即使拮据一点，若有必要，在冬天都会穿一件黑色雪花呢大衣。父亲见我将要走向社会，便为我定做了一件，它也蕴含着父亲对我的器重和希望。改革开放的力度加大以后，男士的服饰尽管赶不上女士服饰翻新之速度，不过也是一浪一浪的，于是这种大衣就在公共场合匿迹了，我也只得把它装进柜子，有收藏的意思，似乎还想在什么时候或是老了再穿它。我迁居几度，它也随我辗转数次。妻子整理柜子之际，往往要笑着抓起这件大衣说："多重呀！你老了再穿噢。只是不知道那时候会兴什么，你真的会穿吗？"她建议我把它处理了，然而我不能。它毕竟在冬天为我遮过霜，挡过雪，温暖过我的身体，甚至还使我增加了一些风光，遂不忍弃之。我的一张书桌，一个书架，是二十世纪八十年代的款式，拙朴得粗而笨，放在经过装潢的屋子，显然是破坏气氛的。为了相宜一点，我请木工改造了一下，还刷了新漆，目的当然在规避对它作处理。我的爱华牌组合音响，在已经维修了几次之后，磁头又断了，不过我仍计划维修一下继续使用。凡是知道我有这种想法的朋友，无不给我洗脑，甚至维修音响的老头也劝我作罢，因为若要算账，那么买新的比维修坏的要明智。实际上这些道理我也是无师自通的，不过我仍在犹豫。念它在我独身的日子，把德沃夏克深情的旋律和理查德·克莱德曼优美的琴声洒满我空空荡荡的房间，安慰我，催我振奋，给我启示和灵感，我怎么能随便处理它呢！我现在还保存着小学所用的第一个文具盒，保存着大学所用的第一个笔记本，翻出它们，它们就有温馨。

凡我的故物，都参与过我的生活，见证过我的欢乐与痛苦、希望与沮丧，甚至它们是我的审美意识和价值取向的体现，从而构成了我变化的标号。我把感情曾经投入到这些器具之中，而这些器具则曾经忠实地为我服务，我与器具之间，显然建立了一种亲密关系，我之爱器具就仿佛器具之爱我，是水乳交融的。尽管新的器具必然要为我所使用，随之加入我的生活，这是非常正常的，并不涉及道德问题，但我却对那些应该引退的器具怀有依依惜别之感。我也非常喜欢文物，凡是祖先遗留下来的城墙、陵墓、石刻、碑、塔、俑，我都会反复欣赏，并会购瓦当，购陶罐，以作收藏。我以为，这些文物是历史的硬件，它们逾越悠久的岁月，凝结着祖先的生存智慧以及他们的愿望、敬畏、祈祷，甚至这些古老的文物仍有他们的手印和体温。我景仰这些文物，实际上是景仰祖先的伟大，并珍重他们的劳动与创造。

对于朋友，我尤其是恋旧的。也许曾经由于意气之争，言语之误，行为不妥，礼数不周，我伤害了朋友，或是朋友伤害了我，遂使彼此疏远并中断了往来。然而时过境迁，我往往会想到昔日的朋友，并愿意彼此谅其瑕疵，温其玉美。即使不能像昔日那样或聚于陋室，或游于大地，壮怀激烈，慷慨悲歌，不过应该把共有的经历当作财富，并盼彼此都在心里留着一个位置。有一天，若我先走了，那么，我是要所有的朋友都送我的，而我则一定会送先我而去的所有朋友！我就是这样。

# 过去的书信

　　我把过去的书信装在一个简陋的抽屉里。生活忙乱，有很多书信，我只是匆匆浏览一遍，应该办理的事情，当然是办理了，不过没有仔细体味这些书信。过去的书信，就这么混杂在剪报、病历和笔记之间，随着流逝的日子，停滞在过去的位置。我是在非常苦涩和孤寂的夜晚读这些书信的。读它，并非为了寻找失去的岁月，实际上完全是出于无奈。那个夜晚我没有心境做任何事情，不想看小说，不想写作，不想看电视，不想听音乐。我只能用清理抽屉的方法消磨那个夜晚。到了要以清理故物消磨时间的地步，那个夜晚当然是够艰难，够沉重的了。

　　但过去的书信却将我带进了一个温馨的领域，这个领域纯粹是由友谊组成的，到处是问候、祝愿和鼓励，到处是嘱咐、牵挂和忠告。这些声音来自四面八方，真诚无私，善良无邪。当时的生活杂七杂八，我先考虑的是所谓具体的事情，重要的事情，紧急的事情，这些事情多半关系着世间的功名和利禄，于是我就不知不觉地忽略了这些书信，机械地把它们放在我的抽屉。生活水似的过去了，不过能够慰藉我心的，竟是这些书信。在十分苦涩而孤寂的夜晚，我不知道自己曾经孜孜以求的那些功名哪里去了，那些利禄用处何在？这些书信出自虔诚的读者之手，出自腼腆的少女之手，出自老师之手、同学之手，出自如此之近的身边，出自如彼之远的海外。很是遗憾，其中一些人的书信仅仅来往了一次就中断了，很多人的书信是通了几次中断的，只有极少的朋友的书信保持到今天。不过，我一律感激他们，并向他们祝福。在这个春夏之交的夜晚，我坐在灯下读着过去的书信，幸福和伤感的泪水汩汩而下。幸福的是，我竟得到了这么多人的爱护；伤感的是，这些人之中的相当部分，已经没有书信给我了，我不知道他们生活得怎样？不知道生活给了他们多少欢乐和多少辛酸？这些书信启示我，人的一生，也许在最后并不是要计算他占据的财富和官位怎样，也许他要计算自己在世间究竟给予了多少爱和得到了多少爱。

在置于我抽屉的书信之中，一封是大学一个女生给我的，她毕业分回了遥远的伊犁。五年之后，她得到一个机会在北京进修，其书信便是由北京寄给我的。她告诉我，这些年她心情不好，身体也不好，如果有机会，希望我到北京去一趟。她详细地画了乘车路线，告诉了她的楼号和房号，以及学习休息时间。我们是相互喜欢的同学，感情纯正似金。然而，我当时忙着那些可恶的工作，竟没有抽出时间前往北京。她结束了北京的进修，要经过西安重返伊犁，本来打算在这里见一见我，不过恰逢多事之秋，世间那么紧张，她便在车站徘徊了一会儿，走了。她发自伊犁的书信，才使我知道了这些事情，可惜的是，那些日子我正处难关，竟没有书信给她。所以，我读的便是她最后的书信。现在，我很想告诉她我此时此刻的心情，很想让她知道我是惦念她的，但我却不清楚她今天的地址——她已经离开新疆了。

# 我为什么没有长高

　　我为什么没有长高？如果这也算一个问题，那么关心它的，唯有喜欢我的一些女性。男人对它是没有兴趣的，甚至他们暗暗认为我这样正好，世间多一个低于自己的人，自己就多一份优越，其优越不劳而获，真是有福了。至于爱我的人，当然不会发生这个问题，因为爱这种感情，本质是自私而主观的，它可以使任何外在的评判标准消化为零，被爱之人不知不觉已经成为自己的一个部分，其以拥有被爱之人而幸福。事情就是这样：你爱谁，你便希望谁是你的，他或她无论如何你都不会在乎。

　　我是没有长高，谁也掩盖不了这个现象，只要我走进族群，这个现象便会显示出来。不过小时候，我对自己身低的问题毫无知觉，我根本没有发现自己异人几指。我是快乐的跑马，得意的游鱼。我发现自己身低于人，是在大学时候。根据个子高低的标准排队，我被列入最后几名。接着在操场做军事训练，两人走步，竟是一个女生和我构成一组。特别是跳舞，由于个子的问题，居然一半以上的女性难做我的伙伴。这主要是我不愿意，我担心她们败兴。虚荣的女性总是喜欢外表繁华的男人，这种女性在追求所谓的美的标准之下，开始便将一批矮子排除了，她们哪里知道能力和魅力才是男人的金子。然而，这种女性在一个时期竟越来越多，其互相攀比，把身体高度作为择偶的必要条件，仿佛一米七五以上的个子就是幸福，就是渡海的方舟。我很清楚，这种女性是给别的一类男人准备的。

但我心里却颇有苦恼，甚至自卑。我暗中使劲，要在事业的成功和品质的修炼方面超越众多的男人。当然，我也对社交场合进行着选择，以规避那种酿造庸俗与市侩气氛的场合。我小心翼翼，并伤感地认为，我的身低使我天生地减少了欢乐。为之我想哭，偶尔在独处。我甚至变得厌恶一些矮个子同学，因为他们之身低使我看见了自己的影子，遂远离他们。我认为矮个子聚集一堆，将显得更矮，这犹如雪覆盖了地面雪更白，夜笼罩了天空夜更黑一样，量的累积便要改变它的质。

不过对身低的苦恼，仅仅是一个阶段，我很快就恢复了正常的心理。这不唯因为我终究可能长高，关键是由于我发现一个人是否有用或用处的大小，并不由身体高度决定。这种认识给我的鼓舞，胜似那些矮子伟人与大人给我的鼓舞，尽管在历史上有众多的矮子建树了功勋，有所熟悉的拿破仑，有康德，有贝多芬，不过他们只是证明的材料，真理之光才可以照亮我灰暗的灵魂。我尽扫形秽之感，舒展地发我想发之言，举我想举之义。

实际上我极为敏捷，喜欢运动，充满了爆发之力。在故乡的麦场，我和伙伴曾常常摔跤，那是十分痛快的游戏。我曾是长安县少陵中学的乒乓球冠军，从我进这所中学到我出这所中学，整整五年，没有谁能够夺走这个荣誉。我的同学对我举拍跃起扣球的风格，总是掌声四起。上了大学，我仍喜欢运动，体育老师总是将我从队列拉出，由我在铁杠上或木马上做示范动作，我没有一次不是做得潇洒而完整的。不过那时候，我恰恰为自己的身低而苦恼，虽然它只是一个短暂的时期。

矮个子的优势绝不仅仅是敏捷。其优势在于他不会给人以威胁的感觉，人往往会对他发生错觉以轻视他，误以为那短小的身材没有什么能量。这正为矮个子提供了出奇制胜的机会，他将悄然利用自然的隐蔽条件而达到自己的目的，甚至平凡的事情，经过矮个子一做，便会出乎意料地闪出光辉。在重要的场合，往往也是矮个子引人注目，并容易给人留下印象。尤其是矮个子长期生活在身材高大的族群，难免压抑，从而时感危机，于是他就强烈地要冲破压抑，战胜危机。他热切希望取得成功以让世界承认，似乎这样才能轻松一下。一般人或身材高大的人便没有如是感觉，反之滋生得意，从而不知不觉之中钝化了意志。矮个子的另一个优势是人倾向对其推心置腹，容易成为朋友，这竟使矮个子在女性那里常常胜利。对身材高大的男人，女性总是警惕和提防的，因为其天生具备了一种威慑力量，即使他确实喜欢一个女性，也需要岁月慢慢证明。但矮个子却自然削弱了对女性的威胁，他好接近女性，好获取女性的信任。所以我要提醒矮个子，不要为身低叹息，只要努力，一切都会有的！

人是从动物进化而来的，人的形骸永远潜伏着争斗的因素，这使那些身材高大的人往往要野蛮地挑衅矮个子，认为矮个子可欺。不过情况并非如斯。我在小时候经常打架，我的对手几乎全是身材高大的人，然而我没有一次让对手完整地离开，虽然我付出的总是更多。中学的一个同学与我曾经在球场打架，那仅仅是因为我指出他犯规了，他便动武，而且误以为自己可以用强力制服我。对这种行径，我忍无可忍，遂在其咋咋呼呼皱眉瞪目张牙舞爪之际，攻其不备，跳起来给了他一掌，这使周围的老师和同学无不喝彩。几年以后，我在大学仍是如斯跳起来反击一个肉厚之徒的，感觉十分痛快。进入社会，打架之举没有了，但争斗却不止，其方法往往是辩论。我一个矮个子驳斥一个身材高大的人，那种场面实在奇妙。看着对手气急败坏的神态，真让我觉得他愚蠢。这样的感觉是一个矮个子所独具的，其他人要体验也难。

我从来不想用高跟鞋垫起自己，以修改我的身低。这种方法，显然无聊而虚假。也许在某年，当有科学的技术使矮个子长高，这种结果也许会为众多的矮个子所欢呼，然而我绝不采纳如此技术。天生为矮个子，我就喜欢天生的这种样子，如果来世我仍为人，那么我希望自己还是矮个子。当然，一个矮个子是难免会遭遇侮辱的，因为并非一切人都文明到美的程度了，不过这不可怕。我曾经受到一个无赖对我的讽刺，然而我立刻这样回敬他，我说："我是一个矮个子，这是因为上帝精心地创造了我，但你的高大却只不过是上帝随便涂抹的一张草稿而已！"

那么，我为什么没有长高呢？我成为矮个子的原因是什么？有人认为这是父母的遗传所致，有人认为这是二十世纪六十年代的饥馑所致。也许吧，不过这都不重要。

我为什么没有长高，属于秘密。我独创这个秘密并独享这个秘密。那是在我十八岁的时候，一天，我在秋日的原野走着，惠风送爽，淡云行空，明媚的阳光照耀着刚刚收获了的田间，玉米和谷子的芳香，带着泥土的湿润四下飘散，松鼠与兔子偶尔在远方的沟坎鸣叫，这一切都让我心情愉快，想喊想呼，难以自禁。忽然，天上飞翔而过的一只大雁，嘴着一个精致的小包落在地上，我捡起打开，发现小包里装着一页薄脆的纸张，其布满了星空山河世间之图，复杂无比，深奥无穷。我正在迷惑，感觉一个人的声音在什么地方响了起来，告诉我：我现在要停止生长了，我身将低于一般人，不过如果我能发现图中隐藏的真理，并付诸行动，那么我就可以长高。这声音使我震惊。我将成为矮个子！我一下醒了，才知道这是一个梦，随之秋日辽阔的原野蓦地便无影无踪了。这是一个多么美丽而残酷的梦，我的长高，竟是附加了条件的。

这个梦实际上是我编造的，我将自己的追求和期许融进梦中，以激励自己，鞭策自己。我清楚地知道，实现了我所设计的境界之日，才是我真正长高之时，否则便是矮个子。这是一个过程，显然需要艰苦的跋涉。岁月流逝，尽管我苦苦探索，孜孜以求，其中的孤独、凄凉、创伤、疲倦，如影子追随着我，如瞌睡陪伴着我，但我的手却仍是空空如也，一无发现，而且人照旧在庸俗之流走动。我的脚上污点斑斑。我一点都不满意自己。我什么时候才能壁立云霄呢？什么时候才能树挺大地呢？我是怎样盼望着自己长高啊！

# 为了一本书

还记得那本书的名字，也记得它的封面是一片海蓝，以白色勾勒着漂亮的抛物线和三角形。它的纸张已经发黄变脆，不过书脊未损，书角未折。它不过是一本关于代数与几何题解的很平常的书，可在十几年之前，特别是在我那个偏僻的农村中学，尤其对我这个大学考生，它却如过河的列石或登山的台阶一样宝贵。

我们都知道，这本书是数学老师的，他送给了班长，其是全校师生公认的可以考进大学的重点学生。班长很珍重它，总是小心地打开，又小心地合上。

一天中午，学生都回家去了，老师也吃饭去了，美丽的校园静静的，只有几个麻雀聒噪。空空荡荡的教室，剩下了我一个人。偶尔抬头，我蓦地发现了班长桌斗里的书：它悄悄地斜躺着，似乎是在等待我。

根本没有防备，一个念头那么快地一闪。随之，我感到教室轰然而响，心便激烈跳动起来，因为我意识到了我要干什么。我怔怔地看着书，也好像书在怔怔地看着我，足足有三分钟之久，我们彼此紧张地对视着。

终于未能抵抗住它的诱惑，我东张西望地巡视了一下，发现教室周围没有任何动静，便颤抖着手，把班长的书拿走了。

当时，我没有深入地想，只认为，如果我不在学校看这本书，那么将无人知道真相。

不过我心虚，非常害怕老师查询这件事情。我敏感地观察着老师，也敏感地观察着班长。我看着三五个同学聚在一起，便竖起耳朵，或要怯懦地凑过去，总好像他们在议论我似的。我暗暗地掩饰情绪，使自己保持镇定，以防露出破绽。

书是带回家了，但我却一直不敢用它。我将它藏在墙壁的一孔黑暗的洞穴，担心村子的哪个同学飘然而至发现它。我想，如果是这样，那么我就彻底完了。

几乎有一个星期，我都是惶惶不安的。

然而阳光灿烂，白云悠闲，什么事情也没有发生。在这种情况下，我才偷偷展开书，照着它复习起来。

万万没有预料，班长会在一天黄昏突然到我家来。他是给村子所有的同学传达一个通知的，并不是因为怀疑我便有目的有计划地在侦查。然而那本书就摊在桌面上，他发现了！

他骤然凝固起来的目光，使我多么尴尬啊！他难以开口，我也难以开口，于是我们就愣愣地站着。我两腮滚烫，只希望无边的黑暗像洪水一般涌进屋子，使班长别看见我，也别看见书，什么都不要看见，可他却偏偏把一切都看见了。

要永远感谢班长的，是他重复了一遍学校的通知，才打破了沉默，并改变了窘迫，而且直到离开我的村子，他都没有询问我这本书的来历。不然我脆弱的心是承受不了的。

也许我将这本书还给班长，再诚挚地向他道歉，问题就可以解决，甚至这可能会受到老师的表扬，不过我以为这太丢人。我很清楚，一个渐渐临近十八岁的青年的名誉玷污了，将意味着什么！我悄然发誓，无论如何，都不能让人知道这件事情。

忘记不了，天还未亮我就起床了，不过我不是到学校去。我是匆匆赶往西安。我穿着胶鞋，戴着草帽，一个人迎着潇潇春雨，从西安南大街走到东大街，又从北大街走到西大街，顾不得吃饭，顾不得喝水，顾不得看一看五彩缤纷的人潮和车流。我只是一个书店接着一个书店地寻找，寻找一本书，一本封面是海蓝的，其中勾勒着抛物线和三角形的书。

那时候我想着，如果我买到它，那么我将把班长的书永远藏起来。我要拿着自己买的这一本，堂而皇之地在学校翻阅，在老师和同学面前翻阅。我会让所有人知道我有一本这样的书，根本不必偷班长的。

我知道这样做对不起班长，然而为了尊严，迫不得已了。不过我在心里说：今后再也不要做这种羞耻的事情了。

然而脚磨烂了，腿累肿了，我仍一无所获。营业员告诉我，这本书是以前出版的，现在的书店早就不卖它了。

如丝如缕的春雨慢慢停息了，不过我的心里一片阴湿。我感到回家的路比进城的路要艰难十倍。我似乎已经缺乏勇气再走进我的村子和我的校园了！

坐在草丛的一块青石上，我抓起一把泥土捏弄着。春雨之后的田野空旷而寂静。我久久地坐着，忧虑重重，不知如何是好。

一道灿烂的霞光是怎么照亮天空的，我没有注意，不过当它的明丽与温柔映在苍翠的大地上与我孤独的身上的时候，我却感觉到了。我像从一场梦中惊醒似的，一切灰暗的情绪遽然消失。

我一下有了处理这个问题最好的方案，我的眼睛涌满了泪水！

想到至亲心就疼

我偶尔会闪念往终南山去，就是父亲所想象的我背柴的那个地方，深入幽谷，隐匿丛林之中，只有风鸣水响，禽言兽语。

# 嫁　女

女大当嫁，人类遂得以生息和繁盛。

我女大了，当然要嫁。

我曾祖父有七女，她们是我的七个姑奶奶。

小时候，我随祖父多次往姑奶奶家去走亲戚。祖父是探望他的妹妹，我是胡逛，图热闹，想吃大肉、吃大菜。

在长安，过年、过会，要走亲戚的，颇有气氛，可惜我既不看姐姐，也不看妹妹。我与姐妹的关系既不如祖父跟他妹妹的关系密切，也不如父亲跟他妹妹的关系密切。对此，我很难过。

我大姑奶奶嫁在四府村，她育三子一女；二姑奶奶嫁在蕉村，就是生我养我的聚落。周宣王囚杜伯于焦，士无罪而杀之。此焦大约在少陵原上的蕉村一带，"蕉"是"焦"之变也。二姑奶奶育二子三女，不过二十世纪五十年代她便逝世了。我尚未出生，没有见过二姑奶奶。然而亲戚关系仍在，过年、过会，还有往来。我四姑奶奶育五子一女，她嫁到了新合村。姑爷爷是一个医生，以膏药治肿治疮，妙手回春，令名远播，可惜其技未传。我六姑奶奶嫁至新寨子村，育三子两女。七姑奶奶嫁到了裴家崆村，她育一子三女。

我三姑奶奶嫁在夏殿村，五姑奶奶嫁在西安南关。她们命运不济，死得早。她们都生有子女，遗憾一旦她们逝世，亲戚关系就断了，即使大节，也没有什么往来。

我祖父有二女，所以我有两个姑姑。大姑姑嫁至西姜村，她育一子三女。小姑姑嫁到了裴家崄村，跟我的七姑奶奶同居一邨。她育三子，无女。

我父亲有二女，一为我姐姐，一为我妹妹。姐姐嫁至韩家湾村，育一子一女。妹妹嫁到了三五〇七工厂，育一子。她们受制于政策，子女皆少。即使政策不限，一定就多生如我的两个姑姑或七个姑奶奶吗？也未可知。

我有一女，2017年嫁至南京，不过她跟良婿在北京发展。朱家的姑娘，她是最具文化的一个，也是嫁得最远的一个，不过我放心。朱家的姑娘在相貌和品质上素具一以贯之的特点，然而她的出息甚大。

嫁女当然应该有一个仪式，以使此事产生某种庄严感和纪念性。我请朋友都来喝酒，他们欣然而往。朋友皆交游了几十年，贾平凹也来了，并赠书法一幅，发表感言。

嫁女乃喜事，不过我仍是感慨万千，并非一味高兴。在为我女祝福的时候，我恭颂我所知道的数辈朱家姑娘的本分、勤劳、贤淑、坚毅、智慧和贡献。我的观点非常传统！我希望朱家的这个姑娘也能够承担兴家旺族的责任，并渐成一个姑姑，一个姑奶奶！

女大不嫁也是有的，虽然我无权利反对，不过我还是认为，女大当嫁顺乎自然，也是人类的需要。

# 合 欢 树

中午，我一边打电话，一边回家。走近住宅的时候，我收了手机，舒缓着气息。悠然抬头，蓦见楼旁的一棵合欢树绒花盛放，美如飞霞。

我不禁止步，静静地欣赏了一会儿。

少陵原上，我的祖居很大，分为前院和后院。后院尽是杂木，葱葱郁郁。前院种槐、种桐，也种有石榴和牡丹，是农耕之户难得的一抹风雅。尤为欣喜的是，一棵合欢树凌空展枝，总是不失节候地用它的绒花让燕子把夏天带到我的生活之中。

早晨，祖母乐于坐在合欢树下剥葱，择豆，濯米熬粥，或缝缝补补。太阳落了，月亮巡天，星光闪烁，祖父会卸下门板，支撑作榻，睡在合欢树下以乘凉。父亲星期三的晚上从工厂返乡，往往会用自行车带一个西瓜。在桶水里凉一凉，便嘱母亲切成牙子，招呼老老少少，共尝其鲜。祖父祖母先吃，之后是吾辈小孩，接着才是父母。

在 1968 年至 1973 年的那些日子，我家三代人，计有八口。虽然也会拌嘴吵架，甚至挥拳动脚，不过长幼有序，天伦存焉。合欢树见证了一个农耕之户的生机和热闹。

看到小区一隅的合欢树，难免想起我家的合欢树，几乎一样粗，一样高，绒花也一样昼开夜合。唯有一点，我家的合欢树在少陵原上，云流风畅，遍野庄稼，大蝴蝶、小蝴蝶翩跹而至，蜜蜂起落且轻吟低唱，是有情调的。

我家前院的合欢树毕竟是材，遂被伐倒，做了器具。这也罢了，常痛我心的还是蕉村被拆迁了，我的祖居也被拆迁了。实际上更让我难过的是，在我的视线里，祖父走了，祖母也走了，我可怜的弟弟也走了，我的父母都走了。

异乡的合欢树啊，为什么要触动我所掩藏的和规避的？为什么要让我想起不愿意想起的事情？

仅仅是这些吗？不！合欢树告诉我：中国的农耕文明消亡了，农耕文明所有的生活方式、家庭结构和亲戚关系，及其以此为基础所形成的人伦道德，都在涣散，以至消亡！

# 母亲的意象

我的母亲是俊秀的，白皙的；是进取的，劳苦的；是忍让的，慷慨的；是敏捷的，坚毅的；是喜悦的，仁慈的。

不过她也在春秋交替之间不知不觉地把对襟衣服换成了斜襟衣服，衣服上的花也没有了；渐渐的，她皱纹萌额，白发染鬓；终于疾病降临，更是残酷地扭曲她的肢体，扰乱她的语言。

## 一

我爱我的母亲。

小时候我就懂得保护母亲，也许我可以对母亲发火，然而我不允许任何人欺负我的母亲。

六七岁那年吧，我的叔叔蓦地寻隙挑衅，惹得邻居围观。他站在厨房的檐下，赖我母亲弄脏了井水，母亲便据理反驳。他恼羞成怒，竟抬脚踢我母亲。虽然足尖落空，但他的行为却震荡着我的整个身心。当时我站在母亲背后偏右的地方，这一幕完全看到了。我感觉自己仿佛一头小小的雄狮，泪水盈眶，紧盯着叔叔的手，所有的血液都推动着我，使我扑过去，咬断他的指头。发现我已经变形，他猝然收声敛焰，显然是害怕了。这天以后，叔叔再也不敢冒犯我的母亲了，他对我也辄示喜欢，并日益器重。

十二三岁那年，生产队近百社员在场里碾麦，真是热火朝天，可惜场长派烂活给我母亲干。我恨之入骨，遂堵住他，站在他面前指摘，叱骂。场长拿着木杈检查麦秸的厚薄，这儿抖一抖，那儿翻一翻，到处走动。他转到什么地方，我就跟到什么地方，总是站在他面前叱骂他，指摘他。我像一头小小的公牛似的，摇头甩尾，逼得场长发蔫。多年以后，有老师问我："你就不怕场长戳你一木杈？"我说："没有想！"

十五六岁那年，父亲和母亲有了芥蒂，经常争吵。父亲在工厂上班，虽然赚钱，不过我坚定地站在母亲一边，斟酌着如果他们离婚，我就随母亲。有一次，一言不合，父亲跟母亲就又闹开了。我放下作业，批评了父亲一顿，结论是："我母亲逝世了，我要给她立一个碑子，不给你立。"父亲颇为尴尬，也很是无奈，遂佯装大度地说："儿子爱他母亲是正常的。你这样，我也放心了。"

## 二

母亲更爱我。

小学就在村子里，生产队的孩子念书，几乎都是自己去，很少有家长送的。但我念书的第一天，上课的第一天，母亲却送我出门，出朱家巷，陪我走了半个村子，直到看见小学的屋舍，才让我自己去。母亲送我念书，此举固然平凡，不过我似乎获得了追求知识的永恒动力，想起来也十分温暖。

二十世纪七十年代，冬天甚冷，我的同学多冻伤了耳朵、手、脚和脸。然而我有母亲做的两件棉衣、两条棉裤、两双棉鞋，轮换着穿，并戴着可以保护耳朵的棉帽，戴着手套，从而避免了冻伤。

中学在韩家湾村，一天跑两趟或三趟，时间不确定，不过冬天总是有热饭。实际上锅早就凉了，是母亲隔一会儿就点火烧一次，才保证我放学回家，扔下书包，能吃热饭。

父亲从工厂带了一顶军帽给我，我兴奋至极，急于戴上它炫耀，可惜军帽大一圈，在头上晃来晃去的。母亲便改它，连夜垫一圈草绿色布以缩小。线细针密，毫无痕迹。不幸的是，看露天电影，甫感头上触动，军帽就飞了。我左顾右盼，见所有的五官都颇为平静，根本不知道谁是贼！

考大学，我一败二败，不过也越考越勇，志在必得。母亲支持我，除了不让家务使我分心以外，她还给了我辄有变化的一日三餐。我往韦曲的长安二中去补习，有时候会碰到她在田野锄草。她看我一眼，算是目送。她收回目光，埋头继续劳动。踏着乡间的小路，想象着大学之门，我信心更足。她以我托，每天早晨在窗口喊我起床。复习真是累极了，要不是母亲喊我，也许我每天都会从早晨睡到中午。

大学三年级，我身体不适，休学回家，以中药调理。母亲替我煎药，早晨半碗，晚上半碗。她是在下工以后，吃了饭，收拾了厨房，才至院子的一个墙角煎药。秋深霜重，夜气拂面。她一把一把地烧着麦秸，以保持平稳的文火。母亲垂着头，不过文火的闪烁还是照亮了她的疲惫和忧伤。此情此景，烙印在我的心上，到现在还有抓挠之感。

入职了，结婚了，本当自立，遗憾我仍为母亲添了麻烦。有一年，我不得不应付一场灾难，遂把不足两岁的女儿送母亲带。少陵原上浩瀚的秋风和凛冽的冬雪之中，满是她的愁绪，她一边经管着儿子的女儿，一边恐慌儿子的命运。

一天早晨，母亲正在下米熬粥，猝闻女儿尖叫。她猛然转身，只见女儿在案板上摸什么，竟把一杯开水灌进了棉衣的袖筒，灼得当下尖叫。母亲吓坏了，匆匆剪开袖筒，然而她不在村子找医生处理。她抱着我女儿，抄小路，走十数里，再乘车进城，把孩子送我，以求所谓高明的治疗。母亲的棉衣湿透了，背上热气直冒。她也很是内疚，怪自己疏忽，几乎要哭。

三十一岁是我坎坷以后新的跋涉的发轫，不胜艰辛和孤愤，遂不能从容回家。尽管西安和少陵原也不过相距三十里，然而我未必会保证每月探望一次父亲和母亲。那时候，我已经零落成泥，资产为负了。命运坠入低谷，就得为翻身而战。不但不能经常回家，也不能经常报讯。

母亲不放心，便进城看我。我不清楚她是如何辗转乘车的，总之，她像一片白云一样忽然就出现在我的门口。又激动，又难过，几乎使我落泪。那时候还没有家装电话，更没有个人手机，不能预约以等她。有几次她到了小区，偏巧我不在，她便安安静静地坐在门外的楼梯上。获悉母亲在门外等待，我迅速回家，看到我，她的眉梢溢满了笑。她不知道我的感动和难过，不知道我想落泪。

父亲患脑出血后遗症，母亲患脑血栓后遗症，手脚都不灵便，遂硬撑着生活。我也明白他们需要一个保姆，唯经济拮据，是心有余而力不足。不忍，我也无法。一旦我缓过来，便立即雇了一个保姆。可惜一月之后，不告诉我，母亲就把保姆辞退了。我以为这个保姆不妥，又雇了一个。然而一月做满，她又辞退了。我打电话问："咋辞退保姆呢？是不是嫌花钱呢？"母亲慢慢地说："娃呀，雇保姆，你是为了我。我用保姆，你就把我害了。""为什么？""生活能行么，用保姆干什么？不行了，再雇保姆吧！在村子里生活，不兴用保姆啊！"实际上母亲仍是觉得我经济紧张，不舍得让我花钱。

2014年秋冬之际，是我父亲逝世三年以后了，有一天，我和母亲聊天，无非是评姨姨，论姑姑，让母亲高兴而已。俄顷，她在房子悠悠地转了一圈，似乎若有所思，渐渐抬起头，郑重地对我说："娃呀，我要是不行咧，我就想走快一点！"我的心顿然沉了一下，没有应接，旋即岔开了。

母亲是神的女儿，尽悉自己的生命属于神，应该不会胡思乱想。我父亲临终之前，完全卧床，这是母亲看到了的。我以为，母亲所谓的想走快一点，当是指不要完全卧床的结局，也有不希望再加重我负担的考虑。我了解母亲，她非常自尊，即使万难也要自立，即使儿子反哺，她也存打扰儿子的歉意。

## 三

在人民公社的那些岁月，母亲是我家唯一的劳力。从 1957 年至 1968 年，她先后生有四个孩子，姐姐、我、妹妹、弟弟，都需要她抚养。我的祖父和祖母，已经不能在田间耕耘了，也需她照顾。关键是七个人的口粮，要靠母亲所挣的工分而取得。为了工分，她竭尽了所能。

父亲也是生活所赖的半壁江山，其以人民币供给我家所资。不过生产队有自己的规则，它以劳力及其所挣的工分断其所获。我父亲不算劳力，于是居住在少陵原的这七个人的生活，就主要靠母亲了。

只要闭上眼睛，我便看到母亲忙碌的样子。春天她扛着镢头打胡基，修梯田，没有一晌不是一副受饿之态。夏天割麦，没有一晌不是累得虚脱的神色。秋天她握锨浇地，抡镐砍苞谷，挖红苕，没有一晌不是服役之状。冬天拉着架子车施肥，没有一晌不是汗水潜淋，棉衣从里向外蒸发其汗的。

几乎是每天，母亲下工会小跑回家，利索地择菜、擀面，或做别的饭。她一勺一勺舀到碗里，一碗一碗地端给老老少少。终于姐姐长大了,我也长大了,可以给祖父祖母端饭了。母亲最后一个吃饭,接着洗碗洗锅。天黑了,星辰如洗,母亲坐在炕沿穿针引线,为公婆、子女和我的舅爷舅奶缝棉衣,缝棉裤,纳鞋底,纳袜底,不知道月驰中空,夜逼未央。晚上如厕,从偏厦出来,我总是看到母亲的影子映在正房东屋的窗纸上。

给我祖父祖母四季浣涤,顿顿馍面,这也罢了。难能可贵的是,祖父逝世以后,祖母半身不遂,她毅然承担了全程护理。白天所食,皆由母亲喂之,因为姐姐和我在上学,妹妹和弟弟尚幼,对母亲的夹辅只能是零星的。晚上她按时间抱起祖母,执盆溲溺。点灯、招呼、擦洗,难免会吵到我,在半睡半醒之中,我倍感母亲之累。每天晚上,她有两次助我祖母,从而保持了被褥干净,空气清爽,直至祖母安然殁矣。

有了农闲,母亲便往娘家去,看望自己的父亲和母亲。她做一笼花卷,再做几笼凉皮,分类放在竹篮里。她用纱布盖住,以防灰土落上。她把公婆和子女的生活安排妥当,再三嘱咐,便踏着乡间的小路,匆匆而去。她给我的舅爷舅奶整理房间,拆了被子,去污,晾干,再捶展,再缝了被子,拭窗掸壁,淘米炒菜,做了所有当做的活,又匆匆而返。母亲为大,她的三个弟弟、两个妹妹,无不由衷敬重她。她晚上很少在娘家待,因为公婆和子女不可须臾离开她。

母亲至娘家,我总是若有所失。黄昏披垂,我便在村口向乡间的小路远眺,希望迎接她,可惜她迟迟不归。终于月悬秦岭,星辰灿烂,母亲像一个飘移的点似的在白杨萧萧的小路上出现了。

小时候,姐姐、我、妹妹、弟弟,跟母亲在一起生活,因为父亲只有星期三才回少陵原。懵懵懂懂,打打闹闹,一个接一个地长大了。姐姐在人民公社的商店工作数年,便如期出嫁。1979年,我进了大学。妹妹机会难得,接班到了父亲的工厂。弟弟情绪起伏,无所适从,遂成我家之惑。1996 年，我经大夫分析才弄懂，此乃疾病之端。

大约这个阶段，淡雅的梅花或菊花就从母亲的衣服上消失了。她开始改穿蓝的灰的一类单色衣服。她明朗的容光之中，也加入了忧郁的元素。然而母亲仍是刚强的，仍是非常能干的。

在我生于斯长于斯的朱家巷，在我少年隶属的生产队，谁有我母亲能干呢？

我家的自留地，不管是小麦还是谷子，母亲可以种得没有一棵草，疏密适度，整齐茁壮。凡是经过我家自留地的长者，多会驻足欣赏，连连赞叹。

过年以前，母亲会使我家庭院的里外和前后焕然一新。她把笤帚绑在一根长长的竹竿上，够着打扫房梁上、天花板上及房间里所有的尘埃，之后化白土于水盆里，一刷一刷地漫墙。所有的被子，她要洗一遍。她把被子搭在两树之间的绳子上，一经冬日阳光的照晒，盖起来真是又暖又香。她撕下旧窗纸，糊上新窗纸，并要对称地贴上窗花。

母亲还有杰出的表现，一般妇女是不具备的。房顶上生长青苔和瓦松很正常，不过繁茂了便要阻水，导致屋子漏雨，是应该拔掉的。母亲就借了梯子，从墙头爬至房顶，自高而低，仔细撅草，并统统清扫一遍。看到别的小孩吃槐花麦饭，嘴馋也要吃，然而我家老的老、少的少，谁能抅槐花呢？母亲便爬上槐树，坐在树杈之间，抅下枝干，之后溜下槐树，抠了槐花，濯净拌面，以蒸麦饭。当时母亲不到三十五岁，显然就是一个英雄。

## 四

酸楚起于父亲的疾病，随之是我的灾难及离婚，接着是我弟弟被诊断为精神分裂症。接二连三的变故，沉重地摧残了母亲。她白发剧增，皱纹加深。然而生活是要继续的，天也不会绝路。

母亲左右求索，得到了神的启示，遂能凭着信仰行世。我以为她六十岁以后的幸福，主要源于此。父亲留下了脑出血后遗症，只能由母亲照料。虽然是不虞之祸，她也心平气和。给弟弟积极治疗，也应该是有希望的。1995年我又结婚了，这显然也是对弥漫在少陵原的一种悲哀气氛的反击与否定。妻子真爱婆婆，婆婆真爱妻子。我觉得惬快，视我命运的吉庆是给母亲的安慰。

此间，母亲有几次进城看我。我自幼喜欢吃她做的凉皮，母亲遂带凉皮来，并用瓶瓶罐罐装着自己焅的豆芽及其他佐料。在享受凉皮之际，我会问村子里的情况，随之慢慢转向问父亲，问弟弟，给母亲以鼓舞。见我平安，妻子平安，女儿也乖，她便轻松地说："娃呀，你们都好，我就放心了。"便返少陵原，以照管我的父亲。

多年以后，只要想到母亲进城看我，我就为自己的一个疏忽深为遗憾，顿生隐痛。每次见母亲，不管在哪里，我都会给母亲一些零花钱。然而母亲进城看我，我竟有一次或两次忘了给母亲，让她空手归去。固然父亲有工资，固然母亲并未提出缺钱，不过，如果母亲钱不宽展，需要儿子的钱予以补贴日用呢？多年以后，当我意识到这样一个问题，我就为让母亲空手归去而悔恨得想哭，我就想抽自己的耳光。

我对生活的重整，尤其以拼命翻身，多少让母亲释怀且高兴。她不能放心的是弟弟。春夏之交，弟弟不禁会有狂暴的举动。住院治疗，有药控制，遂还平静。出院回家，他服着服着便中断了药，于是狂暴就又爆发了。反复如此，母亲不得不携父亲离开少陵原，寓居于樊川或韦曲一带。母亲说："把他交给神吧！"见我沉郁，她就说："娃呀，不发愁，天哪里黑，在哪里歇！"

# 五

在我父亲得脑出血后遗症九年以后，2000 年的冬天，我接到一个电话称母亲感冒了。不可能！我想，一定是严重的疾病。

我火速奔赴少陵原，只见她躺在床上，已经处于昏迷状态。急忙住院，诊断为脑血栓。几天之后，恢复清醒。三月之后，可以出院了，然而右腿和右手都不灵便，语言也疙疙瘩瘩的。不过她坚持祷告，笑迎日出和日落。

我不如母亲，暗忖我家沉疴三人，难免幽闷。那些年，我经常从梦中猝然惊醒，旋坐床上，一再想我弟弟吃什么饭，我父亲和母亲会不会摔倒，遂再也不能入眠。

母亲的伟大，是她能顺应惨绝的遭遇，不抱怨，不叹息，并能把一种内在的明亮和温暖投射到外在的形容上和声音里。她确实是黑暗世间难能可贵的一盏灯！

右腿坏了，不过步行是可以的，她就一高一低地赴市场买菜。右手坏了，她便用左手擀面、烙馍、洗衣服。她拿布条缠住刀片的一半，左手握之，以刀片的另一半切土豆、切萝卜、切白菜、切豆腐、切黄瓜、切肉。她用左手持铲炒菜，并用左手掌勺盛到碗里。

父亲仍由她照拂，屋子照旧干干净净，井井有条，甚至每一个用过的塑料袋也会绾结成团，放在一个纸盒里，以方便再用。

大约就是这些日子，我的逆境得以改变，遂给母亲雇了保姆。然而她一再辞退，认为自己能行。2010 年秋天，父亲再犯脑出血，乃至瘫痪，侍护起来甚为艰巨，她才同意我请保姆。

算一算，我母亲共照顾父亲二十年，其中她以脑血栓后遗症之躯，照顾我父亲十一年。2011年5月1日，我的父亲逝世了。

办完父亲的丧事，母亲便独立生活。此前，我已经接母亲进城了。她和我共住西安明德门小区，我妻子给她买菜，我也可以随时看她。我数征意见，要雇保姆给她，她无不干脆地说："不要！娃呀，我能行么。"见我默然，她补充说："我不行了，你就雇。"我依了母亲，她便快乐的样子。

我父亲逝世三年以后，母亲衰颓明显。她移趾拖沓，扬眉拙滞，常常有所凝虑。母亲虽然没有多少学历，不过她是睿智的，通明的，生命感觉颇为敏锐。

在这一年，她有两次郑重交代，我以为那就是遗嘱了。秋冬之际的一个黄昏，她对我说："娃呀，我要是不行咧，我就想走快一点！"

为了安全和容易操作，我买了电磁炉，以让母亲做饭烧水。烧水的壶，有一个弧形的柄，因为她左手之力有限，只能垂提，不能平端。她先提壶接水，再提壶放到电磁炉上，再提壶灌进保温瓶里。数年如此，并无大碍。不过有一天她笑着对我说："不行咧，不行咧！一壶水提不起了。"

母亲的坦诚让我起敬，也让我伤感。母亲承认她不行了，就实实在在是不行了。我宽慰她说："放心吧！现在给你请保姆。"她说："请保姆吧！"

母亲在八十一岁的时候，以其之老，以其之恙，终于不能自己做饭烧水了。对此变故，我当谨记。

我便四处奔走，给母亲雇保姆。此事既是轻车熟路，又是无从把握的。现在的保姆让人生畏，令人失望。你可以交心，你难以得心。保姆是赚钱来的，这无大错，不过保姆来赚钱，是否会敬业，是否凭良知？总之，换了一个，又请一个，循环往复，计有五次。

# 六

2015年1月16日早晨，刚刚起床，我便接到保姆的电话，告我母亲情况有异。我一边打120，一边跑。三五分钟我便见到母亲，不过她已经昏迷。急救车随之而至，径送医学院。诊断为脑出血，便直入重症监护室。

经过四十三天的治疗，一切都正常了，不过脑出血后遗症严重至极：除了思维尚有，母亲彻底瘫痪，包括彻底失语。

大夫让母亲回家康复，我怕难保平安，便托朋友，让母亲进了另一个医学院，在所谓的干部病房过年，过正月十五。一切都稳定了，我才接母亲回家。

母亲躺在床上，头不能在枕上转，脚不能在空中抬，十指也没有一个可以动。母亲几乎变形了，生命仿佛演化成了一棵植物。

然而任何珍贵的植物也不会有灵魂寓于生命之中。

我的母亲是有灵魂的。她紧闭嘴唇，凄迷满目。我想，她一定是觉得自己成了一个拖累吧！母亲是要强的，她不愿意这样。

我对妻子说："不管怎样，我还有母亲。即使她不会答应，我也可以叫妈。如果母亲走了，就永远没有人可以让我叫妈了。"

为了振作和激发母亲，我说："妈，现在要训练说话呢。你跟我读。"我便发音：一、二、三、四、五、六、七。母亲也随我发音：一、二、三、四、五、六、七。她舌头僵硬，发音含糊。

我非常清楚，已经无法让母亲恢复说话的功能了，然而我想让母亲意识到我爱她，我需要她。我想让母亲明白，即使她躺在白色的护理床上，一动也不会动，她也仍有一个母亲的价值和尊严。

母亲很是幸运，临终之前的数月，竟碰到了一个天使般的保姆。母亲及母亲的房间一直是清洁的，连一个从新西兰来的护理专家也为之称赞。我以为此乃母亲的善报，是神的恩赐。

妻子、我姐姐和我妹妹，交替着跟母亲说话，保姆也跟母亲说话，目的是促进交流，可惜她不应答，不理睬。她面向天花板，望着虚无，没有任何表情。

我必须唤醒母亲对生活的关注和热情，否则她的虚弱会加速的。我搬来一个方凳，挨近母亲坐下，讲我小时候所经历的她的故事。我讲她掐生产队的苜蓿，讲她用架子车拉小麦磨面，讲她买猪、养猪和卖猪，讲她肩上搭着毛巾，一边擦汗，一边拌搅团，讲她腊月的黄昏在荒地里碰到了一匹狼，讲她把我绑在后院的槐树上打我，教训我。我唯一不能告诉她的是，我可怜的弟弟已经不在了。

母亲嘴唇嚅动，咽喉里也有了声响，显然百感交集，要表达什么意思。可惜她主侧大脑半球受损，完全失语了，遂在脸上涌满了哀戚。

保姆夸我，我妻子扫视一周，对我点了点头，我姐姐和我妹妹颇为嫉妒地站起来，拉了拉母亲的枕巾，又抚了抚床单的皱痕。

母亲躺在床上生活着，我不知道她是否懂得春去矣，秋也去矣！


# 七


2016 年 11 月 8 日上午，我母亲走了。


二〇一七年七月十二日，窄门堡

# 不能想的父亲

父亲逝世几年了，我一直都没有哭过。

在五十九岁那年，父亲突发脑出血，幸而命硬，也治疗及时得当，遂能保存。不过他也以此手足失灵，行动不便。尽管这也是常有的情况，然而父亲获病，总是我的忧愁。经一春是一春，历一秋是一秋，他坚持了二十年。

至七十九岁，父亲再犯脑出血，以迅速抢救，免于殁矣。惜一再摧折，他也就越来越弱。厌烦了医院，也似乎有所忧疑，遂回家康复。

进了自己的房子，他欣然，有解放之感，显得踏实与轻松。不过在我的注视之下，父亲日渐萎靡，彻底卧床，随之食减力竭，言语短，瞌睡多。三个月以后，腰部便患了褥疮。请了保姆照顾他，但保姆却是不会换药的，遂又请了一个大夫专门换药。然而这个人比较冷酷，他用镊子夹了棉球向碘酊瓶子里强塞，猛拉而出，率易涂抹于背，横画、竖画、圆画、角画，算是消毒。

辞了大夫，我决定自己给父亲换药。无非是消毒，晾干，把软膏抹在纱布上，再贴在患处。我很舒缓，气氛也不紧张，父亲遂能安然。遗憾褥疮是顽症，缩聚甚慢，愈合极难。

有半年之久，褥疮好了一个，又添一个，没有不好的，也未全好。父亲不感到疼痛和煎熬，也不丧失希望，总是一种尊严的平静。

那天晚上，大约十点左右吧，我换了药，叮咛保姆明天洗一下窗帘。父亲看着我，手伸出被子，放在床沿，似乎轻轻地摆了摆。我毫无预感，丝毫也没有注意到他的表示。数小时以后，父亲便归天了。

我瞻仰着父亲，他还是一种尊严的平静，然而造化已经抽提了他额头的温度。此刻，我没有哭。

我是长子，丧事由我主导，遂反复陪着亲戚、朋友、同事向父亲的遗像鞠躬，并招呼父亲单位的领导。这个过程，我也没有哭。

向父亲的遗体告别以后，我做了致辞，悼我父亲并感谢送我父亲的所有故人和嘉人。此间，我还没有哭。

火化结束，父亲就变形为骨灰了。我捧着盛放他的盒子，十分茫然。这时候，我还没有哭。

逢父亲的忌日，我召亲戚往陵园去祭祀他，凡三年。三年三次，我仍没有哭。

每至清明节和寒衣节，我都会以风俗习惯，为父亲烧一沓纸。夜幕笼罩，火苗冉冉。我栖之城，尽管华灯齐亮，汽车咸驰，它也是阴气森森，大为寂寞。即使沉浸在这样的氛围和情景之中，我也没有哭。

父亲之死，我真的无动于衷吗？这怎么可能呢？儿子是恃父亲而生的，也仗父亲而成长，所以父亲为怙。以天演地转，儿子必壮，父亲必朽，然而儿子与父亲天赋一种血缘，一种生态，一种结构，一种链式，一种秩序。父亲之亡，能对儿子不产生影响吗？父亲之去，让我觉得世间的空旷、空虚、空荡、空落，仿佛院子里的一棵老槐树被伐走了，庭堂里的一张老方桌被抬走了。生活如流，忙忙碌碌，然而我也并非一下就能适应永别父亲的变化。有时候，我觉得孤独。

有时候，我甚至觉得失魂落魄，轻得像漂。有时候，我的目光会悠然拂过楼顶，直抵云霄，看到我的父亲。我的泪水潸然而下，不过这不是哭，这只是眼睛里有了泪水而已。

我曾经两次梦到父亲。一次是夏天，他站在少陵原我家的院子里用毛巾擦胳膊以图凉爽。一次是他坐在一辆三轮车上，旋韦曲镇一个转弯的坡道飞速逆行。他穿着白衬衫，敞着怀，露出了贴身的白背心。他面色严峻，似乎有急事，让三轮车快，再快。不知道他为何是坐在车帮上，眼睛向外，腿也向外，而且还略翘着。父亲有什么急事呢？父亲不怕危险吗？看起来他很结实，是四十岁左右的样子。他穿的也是二十世纪七十年代的男士普遍穿的衣服。父亲啊！这些梦有什么寓意呢？向我暗示什么呢？我已经有能力，情理当助您，您就吩咐我吧！

我不能想父亲，因为想到父亲我就泪水涌流，几乎要哭。我有儿子，有妻子，有学生，有朋友，有从我左右前后闪过的衮衮相识者或陌生者，我不愿意让他们看到我泪水浸睫的样子。然而我想父亲，无时无刻不想到他。

在明德门城墙遗址公园散步，看见有人搀扶一个摔倒趴地的小孩，蓦地就看见父亲用自行车驮我走几十里，驰过田野的小路，驰过西安城喧闹的大街，至钟楼附近的一家医院给我补牙。窗子很大，玻璃很明，钻牙而补之太疼，父亲之眉紧皱着。那年我八岁，父亲三十六岁。

只要看见有人搓手，我就看见父亲站在我的小屋，问躺在床上的我："腹部怎么不适？左边不适还是右边不适？"询之再三，仍有焦虑，说："我按一按。"就扔掉烟头，反复搓自己的手，直到手掌手指热透了，才放到我腹部，问："痛不痛？"他不敢使劲按，当然不痛。那年我二十一岁,父亲四十九岁。

父亲爱我甚于我爱他一千倍,一万倍,这是我多年以后才悟出的。父亲爱我甚于爱自己的其他子女一百倍,一千倍,这也是我多年以后才悟出的。我一切的优点,他都高兴;我一切的缺点,他都理解并原谅。小时候,少陵原冬天的风总是从旷野呼啸而来,冻得我鼻尖发红,耳轮发烫。他有狗皮褥子,会让我铺。他有羔羊毛大氅,说:"你长高了,就是你的。"他有军鞋,可以踩雪踏冰,颇能暖脚,我上学想穿,他脱下拭净就给了我。我想要军帽,他就给我军帽,想要军装,他就给我军装。他有一辆当年很是时尚的永久牌自行车,我要骑,他便送我。他有工作,也有顶替的政策,几个子女大约都起了接班之念,但他却声色不动,唯默许于我,等我选择。我考上了大学,户口遂由农村转到西安,他喜悦地说:"你现在就是西安的人了。"我愚蠢地反驳父亲:"不,是国家的人了。"他把自己戴了十二年的上海牌手表摘下给我,说:"这方便你掌握时间,准点上课,准点吃饭。"似乎若有所思,不知道还有什么东西可以送我。一月之后,他到我大学的宿舍来,坐了坐,从包里掏出一把剃须刀,说:"这个给你。"每当我刮胡子的时候,每当我在买新的剃须刀的时候,我总是清晰地想起父亲送我剃须刀的可以从窗口看见终南山的那个遥远的晴秋,鼻子便一酸一酸的。然而我强忍着泪水,没有哭。

父亲送给我的东西,在今天看起来都是极其普通的东西,不足挂齿的。然而三十五年之前,社会尚处匮乏和贫困状态,这些东西也不是易得之物,遂显稀罕。关键是,凡此普通之物无不融入了一个父亲对他儿子的无穷的爱。只要想到这一点,我的泪水就要来,不过我没有哭。

家有祖传的一件酒器,银质小杯,刻有蔓草,确实是精细之作。

小时候，逢过年，我就看见父亲用小杯独斟三五，高兴而惬意。患脑出血以后，他戒了酒，不过偶尔也会拿出小杯置之于掌，仔细把玩，并把小杯用绢擦得发亮。我并不以为这是什么珍品，但父亲却视之为宝。有一天，我回家探望他，饭毕，他取出此小杯，解开包着它的绸子看了看，又包上，也送给了我。我捧着小杯，觉得父亲已经没有任何属于自己的贵重之物了，顿生伤感。

2008 年，早就申请的一块庄地终于获得批准，我遂筹款，计划筑两层楼让父亲和母亲住。要有卫生间，有厨房，宽宽展展的。父亲闻之很是兴奋，忽然从什么地方取出一个存折递我，说："凑一点钱给你。"意料之外，遂难断接还是不接。接吧，儿子给老人建宅，又用老人的钱，未免不慷不慨，不诚不忠，甚至是借机而索。不接吧，又恐老人过虑，认为是我嫌其钱少所以拒绝，伤害了他怎么办。稍加权衡，我接了存折，说："两层楼，联合盖。"父亲很是得意，报了密码。实际上只有一万二千七百五十六元五角，不过它凝结着一个老人的尊严，也是一个老人对他儿子负荷的分担。问题是，这笔钱尽由老人节俭而蓄。每想至此，我就欲哭。尤其是父亲和母亲在新的两层楼里并没有久居，因为父亲再犯脑出血，不得不进了医院。2011 年 5 月 1 日，他就逝世了。每想至此，我就欲哭。也是在这一年，少陵原上轰然拆迁，我和父亲联合所盖的两层楼也被夷平了。每想至此，我就欲哭。

尽管父亲对我有无穷的爱，我也爱父亲，然而我与父亲并不特别亲密，更无亲昵，且多少存在着一种距离。当然，这纯粹是一种父亲与儿子之间的天赋距离。我从来没有把自己的书送给他，是不愿意让他跨入我的一片微妙难懂的感情领域。但父亲却会自己往书店去买，这是我无可奈何的。有一次，他说："听广播知道你的书出版，我就买了一本。"抬手指了指，顺之转目，只见桌子上确乎摊着一本书，是我的。我略感惭愧，然而也保持着沉默。他又说："晁雄也想要你一本书。"晁雄是同乡同巷，我不打算赠之，遂仍保持了沉默。我的沉默颇为柔和，以免激我父亲之愤。

只有一次，我和父亲之间的距离有所拉近。他再犯脑出血，在医院经过月余的治疗，已经无碍，遂要回家。大夫不持意见，认为回家也可以康复。我要他继续住在医院，因为这里毕竟安全，但父亲却不想。我笑着问："你回家行不行？让我看一看你能不能起床？"他保证着说："行。"就用一只没有疾症之手狠拽床背以起身。我又笑着问："腿行不行？能不能走？"他便穿上鞋，端坐床边，运了运气，抬起左脚使劲踏下去，又抬起右脚使劲踏下去，显示有力能走。我不禁笑出了声，又顷感老人的可怜，就答应他回家。离开医院一月之余，他便倒下了。数月之后，褥疮遂现。

我抱怨过父亲几次，是为我的弟弟。顶替他的工作，我考上了大学，不需要了，我姐姐已经出嫁，也不必给她了。由父亲决定，我的妹妹接班，入职三五〇七工厂。弟弟当年才是初中生，他应该还有自己的前途，不料他竟以独守农村而抑郁，终于损毁命运，得了精神病，一再赶父亲和母亲离开我家。筑两层楼，也是要结束老人流离失所的生活，以让他们安居于少陵原上。在租借的房子里，我尝抱怨父亲没有周密考虑顶替一举潜藏的得失，甚至忽略了我的弟弟。父亲不承认自己有错，固执地认为是我弟弟懒。反复治疗，弟弟的病不得根除，反之越来越狂躁，或夜以继日地昏睡。这时候，父亲才察觉了问题的麻烦，遂半靠在床背上，一根烟接一根烟地吸着，直到烟头塞满了烟灰盒。现在，我经常想起父亲半倚在床背上的一副沮丧和颓废的样子。当此之际，我没有一次不心如刀绞，泪水横飞，悔恨自己为什么要抱怨父亲，抱怨又有什么用，抱怨难道不是让父亲增加他的不幸吗？

我二十九岁那年，由于有事，久未回家，父亲非常焦虑并担忧，又不敢往单位去找我，以直面他儿子可能会冒着的风雨。多年以后他告诉我："那些日子，我每天都在你单位门口溜达，或坐在附近的台阶上。我偷偷地，想从远处看见你。只要我看见了你，就知道你平安着。当然，万一发生了什么，我也想得通，因为你不是为自己。我就当你是进秦岭背柴去了。我和你母亲也会为你养大孩子的。"我哭了，不过我很快就咽下了泪水。然而只要想起父亲这样的一番经历，我便浑身颤抖，泪水蒙目。父亲平凡，但他却深明大义。我敬他。

不能想父亲，是我不愿意哭。然而自父亲逝世以后，我处处会想起他。在书房里，在校园里，经少陵原，过韦曲镇，在朱雀路上看见一个手足有碍的老人，有时候看到树摇叶翻，看到一只燕子在蓝天下滑翔，看到夜空的星星，我都会想起父亲。父亲是走了，但他却时时刻刻出现在我的身前、身后、身左、身右，完全在相挽之间。想到父亲，我就泪水夺眶，以哭之不成，遂酸哽而使之倒灌胃里，从而给口腔一次又一次地留下苦涩。

我偶尔会闪念往终南山去，就是父亲所想象的我背柴的那个地方，深入幽谷，隐匿丛林之中，只有风鸣水响，禽言兽语。身处此境，我将放声哭一场，哭我的父亲，哭出我的五脏六腑，哭净行世之艰和为人之难！

# 母爱如流

　　我父亲十六岁就外出谋生了，他的母亲无日不思念自己的儿子。她知道儿子好吃面片，只要回家，她总会又薄又筋地给儿子擀一案。1949年，她儿子进入西安三五〇七被服厂工作。那是一家军方所辖的单位，星期四休息。星期三下班，她儿子便徒步二十里，赶至家多是晚上了。在无穷无尽的星空下，他远远看到一排树木，接着就看到母亲站在村口接自己。面片已经摊在案上，一会儿就煮熟。母亲给碗里调上盐、醋、辣子、葱花，端给儿子，见儿子吃得很香才高兴。儿子娶了妻子，有了自己的孩子，生活便沉重起来。为了快一点儿回家，1962年他买了一辆永久牌自行车，几年以后骑坏了，在1970年又买了一辆飞鸽牌自行车，几年以后又骑坏了。母亲渐渐也老了，然而她仍会在星期三的晚上走过窄巷，到村口去接儿子。父亲的母亲在清政府统治下裹了脚，是一个三寸金莲式的妇女，大约六十五岁以后便拄着拐棍。冬天的晚上，她会通过黑暗中自行车颠簸的响声辨别是否是儿子的自行车。不等到儿子，她就一直站在村口。白发苍苍，长风拂襟，她拄着磨得发光的荆木拐棍，向着乡间小路举目而望。夜色如海，什么也没有，她便侧耳而闻，以捕捉儿子所骑的自行车的响声。

　　我儿子的母亲在他还是一个胎儿的时候就让其欣赏音乐，谨防患病，以不服药、不打针，当然也不接触电子设备。一旦出生，成为婴儿，她便给他唱歌吟谣。她慢慢地教他坐，爬，翻身，站立，走路。给他蒸鲜嫩的鸡蛋，先滴一点酱油，再滴一点香油。蒸鲳鱼，蒸鲈鱼，蒸鳕鱼，手指入肉，一丝一毫地探索着挤出硬刺、软刺、一切骨质，喂她的儿子。衣服每日必换，但发型却是要养成风格，所以有几年她儿子是西瓜皮发型，小区的人都夸其活泼，她便得意地笑。反复选择幼儿园，对老师交心致礼，亲如姊妹，以使之能照顾儿子。终于上小学了，由她带儿子读书，朝送暮接，任其酷暑、严寒、春暖、秋凉，从一年级到了五年级。到处打探消息，以知道什么地方有好的英语班、好的奥林匹克数学班，并骑一辆电动自行车带儿子去学习。她检查作业，字潦草当工整，应用题公式不全当补齐，逼着背诵要背诵的诗、英语的单词或句子，通过网络购买所谓教育家推荐的书让儿子阅览。拜师傅以教轮滑，以教打乒乓球，卒以网球运动为儿子所欢愉。儿子偶染小疾，她便忧伤自己，慎诊其医。她让儿子对同学宽容，对老师尊重，在街上或小区见到长者，要主动且热情地问候。撒谎不行，偷懒不行，饭前不洗手和饭后不刷牙都不行。她仿佛是一个艺术家，手握一把雕刻刀，要竭尽其力地凿磨出一个为世所用的绅士或君子。

我的母亲七十九岁了。2000年一场猝发的脑血栓给她留下了沉疴，举筷不稳，投足不捷，言语不清。她白发满头，其样子看起来真是日薄西山，木枯霜野。然而她见我，必问下班了或怎么没有上班，嘱食嘱穿，怕我饿，怕我冷。她待我依然如待一个懵懵懂懂的少儿，实际上我已经知天命了。

母亲对我的养育和教导完全是勤勤恳恳，劳骨苦志。她的恩情比天大，比山高。1977年，可以通过考大学离开农村了，这是吾辈改变命运的唯一途径，我不敢丧失机会，一定要上大学。可惜有一段时期不讲读书，首当其冲的是学生，他们把课本里的知识都扒光了，老师的课堂上也很荒芜，于是吾曹的脑子也就空空如也，考大学遂难以顺利。我便夜以继日地钻研，每天几乎学习十五小时以上，累得脑涨，入眠如死，早晨起床闹钟也叫不醒。我就让母亲叫我，她点了点头，说："行！"从此，她每天早晨五点半伏在我屋的窗口喊我名字，因为太困了，太乏了，往往醒来应答一声旋即睡去。她不见我的动静，便又过来喊我，有时候再二再三地过来喊。我考了三年，她喊了我三年。显然，是母亲帮助我实现了上大学的理想。母亲在窗口喊我的印象入神融魄，多年以后，我还常常梦到她站在厦房的檐下，轻轻地，一遍一遍地呼唤我，既怕我醒不来，又怕我睡不足。她的声音仿佛鸽子飞在天空，飞在我澄明的灵魂之中。

父亲的母亲姓田，儿子的母亲姓李，我的母亲也姓李。她们在不同的年代，从不同的地方，嫁在朱家，不过她们都是一样地用丰沛的感情爱自己的儿子。

实际上在千门万户的中国之天下，在中国文化圈，凡是母亲，无不在用丰沛的感情爱自己的孩子，并殷殷盼其成为社会的栋梁。家之兴，国之和，缺少了母爱的滋润是不行的。母爱是中国的道，文化的宝，传统的精华，是一以贯之的永恒的核心价值，甚至是整个民族所赋予的使命。母爱至尊，母爱如流。

# 告　别

爸，我们即此向您告别。

我们村里的本家人多来了，村里您过去的交游也来了，您单位的故知和三五〇七社区的主管都来了。亲戚不分远近，能来的全来了。您的儿女与儿媳、女婿，率其孩子都站在您的身边。我的老师和学生也来了，我的同学也有来的，我的朋友当来的都来了。宜之在外读书，来不及，不过她爱爷爷。

我们即此向您告别。大家知道这是您生命里程的最后一站，遂放下手中的工作，送您永归。请允许我代表您向大家，也向这几天在灵堂前为您上香的及其呈送了花圈的我的领导、同事和朋友，表示由衷的感激，并为了您，谨记所有吊唁者的悲情！

您将见到我的祖父祖母。多年以后，我也要去见您。今世我们是一家，但愿来世我们还是一家。如果还有什么事情在这个世界上我们不便透彻交流，那么在另一个世界里我们敞开交流吧。

怕我的母亲出现不测，没有让她到这里来向您告别。有一次，您对我说："没有你母亲，我早就完蛋了。"确实如斯。尤其令人钦佩的是，我母亲在罹患重病的情况下照顾了您十年。请您放心，我们会善待母亲的。总有一天，她也要去见您。由她通报您走了以后，她的生活情况吧！

爸，越是临近生命的终点，您的生命意志就越是展现了峥嵘的面目。得脑出血之后半身不遂二十年，不管步行多么艰难，您始终拒绝拐杖！再犯脑出血，您就像一棵已经伐倒并横在田野的老树，然而您总是反复地从树端上和树皮之间长出绿芽！尽管死神到底战胜了您，不过您也一定让它领略了您的厉害。爸啊，您的生命意志真的让我增加见识，也使我恢复了自十六岁反抗您以来曾经模糊了的对您的敬畏。我能意识到这是您留给我的一份十分宝贵的遗产。在我的怀想中，久有您生动的音容，直到我去见您。

即此告别了！爸，您放心走吧！

# 围　墙

中国传统宅第的布局往往是这样的：有一个阔朗的院子，中央向阳的地方建其房屋。以房屋作基点，向前后和左右延伸出去，砌一圈围墙，房有房门，院有院门。为防他人窥视，还筑起一个照壁，以挡住射向院子与房子的目光。

我要强调的是围墙，它属于宅第的一个组成部分，保证着宅第结构的完整。它的作用既是自家与邻家的分界，又是自家的屏障。屏障的作用显然是主要的。我觉得父母就像围墙，父母逝世，仿佛是围墙的倒塌，会一下把房屋与栖居其中的人暴露在外，其影响不仅仅是安全方面的，还有心理方面的。因为失去了父母，便是失去了权威地给予子女隐恶和扬善的人，失去了权威地诠释子女历史的人，失去了权威地见证子女性格与品质的人，甚至来了风，来了雨，来了一切不速之客与不虞之灾，子女都将首当其冲，由自己应对了。

我的一位朋友，父母在几年之间陆续逝世，这突然的变故，使他沉于悲凄与孤独之中，而且到了恓恓惶惶的程度，尽管他还是那种有理性与有修养的人。在一个阶段，他跟我见面，所交流的主题总是父母。我在为他的追思所感染之际，也明显觉得他的围墙毁了，其无所投奔，无所依恋，并不得不处于一种透风透气的境地。实际上他将成为自己的孩子与孙子的围墙，只是他还没有适应这新的角色，不过我相信他总会适应的。

我的父母曾经先后患脑血管病，几乎归天，好在及时抢救和精心治疗，都能转危为安。可惜他们的身体已经损害，处于苟全性命的状态。不过对于我，有他们活着就是幸运了，因为过节过年，我将能够带上妻子和孩子匆匆回到父母身边。我还是有父母可以依赖的，有的人已经无父母，这便是我的幸运。我常常想，即使父母完全老朽，甚至连饮食也不能自理，需要照顾他们的一切，即使这样，父母都是一种庇护和安慰，起码他们会给子女壮胆。孔子有言："父母在，不远游，游必有方。"我虽然是游必有方的，不过经常远游，显然孝得不够，但我却还知道父母是家的围墙，若围墙不在了，那么我的房屋将晾在大街小巷，这很尴尬，而且宅第将丧失其完整。孔子还有教导："父母之年，不可不知也。一则以喜，一则以惧。"我这几年的心情就是有喜有惧的，遂觉得孔子大有道理。当然，我也清楚父母是注定要走的，然而他们迟走一天，我家的围墙就多在一天，这已经非常好了。

# 我爱我的姓

放学回家，女儿把书包向沙发一蹾，坐在那儿，眼睛微闭，长长的睫毛便倾斜而出，显得心事重重。女儿才七岁，她有什么心事呢？

"宜之，怎么啦？"

"爸爸，我的名字不好，你给我改了吧！"

我诧异地问："宜之！谁说这名字不好？这是非常好的名字。"

她眉头收缩，焦急地解释："不是宜之，是朱不好，我不想要这个朱了。"

我已经猜出原因，小时候遇到的苦恼，女儿现在也遇到了，但我却假装糊涂："朱是我们的姓，这是无法更换的呀！"

她委屈的样子，说："有几个男生骂我猪。"

我忍着不让自己发笑，也不让自己发火，只平静地说："我们是朱德的朱，朱熹的朱，朱德是一个大元帅，朱熹是一个大学者。谁骂你，你就这样告诉他。骂你是不对的，不过这没有什么！"

女儿答应着，有了法宝似的轻松起来，起身出去玩耍了。

然而过了几天，她告诉我，那些男生仍在骂她，并缠着要我更换她的姓。

"我让你怎么说，你说了没有？"

"我就是那样说的，我说：我不是猪的猪，我是朱德的朱，朱熹的朱，朱德是大元帅，朱熹是大学者，他们还骂。"

“还骂什么？”

“还骂花皮猪，大耳猪，烤乳猪，蒸幼猪。”

我沉默了一会儿，思考着怎样让女儿对付他们，又觉得这不过是孩子之间的玩笑而已，何必认真。然而我仍认真地说：“宜之，朱是一个好姓，我爱我的姓。它是千里万里的一条路，从又遥远又神秘的部落一步一步走到我们这儿，但它却还在走。它是千年万年的一条河，从又遥远又奇妙的甘泉一节一节流到我们这儿，但它却还在流。它是一山森林，我们是从一棵树根萌发的新枝，但我们却还要萌发。它是一原绿草，我们是从一丛草根分蘖的新苗，但我们却还要分蘖。它是壮丽的七个音符，我们是它奏出的一支曲子，我们将会有别的曲子奏出。它是灿烂的七种光色，我们是它调出的图画，我们将会有别的图画调出。这就是我们的姓。”

女儿高兴地说：“这样好的姓啊！”

我肯定地说：“它当然是一个好姓。”

从这天开始，女儿不要我更换她的姓了！

# 腊月二十八日的人间

我一向有晚睡迟醒的习惯,改正极难。不过这一天,我必须早起。弟弟在城南一家精神病医院住院,几天以前,我就应该为他办理出院手续,由于参与组织一位作家的文集的新闻发布会,我难以分身,从而失约。新闻发布会之后,我感到极为疲倦,唯一的愿望是关门酣眠。然而想到弟弟待在那个结构怪诞的房子,想到他等着我,想到他的猜疑与焦躁,我仍拖着沉重的腿,专程跑了一趟,向他解释。分手之际,弟弟叮咛我:那天你来早一点,来早一点。我告诉他:放心吧,腊月二十八日上午,一定的。如果不是突然插进别的一件事情,整整一个上午办理出院手续,将是悠然的,不过为了一件突然而来的事情,我必须在十二点之前赶回西安,这就紧张了。

我挡了一辆出租车,并以我从来没有的方式向司机交涉:往返一趟给他五十元。我知道这是亏司机的,但他却同意了,原因是,他在城里跑麻烦,在城外跑洒脱。这样一趟下来,我大约能省三十元。然而计价器的红字让我不安,非常明显,它显示的数目,将使司机产生受骗之感,倘若为此他与我争执起来,实在无聊,遂建议其关掉计价器。然而他不能,关掉计价器,警察便会教训他,而且要罚款。也许觉察到我所给的钱偏少,他便以委婉的口气提出,在城南耽误半小时以上,能否增加十元。我立即答应了,因为即使增加,我给他的钱,仍低于计价器所显示的数目。不过这样,我心里平衡了一点。

我的秉性是：人宰我和我宰人，我都抗拒。现在好了，我有一种磋商以后的和谐之感。

出租车的奔驰，把行人隔离在其轨道之外，呈现着一种穿梭的状态。时近春节，所有行人都步履匆匆。春节已经成为行人自己给自己划定的一个界限，是一个时间的界限，更是一个心理的界限。谁都有这样的打算：有的事情是不能拖到春节之后的，它的深层意义是，幻想破灭就破灭吧，春节之后将有新的打算。行人往往是这样鼓励自己的，祖先如此，其子孙如此，而且年年如此。这是一个得以让行人生存发展的思维，它多少有自我安慰的成分。然而在世间，人不自我安慰可以吗？

司机是一个好人，是那种既可意会又可言传的好人。我能看见他的后背和侧面，我估计他与我的年龄相差无几，都不大不小了。其头发柔和，微微蜷曲，并有内敛而稍稍沙哑的声音，这种声音的语感，准确地传达了他心灵的善良和睿智。

"你开出租车多久了？"

"半年。"

"这行业还可以吧？"

"还可以。"

"过去干什么？"

"过去是工程师，不过在单位心情不愉快。领导根本没有要把单位搞好的想法。领导只是趁体制转换之际，给自己图谋，这使单位亏损很严重，工资时断时续的。我看不见单位有什么前途，遂凑钱买了一辆出租车。这是下策，然而心情愉快。我也不想发大财，也不想当大款，只愿意靠自己的劳动，生活得舒服一点。"

"我欣赏你的勇气！你终于从那样的单位撤退了。你多半是对的。我的单位嘛，工资没有问题，而且能保证奖金，这已经很幸运。至于心情，那就需要自己调节了。总之凑合吧！”

“是的是的，大家都是凑合着。”

这种交流，消化了我与司机的隔膜，而且从都市到乡下的路程，仿佛在轮子下面减缩，我感到很快就到了城南。我让司机把出租车停在精神病院的附近，此时此刻，我才告诉他，到这里来，我是给弟弟办理出院手续的。这不是什么羞耻的事情，可它却是让我痛苦的事情。一个人不愿意随便把自己认为痛苦的事情告诉别的一个人，是应该理解的。司机看了看冷寂的精神病院的黑门，眼睛闪烁着怜悯的目光，那怜悯，一下从其眼睛传遍了全身。之后，他的一点头一举手，甚至他的坐势，都带着怜悯。司机没有说话，不过我想，如果他说话，那么他的声音也将一定渗透着一种怜悯的情绪。我在默默的感谢之中下了出租车，寒风和湿雾一下包围了我。从渭河到秦岭之间的浩瀚的阴云垂天而下，米粒似的白雪先它直达，用其坚硬的斑点敲打着这污黑的地球。

出院手续根本不是我所想象的顺利：伙食费与医疗费是分头付款的，但计算伙食费的人在医院一闪却不见了。我寻找来寻找去，才在一个炉子旁发现他。至于计算医疗费的人，其伟大在于他把自己的身体带来了，然而忘记了带来抽屉的钥匙。好在我是预约了要在今天结账的，于是他就回到三华里之外的镇上，取了一次钥匙。时间就这样耽误了，它比我估计的超过了两个小时。从一个窗口我几次窥视司机，我看见他站在泥泞的墙根一带，频频翘望。我十分歉疚，并盼他不要发火，不要恼怒，我想，如果他提出再加一些钱，那也毫无问题。终于我把弟弟从一群目光茫然的患者之中带走了，之后，我给了他一些钱，让他洗澡、剪发，嘱他直接回家。

上了出租车，我无言，司机也无言。不过我能感到，司机和我都有一点压抑，都在想什么问题。然而，到底司机是不是在想问题我并不知道，甚至我不知道自己是不是在想。我只朦胧地感到大地的建筑越来越挤，树木和天空越来越少。我感到我向喧闹且混乱的都市靠近着。

忽然我说："我的负担太重了，太重了！我害怕哪天自己会垮掉！有的时候，我甚至想逃避而去，然而究竟逃避到什么地方呢？可以逃避到天涯海角，荒山僻壤，不过我怎么能逃避出自己的心呢！弟弟的症状得到了控制，然而这是不是根除呢？如果复发，将仍是我的事情。庆幸他好了，不过他成家还需要我管。我父亲我母亲都老了，而且父亲有病，他的退休金仅仅够养他和我母亲，除此，我还有自己的家，有这个家的一摊事情！"

我简直像做了一场独白，变得轻松了一点。我唯一的听众是司机，那是一个优秀的听众。他完全沉浸于我的情绪之中了，这些，我可以看见，可以感觉。

司机忽然说："我和你的境遇很相似。我哥哥与你弟弟是一样的。我哥哥已经有一个八岁的孩子，读书的费用基本是我给的。由于我经常给他孩子钱，嫂子竟不思上进，这样，我妻子就不愿意了。我哥哥现在到玉门去打工了，那里有一个亲戚办的企业。没有人让他走，谁也挡不住他，他不在当然让我牵挂。马上就是春节了，大约他不回来了吧！我母亲已经逝世，按我的考虑，父亲就由我养了，这是摆脱不了的。然而父亲一直想有一个老伴，遗憾找一个不行，寻一个还不行。那些所谓的老伴多在算计他的钱。这有什么办法呢？"

确实是这样，谁都希望有一个好的状态，不过事情总是以它固有的规律运作，它甚至要破坏人最平常最善良的愿望，它睁着眼睛把人推进忧患之中。我相信，我和司机的忧患，都是难以向外人道的。我与他都是彼此的外人，但我与他却互相吐露了彼此的忧患。这使陌生的两个人都得到了安慰，并给伤感抹上了一层暖色。

出租车钻进西安南门便停下了，计价器显示着九十六元。我矛盾重重，既想按我和他磋商的数目给他，又想按实际的数目给他，他呢？他是一副由我决定的样子。这使我有一点为难。当然，我很清楚，我耽误的时间，远远超过了我的估计。

我说："非常抱歉！我感到我亏了你！"

他说："大家都不容易，能过去就过去了！"

这时候，一个妇女过来要乘他的出租车，我便向他道别。我怅然地站在路边，看他改变方向，驶进一条小巷。我久久地注视着他，直到那团红色完全消失，才放下我的手。我慢慢迈开步子，融入匆匆的行人之中。

# 一封家书

小明：

　　你好！

　　六月之后，我一直没有回家，没有见你，不过家事我稍微知道一些。我们把亲人的关系处成这样，我的心伤透了。

　　作为兄长，我怎么能不理解你呢！我深知你是有志向的，你有一种怀才不遇之感，而且确实，你的言行有别于一般农村青年。你钟情于文学，除了自己的个性之外，受我一定的影响。然而正因为我比你年纪大，比你起步早，我对你从事文学一直保持沉默，这有不反对你的意思，也有不助长你的意思。你有选择从事任何工作的权利，所以我不反对你。不过文学这个行当，以我的经验，除了具有艺术天才的人之外，只能是有钱有闲的人从事了。当然，以媚俗文学，迎合读者口味，是可以营利的，可惜这种人不是你仿效的，你搞的，是高雅文学。我总觉得，你在农村，许多方面你受着制约。视野、知识、思想，以及由此影响的题材的选择，都是你所面临的问题。特别是步入文坛的开始阶段，这是非常艰难的，好的编辑，愿意当和能够当伯乐的人是有的，然而极少，我做编辑已经十年，深有体会。一炮打响，一鸣惊人的作家，有，不过这多半是自己的幸运，你在农村，苍天很少把幸运的雨洒在那里，我的意思是，有谁去发现你，去扶持你？

我知道你的委屈，不满不服，可社会却就是这样，真实的人生就是这样。基于这种考虑，我没有鼓吹你以整个身心投入文学，我怕耽误了你，怕把你引入迷途，鼓吹你，实际上是我不负责的表现，我的良知不允许我这样做。尤其你是我唯一的弟弟，我盼你一切都好，不希望你不好。

我做编辑，曾经多次碰到一些农村的作者，三十多岁，四十多岁，五十多岁，他们的作品没有写出来，不过写出来了自己的穷愁、痴呆、迂腐、酸气。

我自己出生农村，能够想象他们的生活，望着他们，我很是难过，告诉他们不要搞文学吧，于心不忍。文坛已经今非昔比了，以过去的印象对待现在的文坛，是一种错觉，如果发现了误区，那么调整自己是必要的。你先得生存，拥有一份真实的生活，之后，方可弄弄文学。

也许你埋怨我对你关心不够，这是可能的。我自觉对谁都关心不够。小莉姐要我找一找废旧床单之类，告诉我几次，我一件都没有搞到。彩民哥要我联系一个学校给他，这件事情我竟忘了。其他家里的事情，做得少，没有做得多，这些我全然清楚。我实在有自己的难处，文学使我浪得一些名气，但它却是虚的，办不了什么事情。唯有权位，才可以谋其事情，一个编辑，当然不是什么权位。这样，家人托我的事情，要办，都需要我去求人，求人是自损的，非迫不得已谁去求人呢？五年之前，我曾经为你寻了一些事情，虽然不尽如你意，不过那算是事情。这五年，我遇到很多困难，我生活得并不好，这些你可能不很明白，撤职、车祸、离婚，这些事情一件连一件，要承受并不容易，不承受又能如何？我至今没有柜子，我的衣服塞在过去的碗橱，一件大衣，已经在衣架上挂了两年。这些都可以对付，它们是有形的，无形的是社会的势利。你有用的时候，他们巴结你，奉承你，他们认为你无用的时候，他们便离开你，冷遇你，所谓势利小人。这五年我便经历着这些，我潜心写作，就是不想沉沦，我得改变自己的环境和心境。作为弟弟，盼你能体谅你兄长这五年以来的生活，如果有做得不够的地方，那么请谅解。

我现在最担心你的身体，你整天睡觉，饮食没有规律，这是非常可怕的。穷也罢，富也罢，默默无闻也罢，赫赫有声也罢，先要有好的身体，这道理难道你不懂么？父亲老了，而且患有大病，自然，他有你不喜欢和不顺眼的地方，但他对你却既无坏心，也无偏心。他干涉你的事情，也无非是要你生活得正常。只要你稍微改变一下生活，按时睡觉，按时起床，或走动走动，劳动劳动，他就很高兴，以喜讯报我。你的生活还很长，他的生活已经成了习惯，即使你们互不投机，也不能因为儿子，父亲就折磨自己，也不能因为父亲，儿子就折磨自己。人在世间，都不容易，生在一个家庭，属于缘分，当包涵的，就要包涵；当宽容的，就要宽容。又，你的婚姻问题不能拖延了，什么时候，做什么事情，是有一定数的，过了这个数，就减少了益处，增添了坏处。总之，为你，全家人都愁，最愁的是母亲。母亲劳累一生，现在已经到晚年，如果让她不能安心，那么做儿女的应该惭愧，而且惊动了亲戚。一个人，有了什么事情，在一定的时候，别人就劝，超过了一定的时候，劝不进去，别人就不劝了。人当然可以破罐破摔，然而，谁甘心把自己当作破罐呢？

这些都是大道理，也是空道理，真正要做快乐的人，使自己的生活满意起来，自己得依靠自己。你的事情，我时刻都想，不过我已经不知道如何能给你以帮助。我回家，你总恼着脸，或关门睡觉，我们失去了不少交流的机会，不但生分了，而且对抗起来，实在悲哀。我一直把你看成有文化有知识的人，盼你不要辜负我的一片诚意。总之，希望你开始脚踏实地地生活，之后，如果喜欢文学，那么可以从事它，不过不要打算以文学谋生。我的条件比你好，我仍不敢放弃其他工作专门从事文学。社会急剧变革，商业活动已经渗透在各个方面，我们都得先考虑生活。当然，如果你有你的打算，那么我肯定不会干涉你，不会反对你，特别你要明白，作为你的兄长，我绝不会阻挠你。

十月一日，我不回家了，你要来玩你就来玩。

附记：此信 1994 年秋日致我的弟弟小明，当时意在劝他过正常生活，不能夜以继日地睡觉，一年四季都在睡觉。一向认为他与父母怄气，心情不快才如此。两年之后，其习惯不改，反而加厉，遂送医院，经查竟是病。此信曾经收录于我 1997 年 3 月出版的散文集，今日重刊，不胜悲凉！

2009 年 1 月 6 日于窄门堡

# 秋天来了

这个夏天，我一直羁留北京，公事也办，私事也办，忙得一塌糊涂。春天我就出去了一趟，沿着长江漂游，改换了我的心境。回到西安，已经是夏天，各家各户都打开了窗子，阳光照在古都灰色的城墙，让人又伤感又欣慰。我清扫了房间，铺上了竹席，准备度过漫长的酷热之季。因为有事，事不宜迟，便匆匆到了北京，擦得干干净净的竹席，我只睡了三个夜晚，一把新的扇子，还没有打开。可我人在北京，心却不在。这里的繁华和热闹，并不能勾引我，我当然也不会沉浸其中。人生的众多责任，虽然我没有明确承诺，但我却时刻准备担当，这只有我清楚。我长了一颗心，不过常常感觉它是一朵梅花，天生便分成了几瓣，而且注定要落光才作罢。人实际上并不是为自己活着，爱使你充满牵挂。如果世间没有了你所爱的，那么活着究竟有什么意思！

长江一线的旅行结束之后，我和女儿待了一天。我是到幼儿园接她的。我刚刚出现在教室门口，她便看见了我，扔下玩具，直奔过来。女儿红着脸腮，喊着爸爸。我正准备抱她，她发现我穿了新的皮鞋，便蹲下去，用手抚摸着，惊异鞋怎么这样明亮。这使两个老师痴痴地望着，我觉得不妥，便拉起女儿离开了教室。我带女儿来到一片空旷的草坪，在这里，我取出了给她买的玩具、衣服和食品。女儿很是快乐，她唱歌跳舞，流利地背诵童谣，打乱笔画照猫画虎地写字，以这些让我高兴。我颇为感动，但我却只是握紧她的手在草坪上走着，要她听老师的话，长大做爱劳动有才能的人。她点着头，答应得很是认真。我将她送回了幼儿园，分手之际，她叮咛我下次接她。遗憾我没有接她，是因为还不到下次我接她的日子，我就到北京来了，匆匆而来。

我对女儿的歉意绵延如水，在北京的街上，我看见孩子就想起女儿，甚至懊悔没有带她来。女儿五岁了，是能跟我到北京来的，可惜我没有带她，她仍在西安的幼儿园。也许她在那里很好，不过我仍会反复想象她在夜晚的情景。她的漆成绿色的床狭窄如带，那是一个极大的寝室，其中有几十个孩子，她的床只占据了极小的位置。在那里，灯熄之后她想什么呢？她会问我为什么没有接她么？她的小小的灵魂，对世间产生了怎样的印象？在某些时候，什么东西会刺痛她稚嫩的心吗？对女儿，我有一种深沉的愧疚。作为父亲，不管什么理由，总之是我没有给她创造一个完整的环境。实际上是孩子用幼稚的肩膀承载了父母的痛苦，或是父母将自己的困难让孩子分担了。望着女儿身穿花衣的背影，我便不禁这样想，而且感到心酸，但她却爱我。当我用自行车带她的时候，她会开心地用后脑勺撞我的胸。她吃食品，吃水果，往往会悄然拿出一些塞到我的手里，这样做，她完全是自觉的，在默默地做。我和女儿告别所立下的一个规矩是握手，她已经习惯这样，不过有一次我在教室拉她的手，她竟缩了回去，我诧异之际，她附在我的耳边告诉我，老师和同学都在那里，羞得很。

别的一个让我牵挂的人，是父亲。几年之前，他患脑血管病，生命垂危，亏而治疗及时，身体恢复了过来。不过他知道这种病无常，再发作便势不可当，遂遵医生之嘱，坚持锻炼，认真服药，也暗中准备着。他为我的祖父祖母补了墓碑，为选上乘石材，曾经数度往返县城。他撰碑文之际，手在颤抖，泪水滴满了纸。立碑那天，帮忙的人很多，并举行了简单的仪式。对已经亡故了二十年的祖父祖母，他叩首作揖，泣不成声。村里的人劝阻他，但他却坚持跪在地上。父亲要我把立碑的事情记录下来，因为忙乱，竟一直没有做。父亲考虑了自己逝世的问题，并把其意见传达给我的姑姑，要她将来监督执行。他希望葬礼尽量简单，不要像乡俗所规定的那样麻烦。他没有告诉我，是想让我安心工作，以免影响我的情绪。他只是轻淡地吩咐我，他走了之后，姑姑怎么安排便怎么进行。那天，我们坐在寂静的屋子里，阳光灿烂，天空明朗，我从窗口可以看见遥远的田野。我一直望着田野，我看见在黄绿交错的少陵原的南坡，有牛缓缓移动。

父亲在少年就参加了工作，为人勤奋、耿直、精明，一生东奔西跑，可惜失去了很多机会。在相当长一个时期，他一个月几十元人民币的工资，养活了包括父亲在内的八口人。退休之后，有一段他显得忧伤，其默默地在院子扫地、铲土，以掩饰自己的情绪。作为儿子，我对父亲的心境能猜测出来，一是他没有什么积蓄，劳动的价值在生活的过程之中就消失了，二是他感觉忽然就进入了晚景，人生的终点似乎临近了。实际上并非如斯悲哀，因为他一再接到企业的聘请，要他管理业务。此间他赚了一些钱，不过仍像过去一样省吃俭用。他计划在院子建两层楼房，留给我和弟弟，不然心里空空荡荡的。1990年春天，他的构想使其情绪高昂。他拿着尺子，在院子量来量去，并在纸上计算并制图。但那些日子，我却不能给他多少协助，岂止是不能协助，我反而还要让他为我担惊受怕：我不得不将两岁的孩子送回老家，由母亲看着，以便我应付那些日子的生存问题。他很是愤慨，竟嘱我不要管那些什么事情了。他怒气冲冲地用一个指头戳着天空，眼睛大冒火星。我只是静静地听着，很沉默很沉默。

谁家都是有矛盾的，但我弟弟和我父亲的矛盾却让我伤透了心。他们各有各的道理，都是火暴性子，蓦地便会吵起来。母亲害怕他们这样，几次到城里来，见我就流泪，让我想办法。解决困难，我的办法非常有限，只能是让朋友帮忙。我不是处长，不是科长，什么权力也没有。指责他们吧，我于心不忍，而且没有这个资格。责任是有的，便宽慰父亲，劝解弟弟，不过这没有什么效果。如果有人从故乡寻找我，那么我的第一问题永远是：会不会出了什么事情。

父亲是一个刚强的人，一向要面子。身体有病，使其似乎失去了用武之地，不过他不想这样。他一直要挣扎着做一些什么，避免闲着。他拿笤帚扫地，拿木杈挑场，然而不能得心。他艰难的动作，看着催我泪下。我对父亲从来没有亲昵的表示，彼此相处，总是严肃的，也许这是我小时候他对我过于峻急所致吧。不过父亲终于显出慈善了，很久之前，他提着鞭子在院子追打我的样子已经荡然无存。我不知不觉增加了探望他的次数。我坐在他对面，他似乎满足而喜悦。他问工作，问孩子，叮咛我知足常乐。父亲暗示我，他老了，不能经受打击了。他特意为我置备了一个杯子，放在柜子的顶端，我回家，他便踮脚举臂，一点一点地够着，够着了就取下来让我喝水。他给我扑打衣服上的尘埃。当知道我的一套西装花了几百元人民币的时候，他突然笑了，高兴得眼睛也眯起来，并到厨房去笑着告诉我母亲，似乎得意于自己的儿子居然穿得这么贵重，岂不知它只不过是西装的普通档次而已。如果我带着女儿看他，那么他的情绪便有微妙的变化。走的时候，他要拉着我女儿，送到村外，送得尽量远，依依不舍的样子。女儿幼稚，竟学着他一颠一颠地走路，这使他笑得泪水盈盈，但我却泪水在咽。

在南方旅行以后，我回家见到父亲，其时春夏之交，花好月圆，他颇是愉快。他嘱我安心工作，现在不要探望他了，只希望我在他生日那天回家就行。他说：如果忙，那么向领导请假，我已经没有几个生日了。我答应回家，我想有的是时间，怎么都可以回家为父亲祝寿的。我在北京出差，并没有忘记父亲的生日，然而事情极不顺利，拖了一天又是一天，马上就是父亲的生日了，但我却不能离开北京。在这里，我没有一点玩的情绪，临近父亲生日的时候，我尤其烦躁，思考着放下所有事情返我西安。然而公事不办不行，私事不办不行，而且私事是受朋友之托的，于是我就硬着心肠置孝敬于一边，继续滞留北京。情绪不好，使我在夜晚做了一个梦：我的牙齿掉了一颗。乡俗，这预示着老者的凶讯。我当然想到父亲，遂很是惶恐，如果父亲真的去了，那么我将多么懊悔，多么遗憾。我一点睡意也没有了，东方既白，我仍在辗转。到了父亲生日那天，我一直沉默着，朋友都以为我病了，三番五次地问我怎么了，我只轻轻告诉他们：今天是我父亲的生日，他要我回家，我曾经答应回家的，他有病。

剩下的日子过得很涩，我只是跟着事情旋转，根本没有注意北京的风景和风情。事情完毕，我随便买了一张经过西安的票就上了火车。抵达西安是在中午，下了火车，我跟着流水似的旅客来到大街上。我默默地走着，思考着很多事情。蓦地有一种诧异的感觉，我的胳膊怎么是凉的，遂看周围的人，见他们都穿着长袖上衣，但我却是短袖，仍是我离开西安那天所穿的上衣。我这才发现夏天已经过去，地上落满了虫蛀的黄色的槐叶，供应冷饮的摊点竟少得寥寥无几。漂亮的姑娘都换上了深色的裙子，她们的变色镜不见了，遮阳帽不见了。在天桥一带，竟有农民担着石榴和柿子在卖。这时候，一行大雁恰恰飞过古都的天空，它们悠长地叫着，其声透露着深刻的迁徙之苦。我突然意识到现在是秋天了，秋天来了！岁月流逝得如此迅速而残酷，悄悄地，半年就过去了，然而我必须做的事情才做了多少呢？

# 苦涩的苜蓿

没有多少人知道我的母亲。她是乡下妇女，生长在一个普通的农村，然后，出嫁到别的一个农村，在那里，她尽心尽力地为自己的丈夫、孩子及公婆活着。二十世纪五十年代初期和二十世纪七十年代末期，她曾经在人民公社参加集体劳动。现在，她已经老了。闪光的白发正日夜蚕食她的青丝，但她却依然在家里和田里忙碌。天地没有为她提供更多的机会，以让她将自己的能力与美德更多地展现出来。如果不是这样，那么我想，她的精神之辉是可以照亮一定领域的。可惜，她是一位农村妇女，始终居于僻壤，像古老森林之中的一棵树，尽管在春天开放馨香的鲜花，在秋天成熟金黄的果实，然而其结果只能自生自灭。不过我是她的儿子，我了解她。她是那种具备了人类所必需的牺牲品质的母亲之一。我一直沐浴她的光华，承蒙她的恩泽。我对她怀有深刻而永恒的敬意，我的感激之情如泉涌动，如江流泻。然而，母亲曾经偷过一次苜蓿。是的，她确实做了这样的事情。

鲜嫩的苜蓿，萌发在故乡的三月，它的小巧而圆的叶子，在蒙蒙的雨中纷纷呈现，悄悄连绵，于是苜蓿就成了迅速占据田野的绿色植物。此时此刻，天空退却了它的阴暗而透明起来，泥土崩溃了它的坚硬而酥软起来。蝴蝶准备飞舞，蚂蚁准备登场，黄鼠准备出洞，而且它们都选择茂盛的苜蓿作为阵地。苜蓿属于豆料，是张骞出使西域的时候，从大宛带回的种子，之后，才落户于长安。它的根为褐色，很是粗大，可以肥地，不过，它是作为牲口的饲料而引进的。牛和马皆好食苜蓿，这是我亲眼见过的。在我们村子，有两个老汉，天天拉着车子为牲口收割苜蓿。村子的二十匹马和十八头牛，吃了鲜美的苜蓿，个个长得腰腿滚圆，毛发光亮。马们和牛们都知道自己的使命，所以昼夜咀嚼着饲料，其嘴一张一合，仿佛是切割苜蓿的机器，一袋烟的工夫，一堆苜蓿就消失了。

春天是青黄不接之际，板柜、瓷缸、瓦瓮，这一切装粮食的家具都渐渐空虚了，尽管农民很小心地享用着粮食，总是拿勺子一点一点挖面粉或小米。饭常常是稀的，馍是给扛麻袋或打胡基的人做的。牲口吃着绿色的苜蓿，牙缝之间奏着清脆的音响，让人真是嫉妒。在饥饿难以忍受的时候，人多么希望自己变成牲口，这样就可以尝一尝苜蓿了。苜蓿当然是人能食的植物，凉拌也行，下锅也行，尤其是蒸成麦饭，奢侈地洒上香油，食之不但可口，而且耐饱。苜蓿不是蔬菜，也不是粮食，但对于饥饿之中的人，却胜似粮食，胜似蔬菜。它绵软而芳香，求之不得。苜蓿属于集体所有，是马们和牛们的饲料，农民要把这些牲口养壮，从而帮助自己耕种土地，收获庄稼。依理人是不能随便采摘苜蓿的，不过有时候，谁都难以阻挡激动的手，即使害怕得颤抖着，也要掐一些苜蓿拿回家当饭而食。他们有的装进衣袋，有的塞在腰间，有的还把苜蓿混杂于野草之中，用笼子提着。这都是在黑夜干的，或一个人，或一群人。为了防止农民采摘苜蓿，村子会派人看守，不过看守的人和图谋的人常常会联合行动。尽管如此，蔚然成风，但母亲却反对我这样干，认为我是一个孩子，正是学习做人的年龄。当然，公开采摘她便不严厉了。所谓公开采摘，就是干部规定一定的时间，允许农民采摘。这简直像盛大的节日，气氛是疯狂的，因为一年只有一次。人在路上匆匆跑着，几乎各家各户都是全部出动。农民拿着所有能够装苜蓿的东西：笼子、筛子、围裙、麻袋，并将其塞得鼓鼓囊囊。公开的采摘，也不能消除一种盗窃之感，所以心情依然紧张。采摘之后的苜蓿，一片狼藉，黄色的土壤暴露于坚硬的茬子下面。这竟使牲口大发脾气，它们在牛棚和马棚扬头踢脚，愤怒地吼叫。它们几乎弄翻了食槽，根本不吃那些苜蓿的枝枝秆秆。牲口的造反，给村子带来了一种恐惧，天还亮着，有人就关了门，静静地待在家里。

我母亲所偷过的苜蓿，就是三月的苜蓿，不过它属于别的一个村子的。三个妇女和母亲在放工之后，佯装割草，见其他人都走了，遂结伴而行，潜入暮霭笼罩的田野，并借月光采摘苜蓿。我在家里捣弄着一把自制的手枪，突然获得了母亲被抓的消息，十分震动。我很饿了，一直等待着母亲回家做饭，这消息使我一下热血沸腾，神经直立。我放下手枪，抄起菜刀，奔出了村子。我抄着捷径，跑向那让我怒火燃烧的地方。我想象着他们将母亲关在一间破烂的房子，如果这样，那么我将用菜刀砍断窗棂，放我母亲出来。若他们阻拦，那么我就割破他们的手或脚，我不想把他们杀死，杀死他们，我是要抵命的。我的目的不在其他，唯一的是要让母亲回家。白雾封锁着大地，可以看清的，只有急速扑向我的一棵杨树或椿树。返青的小麦上面，汪汪的，尽是露水。我的两腿已经潮湿了，然而脸腮滚烫，冰凉的是一股一股的晚风。我跑得精疲力竭，几乎难以支持了，忽然白雾之中，我的母亲迎面而来。三个妇女跟在她的身后，嘟嘟囔囔地辩解着，咒骂着。她们的手都是空的，什么也没有，显然是被没收了。我的出现，使母亲十分惊诧。她迟疑了一下，抓住我的手，迅速摆脱身后的三个妇女，将我引向别的道路。

那些妇女的声音和身影很快消失了，我和母亲缓缓地走在乡间的小路上，月色明亮，一片宁静。村子在前方隐隐出现了，是一种树木森森的样子，我知道，那里藏着密密的房舍，我的家就在其中。它的背景是清澈而幽邃的天空，星星像盐和玉一般撒在宇宙之间。我想象着天空的神秘，竟不知不觉地走进了小巷。母亲还抓着我的手，我能感觉她的激动和沉重，但她却始终没有告诉我什么，也没有询问我什么，似乎什么事情都未发生。我衷心地感谢她！她巧妙地维护了一个母亲的尊严，并巧妙地使一个孩子走出了可能扭曲灵魂的夜幕。这些都长久地启示着我，即使今天，我仍为之肃然。二十年已经过去了，岁月含辛，然而月色明亮。

# 补　地

　　我现在是有房子了，虽然它不宽大。可我结婚的时候，却恰恰缺一个居室而不能成家，急得我抓耳挠腮，甚至要大声疾呼，然而世界的脸仍很平静，对你不理不睬的。最后，一个慷慨之士答应将他的一间房子借我，才解除了燃眉之急。

　　那房子在二楼，很简易，苇席顶棚，水泥地面。之前，一位画家住着，其明显的痕迹是，洒在地面的颜料大为缤纷，像落满了蝴蝶。不过这已经让我高兴了，遂挽起袖子，用抹布一下一下地擦拭，直到其亮出清清的一色。

　　然而那二楼确实像人所指责的，是偷工减料的结果。我住着不久，地面就涌起几个包，脚踩着，软软的，像是脓肿，脓肿溃烂了，才发现里面有沙子。一扫一拖，地面遂凹陷为坑，一副破碎状态，仿佛很狼狈。我便一遍又一遍修整地面，想让生活不失尊严。

　　补地一般要趁早，发现烂了便修整。不过为节省时间，往往要攒到年底，在春节之前集中修整。春节应该干干净净，这已经成了传统和习惯。补地要有沙子和水泥，或其他必需的工具，这些我都没有。我便拿着一个信封，骑着车子在大街上寻找，到处都有建筑工地，到处都有善良的人。我没有一次是悻悻而归的。我常常是向那些年长的人张口，根据我的观察，这些人沉默寡言，然而富于同情之心。他们无声无息地用手指向工地的一角，要我自己装沙子，

126

装水泥。我总是要悄悄地塞给他们一盒香烟，以示感谢，骑车而去。我将沙子和水泥按比例掺在盒子里，用工具搅拌。工具不是别的，就是我的手。我将其弄得不稀不硬，均均匀匀，接着再用工具抓起水泥填充其坑。抹平凹陷，洒水待干。人虽然是血肉之躯，但人却是最耐磨损最经摔打的。手薄了皮，渗了血，或指甲缩短，不要紧，都会恢复的，因为我的手曾经拔过草、搬过石头，也曾经砌过墙、挖过土、打过架、抓过鸟，是历经锻炼的。可怜妻子的手，纤细而长，那年春节之前，我出差没有回家，她急了，竟学习我用手补地，结果是十个指头，粗得像玉米芯子。我慨叹之余，深感她为了这个家，真是付出了心血。

补地之初，我会用纸片遮盖其疤，而且有度地浇水，这样会凝结得坚固一些。修整以后的地面，遂到处是纸片，仿佛是在搬家，或像即将逃窜的情景，我在电影上看到的逃窜情景，似乎总是如此狼藉。在房子活动，都躲着其疤，以防将它们踏坏。

偶尔我会为补地发火，因为这毕竟很麻烦。我想干脆任它烂吧！然而地面的凹陷就像死鱼死鸟的眼睛大瞪其目，十分难堪。要躲避地雷似的挪动脚步，否则便踢散了沙子。不敢利索地扫地，笤帚需绕着其坑旋转，或用杯子给凹陷浇水，以让焦躁的沙子冷却。可乐的是，三岁的女儿看见了，竟将一把瓜子放进其坑，兴奋地要让它们发芽呢。

实际上我是会及时补地的，对生活，我不可能凑合，不可能随遇而安，这就是我的性格。所以，地面的凹陷出现了，即使心里很窝气，我也会很快地拿着信封，骑着车子，到大街上去寻找沙子和水泥。

# 喜欢女儿

　　结婚以后，激动了一段时间，接着出现了一种慵懒的平静，于是妻子和我就商量，应该有一个孩子。我迅速思索了一下，觉得可以。这是夏季狂热的一天中午，白的太阳，明亮地照耀着城市的建筑，钟楼尖顶的闪光一泻千里。不久妻子就有了。我想，这是当然的。我心安理得地躺在她身边，看见月亮悄悄走过窗前，并感受着秋天在远方的集合。随之我总是认为，孩子的孕育，就像种瓜种豆一样容易，只要获得一片土壤它便会萌芽。

　　我们都很喜欢孩子，不过，喜欢的方式各有各的不同。我是将自己的喜欢埋在心里，但妻子却往往要把喜欢从心里提出挂在嘴上，那也是情不自禁的。她将孕育之中的孩子揣在身上带来带去，孩子的每一骚动，都使她紧张且兴奋，几次傲慢地示意我：你得注意一点，现在可是两个人啦。我们常常猜测那调皮的东西是男孩还是女孩，妻子还一再征询我喜欢什么？我始终没有正面回答，而且会巧妙地岔过去，因为这是一个非常复杂的问题。不过有一次我郑重地告诉她：你就生吧，即使生一个猫也要把它放在床上养着，这是自己的猫。我严肃的神情使她惊异而惊喜。

　　事情是难以如愿的。按我之所想，是希望有几个孩子。想象着我下班之后，推开家门，他们嗷嗷呼唤，像鸽似的跑来，又是抱腿，又是拉手。我以为，这是十分美妙的图画。不过事实是，妻子只能生一胎，如果幸运，那么这一胎可以是孪生，或两男，或两女，或一男一女，都是好的。我们都不愿意通过 B 超检查，于是一种期待就久久地立在地平线上。然而最大的可能是只孕一胎，所以妻子和我便屡屡猜测将出生的是一个男孩还是女孩。她盼一个男孩，她知道，作为一个女人，生存于社会是艰难的。我也盼一个男孩，我考虑的是，他将是一个充满智慧和英雄气概的人，能够反抗其父亲，如果这样，那么我可能感到痛苦，不过也可能感到自豪。我们就这样等着，从夏到秋，又从冬到春，耐心地等着孩子出生。

妻子终于在分娩了，我徘徊于医院昏暗的楼道，努力使自己镇定。妻子在产房久久号叫着，并用死去活来的呻吟，为我注释生命诞生的含义。忧虑的我，趴在门缝看着，真是惊心动魄。此时此刻，其他产妇都没有声息，只有妻子在挣扎，我不知道会是怎样的情况。黎明安静得很，天地安静得很，忽然我就听见了娇嫩的啼号。我的反应是，孩子出生了，并如释所重。

年轻的护士抱来了孩子，喜悦地让我看这是一个女婴。那女婴在护士手上蠕动着，手和脚一蜷一缩的，抽噎得颇显委屈。她并不漂亮，而且陌生，仿佛我和她没有关系似的。不过理智提醒我，这是你朱鸿的女儿。我不清楚什么事情竟使她如此委屈，其小小的嘴抿得像一个豆角，哭得一颤一颤的，可我对她却没有办法，何况护士在面前，我也不好意思。父母和儿女是同时产生的，所以，我在父亲的位置上和她在女儿的位置上一样，都是新的角色，她应该理解我没有对她抚慰。当然，我是要好好学习怎样担任父亲的，应该这么做。

人生的最初阶段和最终阶段非常相似，这就是人都躺在床上。我的女儿卧在被褥之中，极少无理取闹，她总是想吃想喝想拉想撒的时候才哭一声，而且闭着眼睛，不看这个世界，仿佛很鄙薄周围的一切。我就急了，怕她生气。她那么小，那么软，简直就是一个团状，难以从床上将她收拾起来。妻子总是围坐或侧伏于她的旁边，像一个处于孵化状态的鸟儿，季节在窗外的树上如何变化，她竟浑然无知。我骑着车子，在市场购置蔬菜、鸡蛋和肉。我匆匆回到家里，站在床边看着她们母女，感觉自己就像一个部落的首领。

夜晚，我躺在临时支起来的钢丝床上，翻阅书籍，给女儿起着名字。为她做一生的筹划，对我这个见习父亲是严肃的，我想将自己所有的祝福都灌注于她的名字之中，所以这是一件艰难的工作。我废了几页纸，用了七日七夜，像一个苦吟诗人，推推敲敲，修修改改，最后下了决心似的，呼她为宜之。

感情是渐渐培养出来的，这是我的经验。我们日夜哺育宜之，日夜亲近宜之，她才睁开了眼睛，并缓缓地似乎是漫不经心地打量这个世界，才羞涩地对我们报其以笑。她的笑是短暂的，不过很灿烂，美丽的一闪，便消失了。然而这已经够我们欢呼了。我们总是要她笑，逗她的笑。在鲜艳的被褥之间，从小小的女儿脸上绽出的笑，仿佛是透出云缝的阳光，照得我的房屋一片明亮。

由于女儿常常将头扭向床边，面对窗口，渐渐产生了问题：一天中午，我们惊讶地发现她的头睡偏了。我们伤心地摸着女儿的头，焦急地想着矫正的办法，并立即实施。我们将她的枕头捏得一边高一边低，或调整她仰卧的方位，或在顶棚上悬挂了彩色的灯笼吸引其注意，可惜她已经能够转来转去，一瞬之间，其头的凹部就挨着枕头了。妻子只能扭正女儿的头，并反复扭正，因为天天如此，竟养成了习惯，几次不明不白之际，将我的头也扳来扳去的。好在女儿那时候的脑盖是可塑的，她才过了百天。经过三个月的努力，到她半岁的时候，女儿的头改变了形状。其变得雅观起来，而且越来越圆，这使我不免想起否定之否定的原理，我抚摸着她的头，就好像温习着德国人的哲学。我有这种感觉。

为了生存和发展，宜之的父亲总是忙碌，总是东奔西跑。是的，我待在女儿身边的时候很短很短，但她先叫的却是爸爸。这让她的奶奶爷爷好羡慕，让她的姥姥好羡慕，嫉妒的，只有其母亲：她日夜照顾女儿，不料女儿竟没有先叫妈妈。事情就这样发生了，我没有办法，只能对妻子表示同情。女儿天天躺在床上，不会抬头，不会起身，然而很是关注天下之事，只要我的声音响在房子，她便能判断我在什么位置。一天晚上，我下班回家，女儿竟让我看悬挂于顶棚上的灯，这使我又惊又喜。她先看着我喊爸爸，接着举目向着空中说：灯。她才八个月，我怎么能不又喜又惊啊！

有一些日子，女儿在晚上久不入睡，这难坏了我妻子。她盘腿坐在床上，轻轻地摇着宜之，夜深人静，唯有其催眠之声不绝如缕。女儿的眼睛闭上了，她的眼睛也闭上了，然而催眠的惯性仍使她喃喃着：月朦胧，鸟朦胧，天朦胧，地朦胧，宜之也朦胧。不料女儿听见她的名字，立即转寐为醒，机灵地目瞪起来，望着昏沉的母亲，突然就嘿嘿地笑了。

在女儿一岁十个月的时候，一杯开水烫伤了她的胳膊。我母亲把一杯开水放在案板上，白气袅袅，宜之不知道它是什么，遂踮起脚尖，抓了一把，开水便灌进了她的棉衣袖子。棉衣吸收了水，其热久蓄不散，胳膊极痛。女儿的尖叫使母亲惊慌失措，过了一会儿，她才剪破袖子以散热，遗憾她细嫩的皮肤已经红肿并破裂。可怜的女儿，她多么坚强，面对其伤，并非时时在哭，只是在看到剪刀、药瓶、纱布之际，她才哭几声。女儿是坚强的，不过她这一阶段没有笑，也没有活蹦乱跳，变得缄默消沉。女儿只要醒着，她便要举起那个胳膊，否则袖子摩擦其伤，疼痛难忍。胳膊举起，袖子就扇动，其状使我悄悄流泪。在为女儿治疗胳膊的过程，所有的药全是我换的。我对谁都不放心，妻子是护士，我也不放心，我害怕其他人的手笨而重，使女儿额外地增加疼痛。在医院，我要悄悄观察之后才选择大夫，并要设法让大夫喜欢我的女儿之后才让其看病。烫伤是一点一点愈合的，新的皮肤，从周边到中心慢慢地移动，经过了整整一个月，一块黑色的结痂才脱落。其狭长而呈凹状，硬得像一块钢铁。那时候，女儿已经会用语言表达一些比较完整的意思，她见了任何一个感觉善良的人，都要举起她的胳膊说：胳膊好了！

女儿胳膊好了以后，我们就将她送进了托儿所，不足两岁，她属于班上最小的孩子。那是一个陌生的环境，也是一个独特的社会，在开始，女儿当然感到恐惧，她哭着闹着，要回自己的家。她不知道自己的父母必须工作，必须加倍地劳动才能为她购置足够且好的奶粉、饼干，她的奶奶爷爷姥姥都不在西安，她的家里没有人照顾她。女儿心情忧郁，不禁消瘦，而且连续感冒咳嗽，不过她终于艰难地走进了孩子组成的世界。她脸上的抓痕频频出现，她每天告诉我谁在打她。我抚摸着她的头，无可奈何地安慰着女儿。不料有一天她竟打了别的孩子，她将一个孩子从头到脚咬了九口，其中三口露着紫青的牙花。这当然是一件严重的事情，那个孩子的家长已经动怒，并上告了领导。我悄悄地笑了，虽然我明白打架是野蛮的，不过我的女儿咬别人总比别人咬了女儿让我高兴。我抱起女儿，教导她今后不要打架，然后吻了她。

实际上女儿非常喜欢她的伙伴，在我们楼道，有一个小孩名字叫黄金，只要她跑进我们的家，女儿就手舞足蹈，高声欢呼，并要立即关门,断绝黄金之路,以防止她走掉。如果黄金的母亲领其回家,那么我女儿必然受到打击,而且哭闹着要跟黄金出去。不过她常常为黄金吃了她的面包或抢了她的玩具,恨之入骨,曾经几次郑重地说:爸爸,你明天拿刀把黄金杀了!

女儿时刻模仿着她的爸爸妈妈,这使我的恐惧大于高兴,因为谁知道我们有什么恶劣的习惯。我看书,她也看书;我写字,她也写字;我临睡之前将报纸压在枕头下面,她也将报纸压在枕头下面;我背着手走路,她也背着手走路;我站着眺望,她也站着眺望;甚至我给墙根吐了一口,她也给墙根吐了一口;我择菜,她也择菜,只是我扔掉了虫叶和腐叶,她竟将一个完整的菜扭折一番扔掉了;单位的老忽到我家来了,我说:请坐,老忽,她也说:请坐,老忽。宜之毕竟是一个女孩,她天生具备女孩的特点:她要梳头,要拉开母亲的抽屉给自己脸上涂脂抹粉,要挎着一个红色小包出门,要抱着玩具孩子睡觉,并要以枕巾作被,以沙发当床,而且小声地唱着歌曲为孩子催眠,轻巧地给孩子喂水喂饭,时而柔情哄劝,时而厉声训斥。女儿特别热衷脱掉她的鞋,换上妻子的鞋走来走去。她的脚仅仅占据妻子的鞋的一半,于是她就踏出很大的声音,邻居不见其人,只闻其响,便知道那是谁了。妻子担心女儿将她的鞋折断,就禁止她,然而越是禁止,她越是起劲,甚至早晨她先要穿着妻子的鞋到冷清的楼道去走一走,才让妻子穿其上班。妻子偶尔禁止得强烈了,女儿便大为恼怒,并带着哭腔说:我明天要把你的鞋扔到厕所去!

女儿正走向她的三岁,我们感到,已经不能忽略她的存在,她竟能像一个大人似的表达自己的意思了。一旦我和妻子吵架,她会做保护状做劝解状地抱住其母亲,随之回头给我一双盈泪的眼睛。

如果我为某种事情生气了，那么她会依偎在我的怀里撒娇。她的奶奶曾经在少陵原上的老家带过她一段时间，遂使她们建立了感情。一天早晨，女儿躺在床上忘乎所以地闹着，被子滑落地面，我担心她受凉感冒，几次让她安静，然而无效。这时候，街上忽然响起了嘟嘟的号声，其音颇为古怪，她便问：什么叫唤呢？我使出父亲的伎俩说：是狼吧。她吓得乖乖的，过了一会儿，号声消失了，她问：狼到哪儿去了？我忍着笑说：狼到长安县去了。此是我的故乡，我的母亲就生活在斯地的少陵原。女儿竟一副欲哭的样子说：狼要吃我奶奶啦。我说：吃了算了。她便急着反对说：不行，不行，奶奶是我的好女儿，奶奶是我的好女儿啊！

# 如愿在春天

　　这几年，我发现母亲在明显变老，其皱纹密集，白发渲染，而且渐渐地，步履蹒跚，神色抑郁。我的故乡离西安是很近的，一天可以往返几次，不过事情多，我总是忙，并不能常常回家。我的姐妹和兄弟，工作的工作，出嫁的出嫁，父亲也东奔西跑地为单位效力，于是我家阔大的院落就往往剩下母亲一个人。我艰难地闯荡着自己的世界，偶尔回家看看，实际上并不完全是为了探望母亲。也许我是在调解自己的情绪，品味野旷的气息吧。我没有想到母亲是如何生活的。

　　为了我的成长，母亲费尽了心血。我最最不能忘记的，是我考大学的日子，因为紧张的功课复习，早晨起床极难，即使把闹钟放在枕旁，它连续响着，我也醒不了。于是母亲就天天踏着闹钟的铃声，到我的窗外来唤我。她既不愿意我睡过时间，又不愿意我累坏身体。她倾听着我枕旁的闹钟，之后过来喊我，那只能是母亲的音频，震荡着黎明的曙色，并催我起床。当然它也久久地驻留在我的耳畔和心中。不过我进了大学，走上社会，竟像一只硬了翅膀的鸟儿，唯顾自己飞翔，居然少有探望母亲。使我十分惭愧的是，工作这些年了，我只给母亲买过一双布鞋、一条围巾。围巾是灰色的拉毛围巾，她不舍得用，一个冬天，她见我妻子冷，又将其送给了我的妻子。

　　春节到了，依俗回家团聚，昔日冷清的院落遂充满喜气，母亲高兴得忙前忙后。包饺子的时候，我忽然意识到，一会儿擀皮一会儿搅馅的母亲，整整一年都是一个人孤独生活着，随之意识到，整整一生，她都没有走出自己所在的小小的生活圈子。父亲提出，天暖花开，他要陪我母亲游骊山一次。它是离我故乡和西安都不远的一个风景之地，村子的妇女，有以去过骊山夸耀的，但我的母亲却没有去过。实际上父亲是启发我们，希望儿女能为母亲做些什么，让母亲感到安慰。我们十分歉疚，都提出自己要在春天陪母亲游骊山。我是长子，是她的孩子之中最最器重的一个，然而我为母亲做了什么呢？我立即约定了带她攀登骊山的日子。母亲当然高兴让我陪她，但不肖的我，忙起工作，却忘记了。我尤其不应该春节之后，便一直没有回家，竟把约定的事情忘记得干干净净。然而母亲等着，她相信我。是相信，更是期待吧！在约定的那天，她早早便起床了。她换上衣服，装好提包，等我回家接她。她整整等了一天。她三番五次地站在门口向路上远眺，但我却迟迟不出现在她的视线，因为我仍在西安，这里的滚滚红尘淹没着我。以后蓦地觉悟，匆匆回家见母亲。我羞愧满脸地向她谢罪，盼她原谅。母亲显然毫不在乎，笑着告诉我，明年她要自己上骊山。我知道母亲不计较我的失礼，也知道明年她不可能自己赴骊山，因为她一个人根本就没有到陌生的地界去过。她一个人到西安来过，是因为这里有我。

现在，我从梦中醒来，想起了母亲和我那年春天没有践行的诺言，不禁泪水盈盈。在这个宁静的冬夜，我的心简直像让蛀虫掏空了一般，怎么都难以重新入眠。寒冷的风，吹拂着我在西安的窗子，也吹拂着坐落在少陵原上的我的故乡，于斯一样宁静和一样寒冷的冬夜，我的母亲正搂着我的女儿，睡在用柴火烧热的炕上。此时此刻，我想起床并把所有的工作弃之一边，马上带母亲游骊山。我不能使她享受荣华富贵，然而如是小小的愿望非常容易实现，我为什么不立即让她实现呢？人的生命是脆弱的，稍微不慎，便会埋下遗憾的种子。可惜冰雪现在凋零了一切！那么春天吧，到了春天，我先要做的、快要做的，就是让母亲喜览骊山之美。

爱无言

这时候，我感到泪水突然涌流而下。我现在都不知道，当年的泪水到底是为这个厚道的姑娘涌流的还是为孤独的我涌流的，或是感到了青春的苍凉而涌流的？

# 窈窕淑女

　　大学毕业，工作一年以后，我得到一次组稿的机会，地点是北京和天津。我与孙商山并往，不过杂志社的领导私下交代，这一路由孙商山负责，我听他的。

　　有十二位作家要见。他们是北京的王蒙、刘心武、李国文、张承志、梁晓声、郑万隆、刘绍棠、陶正、张洁，天津的孙犁、冯骥才、蒋子龙。领导给这十二位作家每人写了一封信，铺满了桌子。他先一封一封地捡起来，拿在手上，是厚厚的一摞，微笑着点点头说："都是一流的！"后一封一封地递过去，于是孙商山的手上就是厚厚的一摞了。能见这些一流作家，非常难得，我真是窃喜，高兴极了。那时候我还是一个对文学抱有热望的青年，我想，即使一面之交，他们的智慧与风度也会给我以启示和影响。我遂做了充分的心理准备。

　　以我所接受的教育，北京何等神圣，我早就心向往之。当天晚上，我便兴奋地到天安门广场徜徉去了。孙商山有一点旅行之倦，还要为明天的工作进行筹措，所以我是一个人。很好，在这样的地方最宜一个人，若有幽情，那么也可以尽兴而发。

　　一九八五年仲夏夜的风在天安门广场悠扬地漂流着，它多少舒缓了我的心律。灯光昏黄，有朦胧之调，建筑之轮，建筑之奂，都生出一种岛立海面似的坚定。可以看到一些人，他们像点一样在远方散落和移动。我也是一个点，并按我的轨道运行着，似无所想，又似有所思。我过去走在故乡少陵原上，总有渺小之感，不过天安门广场给我的渺小显然还甚于故乡少陵原上给我的渺小。在这个世界上，人应该谦逊一点才对！

远方似乎发生了什么事情，有一起一伏的噪音。我很是好奇，便赶过去。小小的事情，也几近平息了。是一伙青年，看起来他们像日本学生或韩国学生，因为普通话不好，向执法者辩解得疙疙瘩瘩的。也没有什么，无非是聚在一起唱歌跳舞，击打腰鼓。如此而已，不过执法者禁止这样做。实际上他们是一群朝鲜族学生，从吉林省蛟河县来的，属于师范学校的一个毕业班，先在北京参观，再往天津，之后返回。

明白了事情的缘由和经过，我便向执法者抗议了一声，完全是出于同情和道义。还好，执法者晓之以理，待之以礼，免去了我的任何麻烦。但我平常的一举，却赢得了这些学生的敬意，他们热烈欢迎我到他们的住所去，因为明天他们就要离开北京了。我的血一向是热的，只要一燃，便会沸腾起来，当然随他们走了。

他们二十一位男女学生，只有张梅花的普通话流利。在天安门广场，是她给我介绍了争执的情况；在路上，又是她介绍了这一批学生的职业方向；到了他们所租的院落，还是她向我介绍了朝鲜族的风俗与习惯。那天晚上，他们一点也没有把我视为异客。女生换上了裙子，广袖轻摇，高调低回，尽显风流品质，而男生则豪迈奔放，甚至借酒达意。我是一个内敛的人，又深受儒家文化的浸润，总是有所约束，然而那天晚上，我竟羞涩一弃，唱且跳，疯狂了一次。当然，张梅花活泼而亲近的指点，也是我融入快乐歌舞的关键因素。不知不觉，东方既白。张梅花把她家乡的地址留下来，送我一程，握手作别。

我在北京的晨曦之中有一点醉意，醉之意，不在酒。我一直想着张梅花的形容。她的样子颇像一个日本演员，短头发，清瘦脸，不大不小的一双眼睛，笑的时候，丰厚的嘴唇一启，会露出两颗玉白的虎牙。张梅花像山口百惠，酷似其人。不过她比山口百惠素净一些，肌肤与灵魂也有一种温暖。

娶她做妻子怎么样？在北京，我忽然如是想，想得十分有胆。我一直认为，北京是一个让人大胆的地方，这种感受便是从要娶张梅花做妻子产生的。也并不荒诞，因为我有百分之一的可能。尤其我不能像一头拙劣的雄鹿，由于害怕折断自己的角就不敢搏斗。我应该是优秀的雄鹿，即使粉碎其角也要冲上去争取一下。

我在沙滩的中国作家协会地下室找到孙商山，见我回来，他迷迷糊糊地叮咛了一声，便继续入眠。我上床躺下，然而望着由防空洞改建成旅馆的椭圆的屋顶，睡意是没有的。我内而省之，严格地审察自己。我要知道自己究竟是何种状态，是否对张梅花产生了爱？如果是，那么这种感情是否将在骤起波澜之后渐渐复原，并归于寂灭。不是，我发现自己的情感显然趋向惊涛骇浪，难以对付。

那时候，北京的胡同有卖煎饼的，小车，小炉，小锅，把面粉用水一和，再把鸡蛋一搅，打进去，摊开烙一烙，便是一片又黄又脆的煎饼。早晨我吃了两个煎饼，喝了一碗稀饭，转身进入地下室。孙商山看了看我，定着神情安排工作：今天见张洁，向张洁组稿。他以为我会十分兴奋，张洁又有才，又漂亮，名震天下，文学青年谁不求一见呢？然而我一五一十，坦率告之：我喜欢上了一个朝鲜族姑娘，今天我要乘火车到吉林省蛟河县去。我补充说：我决定了。

孙商山眼睛一睁，嘴唇便会撮小，这是他的习惯。他发紫的嘴唇紧缩了一分钟之后急速张开，当然不同意。不过对他的态度我当时理解，现在仍能理解。

他说："张洁是重要作家呀！"

我说："她没有爱重要！"

他说："一批重要作家啊！王蒙、孙犁，你都不见了？"

我说："他们都没有我的爱重要！"

他低沉地说："你会后悔的！"

我平静地说："不见朝鲜族那个姑娘，我才会后悔！"

他说："总得有组织纪律吧！"

我说："组织纪律也比不上我的爱！"

他说："领导分派的任务怎么完成啊！"

我说："你一个人完全可以组稿，你就一个人跑吧！我走的事情，你还得担当，不敢让领导知道。请多多包涵！"

他的态度明显软化了，并承诺不会让领导知道。须臾之后，他忽然又发现了新的问题："不行！万一你出了什么差错，单位向我要人怎么办？你父亲向我要人怎么办？"

我坚定地说："不让你负责！"

我便掏出笔，在一张信纸上留言，大意是：我某日从北京外出，赶几日之前回来，并随孙商山结束所有组稿工作，同返西安。若不能赶几日之前回到北京，那么孙商山可以一个人走。我离开北京以后，发生任何问题，由我负责。我不能随孙商山同返西安，由此产生的擅离工作的问题，也都由我负责。

我把这个多少像遗书的信纸交给孙商山，他一下笑了，说："现在的年轻人，真厉害，真厉害！"我也笑了，并向他提出了一个新的要求："如果事情不成，那么在我结婚并有孩子之前，一定保密，不要告诉任何人我曾经到东北去追求过一个朝鲜族姑娘。"

孙商山答应了，而且在久长的岁月，我从来未发现有谁旁敲侧击我的东北之行，我很安宁，证明他遵守了承诺。人到中年，偶尔才有朋友笑着询问这件事情，甚至陈忠实先生也获悉了，并把斯案作为素材融入了他的一篇关于我的文章之中。陈忠实先生还专门向我核实它，我告诉他：真的。显然，这是孙商山传播的，不过孙商山是通过斯案分析我的个性，并无别意。

　　达成协议以后，我便跟孙商山告别。我在王府井北京百货商场买了一件织着梅花的白色衣衫作为礼物，我想，我已经有工作了，不能空手见面。北京并没有直达蛟河县的火车，我先坐汽车到天津，再从天津坐火车直达。我是下午三点买到票的，但火车却是在晚上七点出发，将有四个小时轮空，我就坐在候车室里等候。嘈杂、孤独、蒸得一身的大汗，没有把握的惆怅，这些固然干扰着我，然而它们一点也不能损害我的希望，我只盼赶快检票。检了票，上了火车，找到了靠窗的我的38号硬座，长长地舒了一口气。我想，幸福之旅开始了。

　　我注意到火车上有朝鲜族人，便向他们了解其风俗与习惯，称长辈男人怎么称，呼长辈妇女怎么呼，吃饭注意什么，睡觉注意什么，有什么特别的禁忌。我还悄悄询问，汉族人与朝鲜族人可以通婚吗？一个瘦削的男人很是慈祥，他说："朝鲜族小伙可以把汉族姑娘娶过来，汉族小伙不可以把朝鲜族姑娘娶过去。"坐在他身边的一个阿妈妮点点头说："朝鲜族姑娘一般不嫁出去的。"这多少是一个打击，起码是一瓢凉水，然而我已经执迷于自己的情感，不到黄河是不死心的。两位精明的朝鲜族老人注意着我的神色，不明白我为何对他们的风俗习惯产生了兴趣，岂不知来者自有目的。不过交流也只能悠然而止，因为我一向善于保密，即使无关的人，也不会轻易向他透露正在进行的一些事情。

车厢里的黑夜还不太热，一宿之后，白天便难熬了。所有的车站都上人，人越来越多，坐不下，也立不下，遂不得不挤进卫生间。太热，既无洗脸的凉水，又无止渴的开水。1985年7月5日下午一点我竟在火车上向列车长追究责任了。列车长是一个高大的青年，他从我38号的硬座经过，我霍地站起来，质问天如此之热，人如此之多，为什么凉水开水都没有，你是怎么向乘客负责的！列车长举起手，上下作揖似的摇了摇，作为道歉。不过道歉是不够的，乘客需要的是服务。不知道我的勇气从何而来，我站到硬座上，向乘客呐喊：在每一张火车票里，已经含有为乘客提供凉水和开水的钱了，既然交了钱，就不能没有水！乘客醒悟过来，纷纷要求列车长解释。车厢里的义愤有膨胀之感，列车长面有怯色，连连检讨，并提出马上把所有乘务员和他的水提出来让大家用。为了扭转忽然而至的强风乌云，我提议大家鼓掌，向列车长的态度与措施致敬。一阵热烈的掌声之后，车厢里出现了一种胜利之后的和谐。

爱就是欲，欲源于性，性属于一种生殖的能量。爱可以表现为创造力，也可以表现为破坏力。在达·芬奇的绘画背后，在贝多芬的音乐背后，都隐藏着神秘的爱。拿破仑的战争，希特勒的屠杀，也许都可以从扭曲的爱而发现诡谲之源。流畅的爱甚至会导致一种民主和宽容的制度，而郁结且肿痛的爱则会导致一种专制和苛刻的制度。爱是重要的，不管对个人还是对社会，它都非常重要。把爱的问题处理妥当，世界就会安宁，所以有歌唱道："让世界充满爱！"可惜爱是艰难的，爱总是碰到麻烦！

一片晚霞与我几乎同时落在蛟河县的街道，不过我无意欣赏。我立即掏出联络图，扶清凉之风寻找张梅花留下的门牌，任凭晚霞在辽阔的天空展示其美。我在她家所处的一条落着细微煤灰的小巷恰恰碰到她弟弟，一经介绍，他就转身呼唤他的姐姐与母亲。她们是跑出来的，手足之间充盈着只有朝鲜族妇女才有的热情，但我却是十足的不速之客。她们能否知道我日夜兼程，匆匆而来，意在何为呢？

张梅花有哥哥，在长春一所大学读书，还没有放假。弟弟是小学三年级学生，下课在玩。母亲在制帽厂工作，有难得一见的慈善面目。父亲是一位老师，晚餐之前才回来，也是祥和之人，不过极具主见。

遗憾张梅花拘谨多了，显然把我在北京所看到的那种活泼与亲近收藏起来了。她变成了淑女，乖乖女。当然，她要帮助母亲做饭，晚餐又是宾主共进，之后大家坐在一起聊天，交流基本情况。我和她独处的机会在当天没有了，于是在一个欢乐的空隙，我就取出那件白色衣衫作为礼物递上去，她和母亲同时笑着接住了。张梅花略带羞涩，一副向母亲依偎并收敛的姿态。

我在社会上已经打磨了一年，尽管不可能世故，但比我当学生却是增加了一点老练。见张梅花，我开始就打算像亲戚或朋友一样在其家住宿下来，当然要不失尊严和体面。爱之求，尽管属于风雅之事，美妙之事，正大之事，不过求总是求啊！夜深了，张梅花的母亲安排我下榻。实际上这个家只有一间屋子，临窗一个大炕，墙角一张床，床是张梅花哥哥的，他未在家，就是我的了。大炕是张梅花他们所有人的，依次是：张梅花、阿妈妮、弟弟、张梅花的父亲。

这家人既会普通话，又会朝鲜族话。他们与我交流，用普通话，他们之间偶尔会用朝鲜族话，我以为这很正常，就像我偶尔会用方言一样。那天晚上，熄灯之后，张梅花的父亲与母亲说话，说朝鲜族话，这使我忽然感到一种文化的差别。他们所涉及的，显然是我，起码有我，但我却由于语言有阻，处于信息之外，我不得参与，无法参与。他们气氛冲淡，腔调平和，似乎唯恐我生疑以影响我的情绪，不过我还是感到一种隔阂。当然，他们的忠厚是绝对的，我相信。

我竟休息得出奇地踏实。我醒来睁开眼睛一看，发现他们的大炕上空空如也。我也不以为怪，更无愧疚，起床便自己洗漱，等待早餐。我清楚自己的毛病，衣来伸手，饭来张口，所以不想在张梅花家装样子。

朝鲜族素以狗肉招待贵客，那天有一道菜便是焖狗肉。在大炕上放了一张方桌，张梅花的父亲和弟弟坐一边，我坐一边。张梅花和阿妈妮挤在我和弟弟之间，管我们用饭，但她们却不动筷子。大约三个男子吃了十分钟之后，张梅花的父亲说："好，好，好，一齐吃饭吧！"张梅花和阿妈妮才愉快地操起筷子。在男子提箸吃饭一会儿之后，女子才动筷子，这也是朝鲜族的一种文化。

我和张梅花终于有了一个机会可以独处。也不是完全独处，因为弟弟跟着。那天黄昏，她带弟弟到蛟河去洗衣服，我也去了。大地苍茫，水有白浪，多少使张梅花的精神放松了。她坐在石头上揉搓着衣服，我坐在一边的石头上看着她。她的弟弟呢？越走越远地抓蟋蟀去了。她的一双手灵巧地在石头、衣服和水之间翻转着，偶尔抬起头一笑，露出两颗玉白的虎牙。

我问："你怎么变成淑女、乖乖女了？"

她说："本就是呀！"

我说："在北京你大方多了。"

她说："蛟河与北京是两个地方啊！谁敢在家乡放肆呢！"

我说："我是来见你的！"

她说："知道！"

我爽快地说："见你是表达对你的感情的。爱一个人才会这样。"

她红着两腮说："看得出来。"

接着说什么话真是让我为难！似乎不宜用常规的语言表达我的意思，但准确而得体的语言我一时却想不出来，遂久久望着她的手在翻来转去，直到她笑起来。

我问她："朝鲜族姑娘嫁人有什么要求？"她稍有沉默，说："问我母亲吧！"我又问她："你的意见呢？"她抬起头望着我轻轻地说："先问母亲啊！"成功的可能，似乎已经提升到百分之一以上了，我暗喜。我们便交流别的，她的同学、老师，她的工作，她的唱歌和跳舞，她的哥哥和弟弟，越扯越开。不过我也知道慎重，不想有所犯忌。

谜底难白，前途不明，我只能继续进行。爱总是使人渐陷渐深，自己无法让自己停止。即使勒马，也要到悬崖边上。

终于有了一个机会，我得以帮助阿妈妮拣豆子，遂问她："朝鲜族姑娘只嫁朝鲜族小伙，是有这样的规矩吗？"

阿妈妮说："有这样的规矩，是祖先传下来的。"

我问："有嫁给汉族人的吧？"

阿妈妮说："几乎没有。没有的吧。把姑娘嫁给汉族人，就像把水泼出去了，这姑娘永远就不能回家了。"

我问："为什么是这样？"

阿妈妮说："朝鲜族人少，所以只允许朝鲜族小伙娶汉族姑娘。把朝鲜族姑娘嫁到外边，朝鲜族人将会越来越少。这是传下来的道理！"

阿妈妮从竹筐里抓起一把豆子，掬到手心，但她却不拣，抬起头看着我。她的眼睛慈善，她的神情仿佛一部历史。我点了点头，

149

心里湿得像漏雨，又沉得像一个秤砣。

我没有立即打道回府。一经婉拒，就背身而去，未免有失风度了吧！我仍像亲戚或朋友一样在张梅花家里，他们也像对亲戚或朋友一样待我，特别是张梅花的弟弟，一闲便找我拉皮筋、蹦弹球。阿妈妮除了做冷面等朝鲜族饭以外，还炒菜、煮汤、蒸馍。张梅花的父亲喜欢喝酒，每一次他都会给我斟一杯，我不会喝，所以这一杯每一次还是由他喝了。气氛宜人，然而一旦说话，说朝鲜族话，我便成了他者。

有一天晚上，也是天刚刚黑的样子，我到街上去，买了一个西瓜，准备提回去切而食之。付了钱，一回头，竟狂风大作，随之乌云蔽星，沙尘迷天，街上一个人都不见了，甚至才卖我西瓜的老头也顿失踪影。我一下愣了，不知道归路怎么走。忽然有人急切地呼唤我，摇身便看到张梅花、阿妈妮、她的父亲和弟弟，他们跑着，打着伞接我来了。一股暖流猝然涌动，泪水就要出来了，然而我还是约束了自己，甚至连谢意也没有表示。我只默默地说：归去来兮！归去来兮！

不过张梅花露出两颗玉白的虎牙说："你追上我，我就嫁你！"我惊喜地说："真的？"拔腿便追，但张梅花却像插了翅膀一样跑得飞快。在一望无际的湖冰上，就我们两个。我咬着牙，拼命地追着。仿佛死神随在身后，我们两个都在飞快地跑着，不过我更猛。一瞬之间，我几乎要追上她了。我伸长胳膊，手指已经触摸到我送她的白色衣衫了。不料我脚下蓦地一响，裂开一个冰洞，顿跌我于湖中。我惊呼一声，梦醒了。非常难堪，我害怕吵醒了张梅花他们，但他们却似乎没有反应。我还躺着，只是不敢入眠，以免有梦找我。我便一直睁着眼睛，直到窗子透光。

张梅花送了我一张他们家的合影，我发现她哥哥非常帅。这张合影我现在还保存着。当年我把它夹在了我所用的一个橙色封皮通讯录里，后便一直夹着，虽然通讯录早就旧了，损了，姓名满了，不能用了，但我却始终留着它。我也没有把那张合影取出来，专门放在什么地方，然而我珍视它。也有几次，在快乐与苦涩兼容的日子，无意之中就把这张黑白照片翻检出来，一一看着他们的脸，问：不知道他们怎么样？

那天是张梅花携其弟弟送我上火车的。她穿着我从王府井北京百货商场买给她的白色衣衫，亭亭玉立，绝版的淑女，绝版的乖乖女。她的弟弟穿着米色T恤，一副灵慧而顽皮之态。火车启动了，他们向我举起手，左右摇着。我忽然感到不能控制自己，泪水潸然而下。

尽管我知道孙商山在等我，但我却并不想直达北京，从而变换角色，一个一个见作家，进行什么组稿。不想，根本不想。反正我已经给孙商山留言，甚至我赋予了它以遗书的效力，遂了无牵挂。我心里空空荡荡，有一种浪迹天涯的冲动。于是我就去了牡丹江，又去了长白山，再进入大连。我需要充分的时间在大地上走动，以沉淀感情，并让其结晶。我需要有一个过程才能清爽精神。

然而我无法禁止，总是想哭。那年流行着一首张行所唱的歌，到处都在唱，词曰：

你到我身边

带着微笑

带来了我的烦恼

我的心中

早已有个她

151

哦！她比你先到

……


　　只要听到这首歌，我就会停下来，噙着泪水，静静地体味着。我一路而去，或在绿树下，或在芳草旁，或在河岸，或在海边，或在陌生的男女之中，很是伤感地听着它，仿佛这首歌能给我以安慰似的！问题是她是谁？她在哪里？她和我究竟有什么关系？她和张梅花又有什么关系呢？

# 一次没有表白的爱

陕西师范大学政治系一九八〇级有男生九十六人，年龄参差，相貌各异，下课的铃声骤响之后，从教室走出来的样子总是雄赳赳、气昂昂的，明显的性压抑，也性冲动。依我的侦察和掐算，当时有三十二位男生暗恋着姚伶，其中有三个自不量力的家伙居然还避过大家的注意，企图搞小阴谋，甚至做小动作。不过这都没有逃脱我的目光，我恼怒了，我的眼睛仿佛上膛的子弹似的紧紧地瞄准了那三个过分激动的家伙。我分秒不停地瞄准了五天，使他们终于平静了，我当然也平静了。现在想起来，那些暗恋姚伶的人，都是一些唯美主义者和幻想主义者。实践证明，他们的性格多少都有一点瑕疵，而且可怕的是，那三十二位男生的婚姻现在都失败了。好在姚伶没有嫁给他们任何一位，否则结局难以保证，这似乎是她的幸运。

在我与姚伶同窗的几年之中，实际上我几乎没有听到过她的声音。我跟她没有进行过面对面的交谈，没有说过话。当我坐在教室的时候，她也没有发过言。她倒是唱过歌，不过那歌是一首赞歌，属于合唱，她的声音遂坠入其他女生的声音之中了，并为之所淹没、消融了。我一向反感赞歌，但有姚伶参加的那一次我却是非常认真地听完了，遗憾的是，我费了九牛二虎之力，还是没有逮住她的声音。大约有两次，她跟她宿舍的女生走在松柏葱郁的教学区，不知道为什么事情高兴地交谈着，姚伶也朗朗地笑了起来，我便离开草坪，悄悄地赶上去，企图获悉她的声音。可当我跟她们的距离缩短到三米左右的时候，姚伶却仿佛有感觉似的，不说话了。我曾经放诞地想，当然也是无可奈何地想，如果我转化为一片月光，从窗子飘入她们的宿舍，那么我就不仅仅能听到姚伶的声音了，可惜我不能。在我的印象之中，她说话的声音总是很小，很细，很羞涩，微微沙哑，像久经岁月的绿帛撕裂的一种声音。

姚伶有一双幽深而忧郁的眼睛，睫毛长得像湖岸的柳。现在想起来，我仍觉得她是依靠眼睛感知世界的一个人，但我，还有其他一般的人，却要依靠愚蠢而坚硬的脑子。总之，她的眼睛吸引着我，因为我希望通过眼睛进入她的灵魂，可她的眼睛却使我紧张，使我心惊肉跳。当她发现我在看她的时候，她的眼睛会带动睫毛一闪，于是我所有的思想就涣散了，我仿佛一下便返祖为一只悲哀的猴子了。不过有一次，我豁出去了，鼓足了勇气，从教室的一个角落回过头，坚忍地直直地看着她。当时她坐在灯光之中，其他同学星绕北斗似的排列在她的周围。她立即觉察了我发出的信号，她的眼睛一眨，睫毛随之一叠，显然是要切断我的信号，但我却咬着牙，发誓要顶住。我感到自己熊熊地燃烧着，感到火燃烧得发出了焊接一般的响声，不过我终于顶住了。在这漫长的过程，姚伶的睫毛又闪了一下，接着又闪了一下，这使我实在难以抵抗，遂垂首而坐。我觉得她的功力太大了，为这大约三秒钟的欣赏，几乎耗尽了我的能量。我有气无力地坐在苍白的灯光之中，整整一个晚上，在教室没有读一页书。这确实是一次强烈的触电，不过它显然消磨了我，因为在这一次碰撞之后，我再也没有直视她，再也没有出现过连续看她三秒钟以上的经历。我一向是一个敢于行动的人，但我对姚伶却没有行动，甚至从夏天的那个晚上之后，我便缩进了思念的堡垒。

姚伶是一个白皙的女生，但她的白却并不是那种在街上容易看到的银白、棉白，或云白。她的肌肤不是那种在白的两腮可以起晕染红的肌肤。我以为她的白是一种玉白，没有灿烂的亮，不过白得瓷实、细腻，干净而润滑。重要的是，她的肌肤有一种大理石的冰凉，而且是早晨的大理石，似乎还微微带着一些夜气和露水。这当然是我躲在思念的堡垒所想象的，我经常想象着她。

姚伶不喜欢热闹，也不喜欢喧哗，总是夹杂在自己宿舍的那些女生之中，仿佛独处会遭遇抢劫似的。我感到她对外界有一种巨大的戒备，似乎时时刻刻在警惕着，防御着。她甚至不穿鲜艳的衣服，也不穿紧一点小一点或短一点的衣服。夏天，那是多么美丽的季节，一般的女生都尽其可能地展示着自己的好，而且由于她们脱下了自己长的和厚的衣服，从而大片大片地露出了青春，校园才不干燥的。然而姚伶非常节制，她一般是穿短袖衬衫，不穿短袖 T 恤。她当然也穿裙子，可她的裙子却没有一件会打在膝盖的。事实是，她的裙子无不总是打在她的腿肚子上。不过这已经够了，确实不能再露出更多的肌肤了，因为她的胳膊和腿肚子太白，太丰腴，太娇嫩，当然也太危险了。

有一次在食堂排队买饭，我一不小心站在了姚伶的身后，遂看到了她的脖项。从躯体冒出的这一截简直精致极了，它以埋在肌肤之中的七块微微突出的颈椎为中心向两边延伸，从而构成了一个半圆。我感到她的这一截肌肤是柔韧的。我看到了它的肉质、毛孔，嗅到了它的气息，这使我想抚摸它一下，只是觉得我的手不干净，会亵渎了它。姚伶是一个非常讲究卫生的女生，在我看起来，她有可能在时时擦洗自己的脖项，这使她的所有毛孔都亮得透明，甚至像是从酒精瓶子取出来似的。这样入迷地研究一个女生的脖颈显然是失态了，而且我忽然觉察自己处在了一种备受注意的气氛之中，担心这样会伤害姚伶，遂在我即将走到窗口的时候，跑掉了。我到别的窗口去买饭了。

不过她的脖颈激发了我的想象，这天晚上我怎么也睡不着。在浩荡的秋风之中，我脑子满是姚伶的身影。我还大胆地想象了对她的抚摸。我抚摸了她的手腕和手臂，沿着手腕慢慢向上，我抚摸了她的胳膊和肩膀，抚摸了她的脖颈、脊背。我在她的脖颈上流连了一会儿，并用中指和两个食指在她颈椎一带按着，揉着，研着。这一带确实像我想象的，很是柔韧。之后，我的手便久久逗留在她的脊背上。不过我感到这里没有暖意，我唯一的感觉是冰凉，是大理石一般的冰凉。

不知道是谁泄露的，其准确性和权威性如何？总之，从一个隐蔽的管道流露了一条让我惊诧的消息，它是关于姚伶身世的，消息称：姚伶是一个私生女，为一个汉族姑娘与维吾尔族小伙所生，可他们却未能哺育她。她现在的父母，实际上是她的养父与养母。惊诧刚刚退潮，便是兴奋的涌起，我为姚伶是一个混血女而兴奋至极。尽管我没有确凿的证据，不过凭直觉，我相信她是一个混血。她是新疆维吾尔自治区的，是昌吉回族自治州的，这是她成为混血必要而可能的背景。重要的是，她轮廓清晰的脸，通直而棱角分明的鼻子，突出的眉骨和浓重的眉毛，还有她幽深的眼睛，都为她的身世做着诠释。

姚伶的混血特征，当然也为我何以会如此倾慕她，何以会如此为她所迷惑找到了答案。我发现自己有强烈地爱恋异民族姑娘的倾向，我觉得她们神秘、热烈，风情万种，意味深长。我想，我必须为自己的这种倾向拿出证据，不然便可能留下虚构和杜撰的疑窦。

实际上我在思念的堡垒之中做梦的时候，我还追求着一位俄罗斯族女生。她是陕西师范大学历史系一九八一级的，低我一届。毕业之后，我追求过一位漂亮的回族姑娘，追求过一位活泼的朝鲜族姑娘，可惜一律不果。不过这些只有我知道的经历锻炼了我，我以为那是伟大的经历，因为它充满了艰险，有勇气有智慧才能冲破封锁，进入禁区。

虽然姚伶不平常的身世增加了我的激情，我的心更贴近了她，更包围了她，但我却依然没有行动，我依然待在思念的堡垒。我在这个阶段的变化是，仿佛姚伶的忧郁传染了我，我也忧郁起来。我失去了对任何女生的兴趣，拒绝参加所有的集体活动，也不想到教室去上课，觉得一切都没有意思，而且在晚上八点二十分之前就上床休息，尽管睡不着。

不知不觉便毕业了，我站在窗口望着浩瀚的云天长叹一声，说：完了，完了。

当姚伶随乌鲁木齐几个同学结伴离开西安的时候，我迷迷糊糊地到车站去送了他们。我觉得惜别的滋味又苦又酸，于是我就躲在了阴影之中，以淡化其苦酸。姚伶已经上了车，不过车未走，送行的同学便不走，她也便不能坐下去。实际上她一直站着，从窗口探出头，向车外的同学说话。我远远望着她，发现她说话的时候，眼睛不经意地一闪一闪地寻找着，一瞬之间，她把目光插到了阴影之中的望着她的一节木头上，木头看到她的泪水涌了出来。车外的同学一定会认为姚伶的泪水是为友谊流下的，但我却坚信她是为爱而哭。在车站那永远混浊的灯光之中，姚伶的泪水仿佛冰凌一样清洁而明亮。

车启动了，车得寸进尺地迁移了。姚伶急速地挥着手，我看到她的手渐渐在缩小、模糊、融化，终于消失了。我非常憎恨晚上十点十五分这次车，因为它把姚伶运走了。在我想起来，新疆完全是一个陌生的地方，它对我遥不可及。不过，这是不行的。我在思念的堡垒狠狠地说：这不行。这是不行的！

当时我已经拿到了派遣证，单位是陕西省新闻出版局。我很满意这个地方，我的父母也满意，它离我家非常近。但我却没有立即到单位去报到，因为我隐隐听到了一种呼唤。经过一个晚上的考虑，我起床之后直奔电信局，给姚伶发了一个电报曰：

盼勿报到，请接我信。

回到宿舍，我拧开钢笔帽，打开墨水瓶，铺平稿纸，便匆匆地写起来。我一直写到日落西山，星光灿烂，接着我夜以继日地写，写了整整九十六个小时，写得天旋地转，草枯花落。十二万字的信，一江春水向东流般地表达了我的爱。我跑到邮局，把它发了出去。

现在想起来，我依然觉得自己的设计是真诚的，也并非不现实。我要让姚伶清清楚楚地知道我的心。在这样的条件下，如果她接受我的爱，那么我愿意在西安等她，也愿意在边陲等她，甚至做一个为流俗所不屑的倒插门也可以。总之，只要我和她能在一起生活，在任何地方，做任何工作都可以。我知道我父母不会乐意我到外地去，我也知道曾经帮助我分配工作的人会反对这样做，不过，这一切我都不管了，什么都不管了。在信发出去两个小时之后，我感到它太慢，也太轻了，不足以贯彻我的意志，遂决定到姚伶家去一趟。我认为如此重要而如此神圣的事情，不面对面地表白，显然是不应该的。我想，我一定要告诉她，即使她拒绝，即使她明确地不接受，我也要告诉她。我想，我不能把爱总是关闭在思念的堡垒，我必须让它走出去，冲出去，让它见姚伶，否则我一生都会后悔，一生都不得安宁。于是我就借了一笔钱，买了一张从西安到兰州的飞机票，立即抵达兰州，接着乘车进入乌鲁木齐。当我踏着乌鲁木齐晚上八点四十五分的夕阳在街上投宿的时候，我给姚伶的电报大约才到吉昌的电信局，我给她的信大约还在沙漠和隧道之中旅行。我的速度是很快的，不过我仍觉得太慢。

我从乌鲁木齐的一张木板床上睁开眼睛，便看到了一棵白杨树上的晨曦。我穿好衣服，挎上书包，走上了大街。我要抢从乌鲁木齐开往昌吉的首班车，我必须紧急行动。我发现在这里宽阔的大街上，只有我一个人。大约走了两公里，我才看到一个推着小车卖豆浆的妇女。不知何故，那缕从盖着豆浆的白布上散发的袅袅的热气，那个中年妇女斜背着的黄色的挎包，忽然使我产生了一种莫名的伤感。我忽然觉得孤独，而且自怜、自赏、自傲，当然也有一点自慰。因为这毕竟是我第一次出省，是我第一次决定把自己的整个身心交给一个姑娘，甚至想到我是为什么而到这遥远的边陲来的，泪水便流了出来。

当我赶到始发站的时候，一个穿着蓝袍的司机正拿着一只拖把在轿车的轮胎上摔打着。他摔打了五下，感觉把尘土和灰渣抢净了，才将拖把塞进水桶里涮起来，接着不紧不慢地洗他的轿车。但我却松了一口气，我知道自己有了到昌吉去的交通工具了。我很怕自己要在乌鲁木齐滞留，不过这样的担心一会儿就没有了，我已经坐在了轿车上。尽管这辆轿车是破烂的，几乎所有的坐垫都露出了肮脏的海绵，然而当时我以为它是一辆非常美好的轿车，安全舒服，并产生了要在前排椅背上吻一下的冲动。

抵达昌吉之后，我按自己构想的，先找到一家旅馆，洗了脸，梳了头发，换了一身干净的衣服，之后挎上书包出门。凭印象，我知道姚伶的家在自来水管理处，但它到底在昌吉的哪一个方位、哪一条大街上或小巷里，我却是不知道的。简捷的办法是查找地图，向人询问，可我却不想这样做。我以为自己千里迢迢到这里来，向一个姑娘表白自己的爱，是不能使用任何一点聪明的，我只能使用虔诚。我感到这不仅仅是一件重要的事情，还是一件神圣的事情，我要一个单位一个单位地去找，一家一家地去找，一个门牌一个门牌地去找。我想，只要姚伶在这个世界上，我注定是会找到她的。我隐隐地感到，爱的事情必须虔诚才可能完成，只有虔诚才可以获得上帝的帮助，而聪明则会使上帝疏远。

我没有看手表，所以我根本不知道自己在昌吉转了多少时间，也无心留意它是怎么一种样子。现在想起来，我觉得它当然属于一个发展中的城市。大约只有几座高楼，都是崭新的，白色的瓷片反射着亚细亚中部才有的丰富的阳光。这里似乎在开拓道路，到处都是深坑和石子，到处都是黄尘。在鹤立鸡群似的高楼周围，是大片大片的使我感到温馨的泥巴房，我觉得生活便在那里，人性与人情便在那里，大约姚伶也在那里。我在昌吉走来走去，走到大街上吹起了风沙。虽然我不明白东南西北，不过我是清楚幸福之点的，我以为自己不会迷失，当然也不是盲流。

沿着姚伶脖颈上的一股气息的暗示和引导，我走到了一栋泥巴房前。屋子里寂静无声，一扇低矮的门，已经擦洗得露出了它的神经和脉络。凭直觉，我判断这就是姚伶的家，她的气息早就穿过门缝弥漫出来了。我屏住呼吸，郑重地在门上敲了三下，随之是一个巨大的空白，仿佛屋子里没有人似的。这时候门谨慎地拉开了，一个微胖的中年妇女探出头问我："你找谁？"她不像姚伶的母亲，她没有姚伶那种显着轮廓的脸，也没有姚伶那种充满悬挂感和虚幻感的气质，不过我还是确认，这位孤独的妇女应该是姚伶的母亲。我说："阿姨，我找姚伶。我是她的同学，从西安来的。"她平静地招呼我进去，并平静地叫着姚伶。但我却没有随她进去，我必须等待姚伶的恩准，我不愿意冒犯了姚伶。

当姚伶像一片云似的飘到门口的时候，她的脸骤然苍白，眼睛满是奇异和惊恐。我这样一个从天而降的不速之客，显然完全出乎她的所料。我觉得她总是用酒精浸泡的毛孔随着我的出现而紧张得一下关闭了，唯有鼻尖的毛孔还张着，不过从这些毛孔流出的只能是冷汗。在亚细亚中部的阳光之中，她的冷汗密集，圆润，有珍珠般的造型。不过她还能够镇定，她很快便回过神似的让我到屋子里去，并向她的母亲介绍我就是那位发电报的人。我多少有一点拘谨，然而总的感觉还好，因为所有的线路都连接起来了。我的意思是，我的电报已经为姚伶及其母亲提供了研究的资料，在她们对这份资料有了一定的评估之后，人随之而到，无疑的，这个人是更直观和更可靠的资料，甚至他便是要直销的货物。

在姚伶给我沏茶、取瓜子、拿葡萄的过程，她一点一滴地告诉我，她是昨天才收到电报的，遵我之嘱，她还没有到单位去报到，她在候我的信，信尚未来，大约需要五天信才会来，如果是挂号信，那么需要十天。我告诉她，我就是考虑到信太慢，才决定亲自走一趟的，我不想让你焦急，也不敢耽误你，只是匆匆忙忙，没有通知便来了。这时候，姚伶的母亲一直坐在沙发上注意着我，当然也注意着姚伶。在她显得浮肿的脸上，有一双严厉的眼睛，它完全显露着推敲和解析的神情。她还点了一支烟吸起来。我感到她是一个老谋深算的人，

161

而且充满了控制能力。不过她没有询问我什么，我想，这是由于姚伶在场的缘故吧。实际上我是希望她母亲注意我的，因为深切的注意标志着我进入了她考虑的范围，如果她对我的到来不在乎、无所谓，那么我便沮丧了。但姚伶的态度却是关键，倘若没有她的深切注意，倘若我不能感觉她的热情和兴奋，那么一切都将是没有意义的。我的为难在于，姚伶一向是一块大理石，而且是早晨的大理石，永远有一种夜气和露水的冰凉，这使我不易把握她。现在想起来，我以为问题恰恰便出在我对她把握错了这一点上。

有一个细节当时很使我感动，而且在今天我仍能感到它的活灵活现，这便是，我刚刚坐在沙发上，姚伶及其母亲便让我退掉旅馆的房间搬过来住。她们告诉我，家里有的是地方。我是一个敏感至极的人，我确信，她们绝不是出于礼貌，她们完全是真诚的，而且是尊严的，但我却没有接受。我不是客气，是担心自己在姚伶家睡不着。我容易失眠，睡姚伶家我将肯定失眠。在姚伶家翻来覆去地睡不着，显然是难堪的，甚至会破坏姚伶家的安宁。

姚伶向母亲简单地交代了一下，便到厨房去做饭了，她做的当然是拉条子。客厅只剩下了我和她母亲。她母亲不紧不慢地询问我年龄多少，兄弟几个，父亲母亲有何贵干。她的眼睛仍是推敲和解析的神情，不过她在努力做得婉转与平和。尽管姚伶在厨房洗菜、切肉、揉面，但她却显然注意着客厅。她还有两次，以插话的形式打断了她母亲的询问，其结果是，我和她母亲的交谈便未能继续进行下去。我和姚伶过去没有来往过，互相是不了解的，她也尚未收到我十二万字的信，所以我不清楚她的插话是什么意思？是担心她母亲的询问万一过分了而伤我的尊严，还是伤她的尊严？或是她根本就不愿意有这样的询问，因为它暴露了母亲的倾向。也许在她未

162

听到我是什么意思之前，她不想，也不愿意让母亲有任何倾向。或是她早就有了自己的倾向，这便是，不！总之，我希望天是晴朗的，我这样遥远地到边陲来，不要雨，不要阴，也不要云。可姚伶却偏偏是一个矜持的人，而我则是内向的，我和她也没有生活在开放的时代，我和她接受的完全是传统的教育，甚至是禁锢的教育，何况她的家有一种我可以感到的氛围！

拉条子是闻名遐迩的小吃，似乎有一个观点，认为新疆人在家里以拉条子待客表示着一种亲切和敬重，如果确实是这样，那么我感到满足。而且这个拉条子是姚伶所做，它的白面、绿辣子、红柿子、黄花，都留有姚伶的指纹和手印。然而我却没有吃出什么滋味，非常遗憾，我觉得对不起她！

姚伶的父亲是一位司机，他出车而一直没有回家，于是陪我用餐的就非姚伶及其母亲莫属了。由于她们之间的彬彬有礼而造成的一种虚无、沉闷，甚至压抑，使我不得放松，遂在用餐之后说了一些中性的话，便提出要回旅馆去。对于我的提请，姚伶的母亲最容易理解为我是想跟姚伶独处，姚伶也最容易理解为我有话要说，所以她们便同意我走，姚伶当然送了我。这时候已经是晚上九点十分，也应该告辞了。算起来，我在姚伶家待了近乎八个小时，第一次登门便待了这么久，实在不好意思。

走出姚伶家朴素整洁的泥巴房，走到路灯初照的正在建筑的大街上，我和姚伶立即有了一种靠拢的感觉。实际上心理未必需要靠拢，但环境却使之靠拢。我以为在空旷的荒野，在寂静的黑夜，人会本能地希望接近和靠拢。即使两个人有仇恨，也会产生靠拢的需要，哪怕在暂时地靠拢之后，在度过了让人恐惧的荒野与黑夜之后他们再战也可以。这种本能是原始人遗传给现代人的，原始人在狩猎时代产生了对荒野和黑夜的恐惧，也产生了抱成一团的习惯。总之，轻风徐吹，行人稀少，近乎无，我惬意多了，姚伶也宽舒多了。

姚伶完全是一种散步的速度和姿态。她仍穿着短袖衬衫，拖在腿肚子上的裙子，不过她显然软化了，甚至融合了。现在想起来，我依然会清楚地看到她不枝不蔓的样子，楚楚可怜的样子，在路灯的光影之中使其衬衫和裙子幻化为一种豆绿葱绿祖母绿的样子。我不得不悄悄感叹着什么是清水芙蓉，什么是亭亭玉立，什么是真正的窈窕淑女。

我披星戴月地从西安到这里，当然是有话要说的，这一点姚伶非常明白，而且她似乎做好了一切准备，要听我说什么。轻风撩动着她的秀发，她微微仰起头，用自己玉白的脸承接着清幽的月光。我的思想剧烈地斗争着，我在犹豫着。我不愿意说她不愿听的话，但我却必须说真实的话，我平静地说："我准备明天早晨就走了！"她惊诧了一下，似乎这样的话唐突、冒昧，莫名其妙，而且难以应答，所以她没有说什么，不知道怎么说。我又平静地说："我的信也不用看了。你烧了它吧！"我便这样完成了我的急转直下，甚至一下堵死了我的路。此时此刻，姚伶显然已经知道了我的意思，也恰恰就在此时此刻，她送我走到了旅馆门前。当她默默地转身向回走的时候，我确实想送她一程，只是怕有用意含糊之嫌，有拖泥带水之嫌，遂没有送她。

我打算乘首班车离开昌吉。我进入房间便开始洗漱。我感到疲倦，想好好休息，以赶自己的路。在我刷了牙，准备躺下的时候，响起了敲门声，不料竟是姚伶的父亲来了。他是一个厚道人，微胖的圆脸增加了他所固有的厚道，他的厚道也显出了脸的圆和微胖。他劝我不要明天走，还告诉我明天早晨他将接我用餐。那样浑厚的声音！从他浑厚的声音之中传出的没有一点虚假的吩咐，一下击穿了我的心。我感到自己的心出现了一个洞，洞里的黑暗像山一样沉重。不过事情已经这样了，我怎么可以再留下来到姚伶家去吃饭呢？我对爱有我的理解，也许我理解得极端了，甚至苛刻了，可它却毕竟是一种理解，而且我必须按自己的理解去行动。

我像飘一样在昌吉度过了唯一和最后的一个晚上，随之把街上的一个馒头吞进肚子，回旅馆结账。当我挎着书包走到楼梯最后一个台阶的时候，姚伶的父亲接我来了，见我吃了饭，见我执拗地要走，遂嘱我慢一点，要让姚伶送我。现在想起来，我当时确实希望姚伶能送我一下，希望再见姚伶，因为我知道，这再见将意味着永别。

我缓缓地向车站走着，以给姚伶留下时间。我的速度一点也不快，只是车站太近太近了，仿佛我走了几步，它写着红字的牌子便浮现在早晨的白雾之中了。车站上有两个人等车，我去了之后，便是三个人等车了。不过我跟那两个人肯定不一样，我是希望首班车不要急着开过来的，甚至希望它抛锚，轮胎爆破，因为姚伶还没有到。我是多么迫切地希望再见她的啊！

在我感到失望，并不得不自己给自己鼓劲以防精神坍塌之际，我眼睛一亮，发现姚伶骑着自行车过来了。她斜着身子，仿佛是在白雾之中飞翔似的过来了。她默默地把自行车撑在一边，取下挂在自行车上的装有两个白兰瓜的篮子，默默地交给我，之后便默默地伫立一边。我完全撤退到了一个同学的立场，而且佯装镇定地说："这一次来匆匆忙忙的，什么也没有带。下一次来，我将送你一尊唐三彩。"也许我和姚伶命中注定要在这里永别，否则，为什么偏偏这时候可恶的首班车就抵达车站了呢？我像一不小心打碎了水罐，水流了一身的一个小孩，有一点糊涂，有一点迷乱，有一点手足无措，

165

还有一点身不由己地上了车。

我在乌鲁木齐售票厅的窗口随便买了一张东去的车票，转身之际，竟踩了一个女人的脚，投足之时，又碰了一个少儿的头。在那个巨大而昏暗的售票厅，我觉得狼狈极了，我想，凡是看到我的人，都将认为我有一副潦倒相和败落相吧。不过，凭其猜测吧，凭其同情吧，总之，我是顾不上这些目光了，我也没有什么力量了。

火车驶出乌鲁木齐，闯进无边无际的草原，立即提高了速度。我从硬座车穿过餐车，来到了软卧车，我也根本不管它是属于一群日本人所订下的，便选了一个位子坐下了。来到这里没有别的意思，只是要独处，希望安静。整个软卧车的过道都是悄无声息的，因为日本人待在他们的包厢之中，没有谁会打扰我。不过在这里，我不知道怎么想，想什么。我仿佛是鬼使神差似的打开了窗子，把头伸在窗外。风强劲地冲击着我的头，但我却坚持眺望着乌鲁木齐的方向，眺望着昌吉的方向。辽阔的天空布满晚霞，晚霞像波浪之中注入了鲜血一样红。晚霞之下，仍是没有尽头的草原，穿过草原，乃是灰色的没有尽头的大漠。火车仿佛逃亡似的奔跑着，在苍茫的自然之中，在晚霞之下、荒野之间，它小得简直像一只蚯蚓，一只蚂蚁。一直到晚上，我都把头伸在窗外让风吹着，我觉得风已经揭去了我的皮，撕下了我的肉，我完全变成了一具白骨森森的骷髅。不过我的意志仍是清醒的，这使我充满了悲哀，因为我知道自己最纯洁最精锐的生命结束了。我已经二十四岁，我将到一个单位去工作，还将领取薪水，并按惯例准备结婚。我将再也不是一无所有的我了，我将再也不能赤手空拳地追求某个姑娘。为了爱而去追求一个姑娘与为了结婚而去追求一个姑娘，其性质是不同的，它有不同的方式，不同的格调，甚至有不同的温度。它所激起的感情和所产生的动力，当然也不同。爱直通生命的核心，带着原始的鲁莽，而婚姻则充满了盘算和设计。当然，为了婚姻而去追求一个姑娘与为了性而去追求一个姑娘，其性质还不同。

这一次的行动，我只向北京一个同学叶闯透露过，不过我要求他保守秘密，不可传播。叶闯答应了，所以尽管很多同学都知道我在被派遣之后匆匆忙忙到新疆去了一趟，并猜测、探问，可他们却不知道我做了什么。我想，姚伶也不会随便说的，她是一个有尊严的人，而且，她也不好说。她当然不好说，因为她也不很明白我为什么忽然要走。但这个问题却挠她的心，她还是想弄明白的。大约我离开昌吉三年之后，她在北京见到叶闯，她也知道叶闯与我的关系，遂拐弯抹角地向其刺探，并责怪我莫名其妙。尽管叶闯知道姚伶的矜持是其素有的性格，我对此也能理解，然而当时我还是感到了厚重的沮丧，甚至觉得她是一个不会感动的人，她竟没有在合适的时候流露一种我所希望的暖意，这使我熄灭了自己的火。不过叶闯遵守了诺言，并未把我的体验告诉姚伶。于是这件事情就以自己特有的方式像一滴水似的渗透到岁月之中了。我呢，也再没有给她写信、打电话，进行联络，也再没有获悉姚伶的消息，当然也尽量避免知道她的婚姻与家庭。我不会嫉妒她的状态美妙，只害怕她的情况不好。但渗透到岁月之中的水却并没有为岁月所蒸融，恰恰相反，它聚于我心，清澈、晶莹，没有污染，而且只有我知道它对我是多么重要，它一直在怎样地滋润着我的灵魂。

我曾经在昌吉的车站告诉姚伶，有朝一日将送一尊唐三彩给她。唐三彩是西安的一种仿唐工艺，其造型往往以仕女为主，当时的西安人习惯于以它送人，以为它华贵而大方，所以我提出要送姚伶唐三彩。只是沧海桑田，春秋代谢，我的脸已经揉皱了，我的那张光华而饱满的脸已经没有了，这使我失去了信心。因为我觉得姚伶仍是亭亭玉立，窈窕淑女，有白玉般的温润与皎洁，遂不打算到新疆去了。如果赴新疆，那么我也会绕开姚伶。古人曰：昔年种柳，依依汉南。今看摇落，凄怆江潭。树犹如此，人何以堪！在我看来，我是无法把唐三彩送姚伶了。我所能做的仅仅是，向她祝福，愿上帝保佑她！

# 愿天天都是情人节

几年之前的一个情人节，我曾经表示，我拒绝有情人，因为阿猫阿狗都在寻找情人，真是玷污了，我不愿意进入一个不清不白之群。然而情人节是美丽的！去年的情人节那天，我一直在档案馆查阅资料，事毕我走出档案馆，见天空有春风，有云有雨，街上青年男女牵手而行，有的还捧着玫瑰，气氛很是浓烈。我是易感的一个人，有场即会融入，遂群发信息给女性朋友们，祝情人节快乐，并约妻子带儿子到必胜客用餐以度之。

情人节是随全球化而来的，它在中国呈燎原之势，自有其根据。中国素有道统，甚至古时规定男女授受不亲，不过情无法禁锢，欲也无法防范，而且情由欲生，欲不得灭，遂有情人节滔滔者地上皆是也。问题在于，欲在此一时可能为善，在彼一时也可能为恶，恶的便会造成伤害。中国人胆大，过情人节过得如火如荼，不管它是什么意思，先过为快，尽力过，遂把情人节变成了一种可以豁免的鬼混，于是在这一天就使私家侦探忙碌不堪。一些中国人过情人节，多少有穿着西服喂鸡放牛的意思。

情人节定于 2 月 14 日，是为纪念古罗马人瓦伦丁之死。他是这样一个人，敢于反抗暴君的命令，为希望成为眷属的情人证婚，从而为暴君所抓坐牢，并致其死。把对这样一个信徒的纪念演化为情人节，表达了人类对爱的向往，生命延续的意志，也反映了人类对瓦伦丁的敬意。因为他冒着牺牲的危险，维护了人类合法合理并顺应天意的恋爱权和繁衍权。情人节是对高尚和伟大的教育，愿天天都是情人节。

情人节这一天显然很是敏感，它把男女之间的关系弄得比平常要微妙一些，一般关系的男女都会避免在这一天联络，以免涂上暧昧的色彩，或发生误解。我祝女朋友快乐就是祝女朋友快乐，它包含这样的意思，你有情人也罢，你无情人也罢，都盼你快乐，因为这一天是美丽的。

# 三十二朵鲜花

我所住的宾馆，客房与舞厅是相连的。舞厅有四位小姐，客房一位先生。一位就够了，因为除我以外，没有人宿此。江城有一位朋友，他介绍我住这家宾馆。从西安到江城十二小时，宿此，我图其安静，以尽快完成写作任务。放下包裹，我才知道宾馆处于江城北部，很是荒凉，从窗口眺望，周围都是田野。这里是一个规划中的开发区，由于资金问题，动工不久便停息了。这个宾馆和周围的其他门面，随着开发而兴起，不料开发竟会流产。宾馆的生意不好，我来了，而且要住宿数周，舞厅的小姐都兴奋地站了起来，她们有理由认为我是会消费的。那个身材修长的小姐，嘴如草莓，轻轻吐出一缕香烟，顺便闪过一个媚目。她甚至笑着在我肩上拍了一下，仿佛是无意的。

我立即投入工作，什么都合适，唯吃饭是问题。我必须步行半个小时，到江城的一个小巷吃饭。那里餐馆云集，比宾馆便宜得多。不过，如果我每天喋食两次，往返竟要消耗两个小时。我觉得这过于浪费了，遂向舞厅的小姐借自行车。她们有两辆自行车，经常骑着上街溜达。然而她们拒绝了我，神情颇为冷漠。那个嘴如草莓的小姐，竟直率地指出，我令她们失望。

在宾馆附近，有一个鲜花店，一位姑娘经营着。这一带人少，她的生意当然清淡。那是一位白净的姑娘，眼睛大而明亮。她腿有残疾，不得不开着三轮车在鲜花店与家之间往来。那是一辆红色的三轮车，要用手摇动。姑娘不开的时候，它便静静地停在墙角，冬天的阳光拂着它。我打算借姑娘的三轮车，遂介绍了自己的情况，并让她看了身份证和工作证。我答应付钱，每天借三轮车两次以吃饭。姑娘笑了，答应借我，然而不收钱，若我付钱，她就不借。她跛出鲜花店，教我如何用。我便开着三轮车吃饭了，时间顿然充足起来。我感激那姑娘，并感激生活。我想，在世间孤行，人与人没有了温情将尤为悲苦。

我以明澈之情，每天买她一朵鲜花，以示谢意。为了不留痕迹，我称鲜花是送女友的。热恋之中，女友每天都要看我。她信以为真，仔细挑选鲜花，并向我祝福。我把买她的那些鲜花带至客房，一朵一朵地摆在我的窗台上。离开宾馆的时候，我的窗台上共有三十二朵鲜花。从郁金香到红玫瑰，绮丽而璀璨，构成一个美的序列。我毫无羁旅之感，是因为置身于芬芳之中。

宾馆的服务员照例要检查一下客房，她刚进门，便看到了窗台上的鲜花。她惊呼着，召唤她的伙伴。我笑着说："如果没有差错，我就走啦！"

舞厅的四位小姐，只剩下两位了，她们目送着我。

# 恋爱记挫

刚刚进入大学的时候，我就提醒自己：不要陷进感情的纠葛之中，以免荒废学业。我朦胧地知道，恋爱，特别是钟情人的恋爱，是一件极为劳心伤神的事情，这似乎是一种预感。

我避开了班上的女生，除了上课、开会，或集体活动，我一般都到图书馆阅览室去自习，防止因为天天接触，对谁产生感情。奇怪的是，注定要发生的事情，无论如何，都将发生。

不知不觉地，我告别了图书馆阅览室，觉得在这里待几个小时，简直乏味透顶。吸引我的地方，是教室，仿佛这里有了魔力似的，我总是挎着书包，或从宿舍，或从食堂，匆匆地赶到这里。不过，教室确实是平平常常的，四排桌椅，两张黑板，而且空气干燥，谁会对它产生别样的兴趣呢？实际上是，班上的一位女生贾敏迷住了我。那时候，在我观之，她简直是教室的心脏，由于它的跳动，才使教室充满生气。

实际上她平凡至极，在我对她的爱情受阻，处于痛苦之境，宿舍的岳民魁，曾经冷冷地问我：她要容貌没容貌，要身材没身材，要学识没学识，你怎么会爱上她呢？他如此刻薄地分析贾敏，我是反感的，然而我难以回答。她长着瓜子脸，双眼皮，身体单薄，面色苍白，常常将头发扎成两个小辫抛在背后。她几乎总是这种样子。

不过她很有神情，忽而柔弱，皱出愁眉，忽而兴奋，发出笑声，说话之际好以手为势，这使她在一群女书生女学究之中，显得别开生面。

我到教室去，总是拐弯抹角地坐在她的身旁，特别喜欢坐于她的背后。这样，我就可以很方便地询问她什么，她也可以很方便地回答我什么，并乘机交流一些其他意见，以酿造感情，甚至能偷偷观察她瓷白的头皮，它会从分成两半的秀发中间露出的。她很聪明，一定知道我经常绕她而坐，不是无意。

她对我一直采取鼓励的态度。我们经常伏在桌子上，悄声细语，将其他同学排斥在一边。有一天黄昏，她趁着教室的喧闹，轻快地从她的座位，跑到我的身旁，面对我坐下。她刚刚洗澡了，头发披散，白的脖子上，一抹让热水润出的红晕，正慢慢消逝。她没有说话，不过眼睛闪闪地表达着感情，她说话的时候，眼睛依然闪闪的。我惊喜，沉醉，看着她，竟目不斜视。偶尔抬头，发现夏日的夕阳，将窗外的白杨照得一片通红，像教室通红的感觉一样。我们所交流的内容已经忘记了，我没有忘记的是，我们的脸，几乎碰到一起的亲密情景。当时一个同学显然生气了，竟用英文在黑板上警告我们不要嬉闹。对此，我无所谓，她更不在乎。我用询问的眼睛望她，她告诉我：不管它。于是我们就继续交流我们的。然而她终于疲倦了，挺直身子，打着哈欠。对她的一切，我似乎都很好奇，遂不由自主地倾过身子，以探究的目光，在她张着的口中搜查：那里空空荡荡，只有红而温热的舌头，一伸一缩，散发着一种香水似的气味。我惊呆了，但她却一下闭了嘴，瞪我一眼，笑着走开了。我从来没有这么近地看过一个姑娘，更没有看过一个姑娘尊贵而精致的舌头，所以，她离开了很久，我才由一种骤然形成的紧张状态放松下来。数年之后，我才悟出，自那个黄昏开始，苦苦追求她，并使我陷入难以自拔之地的原因究竟是什么了。然而那时候，我不具深刻的意识，只一味地从其他方面寻找应该爱她的理由，将其美化，甚至神化。

贾敏是英语课代表，英语的基础颇好，以前曾经跟她姑姑学习了三年英语，她也喜欢它。班长先指定她做逻辑课代表，她不干，便当了英语课的。我的英语恰恰不行，我就请教于她，这使我们的接触与往来便名正言顺，并掩盖了模糊而真实的企图。当然，我的请教也是恰到好处，不会让她反感和讨厌。我几乎每天都麻烦她，不过正是这每天的麻烦，在我与她之间，编织了游丝一般的感情之网。往往在请教与辅导之后，我们就轻松地随便聊一聊，书籍、人际、风俗、爱情等等，都在我们的交流范围。偶尔一个空隙，她会静静地注视着我，微微在笑，之后起身而去。

晚上自习，到十点半，铃声一响，她就要回到宿舍休息。为了能使我与她同行，我改变习惯，提前离开教室。我以为，我陪她所获得的，会大于读书所给予我的。然而我回到宿舍，感觉时间还早，还应该学习，遂又返归教室读一阵书。

在熙熙攘攘的食堂进餐，只要发现她是一个人，我便过去。我和她在一起，总是胃口大开，吃得又多又快。我将这些告诉她，她说："那你和我就在一起嘛！"

我和她的关系，显然亲近着，密切着，她甚至会将女生宿舍的一些事情透露给我，其中一些话是敏感而忌讳的。刘萍与她，曾经吵过一架，其原因，仅仅是由于一个梦，她恨刘萍。为了回报她的信任，我将自己宿舍的情况透露给她，并且没有隐瞒我给钱旺的一拳。她惊诧得瞪圆了眼睛，问："你们打架了？"

十八岁的她，去乡别家，难免流露思念的眷眷之情，我总觉得，对其单薄之身，应该给予支撑和保护。

我冒险约了她一次,对此,她很是高兴。我将约她的时间与地点,写在英语课文的行间,在请教了她几个语法之后,便指着我所写的意思让她看,她的头,深深点着,表示同意。在我的英语课文之中,留下了屡屡约她的记录,这是我们的秘密,谁也没有发现。我总是早一点出来,在楼下等她,并一直向她即将出现的地方注目,我喜欢看着她,怎样的悄然而来。几次,我冲动了,想拉她的手,遗憾黑夜之中,仿佛永远游动着一些影子,我担心他们的眼睛向着我们溜着,从而惹她恼羞,会甩开其手。于是我们就走进路边的树林,枝叶婆娑,为我们遮挡。交流的内容是海阔天空的,不过我兴趣在她过去的事情。我已经知道了她少儿及小学中学的生活,我从来没有这样详细了解一个姑娘的经历。贾敏将她最美丽最可爱的印象,渗透于我的心中了。

我们曾经在校园做过一次很长时间的散步。晚风与月光,使我神清气爽,满怀信心,当然,这主要是因为有她在我左右。经过一排玉兰树的时候,春夜浓郁的芬芳,令人陶醉,她希望得到一枝馨香的花朵。那是学校禁止的,然而我们乘其不备,跳起攀折,可惜差之毫厘,没有得到。我遂提出抱起她,让她快速采摘。我的声音,刚刚融入春夜,自己就感觉了唐突,不过她竟微微忸怩一下,接受了。我便领着她,挑选了几棵树,最后站在那棵我们认为可以摸到花朵的玉兰树下面。我匀了呼吸,夹着她的腰,倏地举其到了空中。当枝头颤抖着发出脆响的时候,那雪白的花朵便属于她了。这是我和她待在一起所度过的,极为得意极为快乐的一个夜晚。对这枝花朵,她非常喜爱,并久久保留着,或挂于床头,或夹在书中。但我的双手却空空如也,竟没有存下对她丝毫的触觉,很是遗憾。在爱情受阻之后,我曾经站到这棵玉兰树下面,伸出我的双手,寻找她的温柔,我发现没有，我的每条指纹与每条掌纹之中都没有她的温柔。在我抱起她使其采摘花朵的一瞬之间，我心纯净如水，明丽如光。不过，已经遥远的春之夜晚的馨香，一直飘游天空。

对我和贾敏的关系，在同学之中显然产生了反应，黄凌云就曾经拖着长长的腔调说："要注意影响啊！"但什么影响，他却没有告诉我，使我迷惑不解。然而，我知道，起码有一个同学，只要看见我和贾敏在一起，便改变脸色，或挺着脊柱，或梗着脖子，直直地离开教室，并以摔门发难。根据我的观察，他是喜欢贾敏的，但我和贾敏的交流却更为频繁，更为亲切，他实在无可奈何。

我的精神之光，照耀着她，不管在什么地方，甚至她隐藏于众身之后或阴影之中，我都能凭感觉发现她。那个夏日的黄昏，她张嘴所散发的香水似的气味，那个春天的夜晚，她所采摘的玉兰花的芬芳，使我和她在广阔的空间，建立了一种联系。在几百人的联合教室，我目光扫过去，便能发现她坐在什么位置。如果她不在教室，那么我就难以集中心思，并会立即拎起书包，跨过长长的一脚一响的台阶，走出教室的门，任我的背影落满眼睛。依我感觉的引导，总能在宿舍逮住她。对于我的自到，她一点也不诧异。

问题是，在一个即将考试的晚上，我走进教室，正要坐在她的身边，她居然站起来走了，而且她的脸上，竟没有表情。我明显地感觉，这是冲着我的，于是心中的某个机关立即就警诫我：爱情受阻了。我呆呆地坐在那里，根本不能复习功课，只盼她回到教室，然而一直等教室几乎空了，也不见其影子。其书包是古伊扎尔拿走的，她漫不经心地抓着它，似乎不很愿意。我当时真的希望古伊扎尔不要为她效劳，希望贾敏的书包一直放在桌上，那样，我最后离开教室的时候，就可以为她收拾，并将她的书包挎在我的肩上，沐浴着夜晚的风回到宿舍。不过这只是一种幻想，她的书包，已经让她宿舍的人带走了，而且，贾敏是为了规避我，才留下它的。

对我，贾敏继续规避着，她总是混在一群女生之中。在任何地方，都有女生围绕于她的周围，仿佛独处，便有虎狼抓她似的。她一点机会也不给我提供。她与她们嬉闹，笑、辩、打逗，反常地兴奋，然而，她并不愉快，其眉间，偶尔会凝集一朵忧郁的云。她在窥探我，如果恰恰遇上我的眼睛，那么她会猛地一眨，抽搐似的，收束她的目光。我想，她是知道我的心情的。

但她却未能了解，我是怎么度过那些爱情受阻的日日夜夜的。白天，我一个人游荡校园，潇潇风雨，将花草树木浸润得光洁明净，不过我觉得，那是天在哭泣，是天陪我在哭泣。黑夜，我坐在她和我曾经坐过的树墩上，等候贾敏出现在通往教室的甬路。在光与影交叠的空隙，陌生的与熟悉的同学来来往往，可其中却一直没有她的背影。她已经不到教室去了，也不在宿舍。我便到图书馆阅览室去寻找她，一排一排地寻找，然而这里也让我失望。她究竟在哪里？究竟在哪里呢？黑夜，我坐在枝叶笼罩着的树墩上，默默呼唤她。蒙蒙细雨，断断续续，但我却一直坐在那里，等候贾敏。别的地方，都潮湿了，然而这个树墩竟仍是干的。毕业之后，一次我重返大学，特意看望了那个树墩，它已经腐朽不堪，不过还是干的。我认为，那是一颗心烘烤了它。

贾敏终于蹒跚着走进了教室，我惊喜的目光跟随着她，直到她坐在座位上。我的心中，吹满了清新之风，我久久地让自己的眼睛栖息在她的头上，背上。那天晚上，老师辅导形式逻辑，并勾画考试重点，不过，我不需要这些，只盼老师赶快离开。悲惨的是，当我穿过桌椅的间隙向贾敏靠近的时候，她竟拿起书包，转身而去。

我愣愣地站在那里，周围的噪音，仿佛垃圾一样向我涌动。从此，我落下一个毛病：只要看见垃圾，就听到喧哗，就想起贾敏将我冷在教室的情景。

她不明不白地这么对待我，是难以忍受的。我的自尊在强烈地抗议。我改变了对贾敏的态度，强迫自己复习功课。我冷冷地来，冷冷地去，静静地坐在教室，或看书，或记题，既不畏惧心中的痛苦，也不畏惧周围的目光，我告诉自己要坚强一些。

在路上，在食堂，我和她偶尔要碰面的，我是既无愠色，也不搭讪，仿佛无动于衷。甚至有一次提壶打水，她的目光悄悄瞟着我，几乎要招呼我了，我也依然向前走了过去。这样一定伤了她的心，不过我只能这样，而且，是她一直伤着我的心的。

奇怪的是，如此结果，竟使冰霜开始了消融。我发现，贾敏到教室来了，连续几天，一直在教室，总是悄悄地坐在她的椅子上。不过，如果她没有做出明显的反应，那么我是不会过去的。我仍我行我素，仿佛没有发生任何事情，仿佛她在某种格局之外。渐渐地，我感觉在空气之中，出现了香水似的气味和玉兰花的芬芳，似乎要发生一点什么了。为我的感觉提供证据的，是她的黄色的书包，一天晚上，她到教室来复习功课，将它放在了我的桌子一角，她是乘我在平台的时候放的。我们都熟悉彼此的书包，此时此刻，两个书包并列放在那里，像亲密的兄弟和姐妹，于是我的心，就像浮在水中的荷包蛋，又热又软。

贾敏默默地坐在我的身边，她是那么谨慎，那么小心，仿佛脚下放满了纸一般脆弱的器皿似的。她拿出书，拿出本子，之后，看看，抄抄，似乎无声无息，像一只羸弱的羊。我呢，也是看看，抄抄，然而心情激动。很久很久，我们都这么相持着。不过我清楚，这是机会，并且，我不能再伤她的心，也不能再伤我的心了。于是我就向她凑了过去。

我说："你一直在躲我。"

她看看我，低下头，沉默着。

我说："我难以明白，感到委屈。"

她依然低下头，沉默着。

我的声音是很弱的，有一种经过泪水浸泡的颤动的气息。这些，她一定感觉到了，所以，她的头抬起之后，我发现她的眼睛也有湿润。

我们重归于好。然而，她没有告诉我，她规避我的原因。她一直没有告诉我。今天我依然不知道，并且我断定，其中的奥秘，永远都不会知道了。

经过了这莫名其妙的折磨以后，对于涓涓而来的新的日子，我倍加珍惜。直到考试结束，我们都共同复习，时而她提问、我答，时而我提问、她答，效果很好，很是神奇。

放假了，她要回家，我专程到一个闻名遐迩的桃园去买了肥艳的桃子让她带着。这个桃园，历史悠久，唐朝就开辟了，其桃子，是给皇帝的贡品。那时候，我是很幼稚的，没有什么高明的方式表达我的感情，我只能这样，但愿心到神知。

我曾经暗暗期待，希望她从银川返校的时候，能够送我一点她故乡的特产。这并非我要用它，向长城黄河保证，绝对不是的。我是冲着她的一种情义，我聪明地认为，在她所带的特产之中会蕴含她的情义。贾敏似乎是理解我的，她真的像我期待的那样做了。在刚刚开学不久的某天下午，她敲开了我们宿舍的门，羞涩地将三包枸杞和一个贺兰砚给我。这时候，在某个房子的喧嚣之外，荡漾着施特劳斯的音乐，它回旋于长长的楼道，优美至极。然而，不管它多么迷人，都不及贾敏脸腮的绯红迷人。

我十分珍惜贾敏与我的感情，唯恐它变得庸俗和丑陋。感谢上帝，我们处得非常之好。黄凌云曾经说：我们班上有两对是没有问题的，一对是邝达和田娥，一对是我和贾敏。他的声音与语言，都显粗俗，但是我却笑了。我想，盼望它成为现实吧。

然而，淡淡的阴影，在我们之间出现了，它飘飘忽忽，只可意会，难以把握。贾敏对我竟客气起来，那种亲昵，那种无拘无束的笑，那种摩肩与抵头，那种窃窃私语，似乎在慢慢减少。我感到忧虑，焦急，甚至惶恐。我变得很脆弱了。

我越是担心失去她，就越是追求她，她呢，就越是远离我。这似乎成了恋爱的一种恶性循环。过去，我经常向她请教英语，那是醉翁之意不在酒的，她当然知道，而且很是乐意。不过现在，我难以这样做了，因为她常常正襟危坐，将我推到一种严肃的位置，这恰恰是窒息爱情的。过去，我经常向她推荐书籍，她，总是扬起细眉，欢喜地双手接住，将它们及时阅读，并向我索要新的，可现在她却婉言谢绝。过去，在自习之后，我们经常一前一后追随着离开教室，以度过路上的光与影嬉戏的时间，然而现在，她即使落下作业，也要跟着其他同学回去……

让人忧郁和愁苦的秋天来了，它不是孤立而来的，伴随它的，是风是雨。在一段漫长的日子，似乎天空总是阴沉着，没有晴朗的一云一霞，直至在一个灰黑的早晨或黄昏，从干枯的杨柳枝头，飘落一片伤心的雪，那就是冬天了。

爱情的重新受阻，剧烈而持久地伤着我的心。那时候，我的平和而安然的同学，一定会看见注满了我眼睛的凄凉，一定会认为，我像一只寻找不到海岸的飘摇的小船。我简直失去了声音，失去了笑。如果笑,那么它也是造作而出的,它比没有更惨痛,更悲哀。夜晚,我总是默默地回到宿舍,之后,等着这里的喧闹结束,鼾声出现,开始在黑暗之中,睁着眼睛煎熬。我宿舍的同学,察觉了我和贾敏关系的冷却之后,为了我,竟将爱情之论赶出了房子,就像以前为了王其成和钱旺,曾经将潘晓赶出房子一样。甚至我在宿舍的时候,他们根本就不提及贾敏的任何事情,以免刺激我。当然,恋爱之困是他人难以帮助克服的,它的幸福与痛苦,都是自己的事情。不过我很感激他们,今天,我依然对其怀有敬意。

贾敏仍用客气的态度待我,而且又经常不在教室。我想,她也许是担心我会纠缠,使她难堪吧。如果这样,那么她就估计错了。我永远不会死皮赖脸,永远不会。偶尔我们待在一起,她会有我所喜欢的手势、声音和神气,不过没有了触动我心的感觉。我知道,这是消亡之前的回光返照。我面对的,是一盏即将熄灭的灯,我很清楚,它的油,几乎尽了,只是我顽强的本性,驱使我努力挑亮它。这并非我缺乏理智,仅仅是我向她奔泻的爱情之水,怎么也寻找不到倒流的河床或渠道。

在寒冷的冬季,她总是咳嗽,为她五岁留下的疾患,一直未能根除。我曾经想方设法,给她搞到一瓶进口药,其对消退气管的炎症很有效果,在她服用期间,几乎没有犯病。然而是新的霜雪,使她又咳嗽了,我坐在教室,可以远远地看见她颤抖的单薄的肩膀,这使我难受。于是我就又为她搞了一瓶,那是用家里的三只母鸡换的。一个少年朋友的父亲,在一家医院当大夫,我请求他给我开了一瓶。但我却困惑于将药送她。我没有把握贾敏是否接受。我总是设想她单独或当众拒绝我的情景。我告诉自己:这是药,是治疗病痛的药,不是其他东西,不是那种表示爱情的礼品。我就这么给自

182

已鼓励。不过，我的药是否渗进着对贾敏的爱情，我已经含混不清。我想：如果她拒绝了我给她的药，那么我的心将受到惨烈的伤害。我仿佛已经感觉它的痛苦了。我将药放在大衣的口袋，天天带来带去。我在寻找机会。整整一周，我都未将药给她，因为没有合适的时间和地点。装药的瓶子，精美而华贵，竟让我的手暖得出汗了，不过它一直藏在我的口袋，使药的作用不能发挥出来。它难于到达需要它的人那里。

在一个周末，班委会和团支部举办了一次舞会，欢乐的气氛，振奋着我，遂邀请了贾敏。不过十分清楚，我已经不是为了欢快才邀请她的。我感觉，我的手和她的手都很冰冷。在相处的长长的日子，我的手一直没有由于激情的驱使拉过她的手。只是她伏在桌子上，为我指点英语的时候，她纤细的指头，触及过我的指头，它所产生的那种感觉，一直都在。数年之后，我生火做饭，火红的煤烫了我的手，恰恰是她曾经触及过的那个指头的皮肤，其皮便脱化了，随之，那种感觉永远消失了。在周末的舞会上，我们拉着的，都是木石一般的手，不过这已经没有什么了，关键是，我得以告诉她：我给她带了一瓶治疗咳嗽的药。她反应平淡，既无要的表示，又无不要的表示。于是，有了这个缓冲，我就在一曲新的音乐响起之后，从口袋掏出药，悄悄给了她。我的印象是，此时此刻，她苍白的脸，布满了朦胧而含混的神情。我离开舞会，走出教室。我的泪水立刻流了下来，我觉得太难了太难了。

贾敏沉默了几天，我也沉默了几天，不过这种沉默，显然是一种不祥之兆。终于，她在路上碰见我，要我下午在宿舍等她。她选择了全体同学到教室去开会的时间。下午，其他同学都走了，我静静地坐在空虚的宿舍等着贾敏。从窗子射进的阳光，轻柔地照在我的身上。我估计，一切将要结束了，将彻底结束。这很正常，并且我已经理解，只是希望温和一些，尊严一些，使年轻的心，保存着美与善。起码，我们好好交流一下。我就是这样想的，这是我最后的希望。

然而，贾敏走进我的宿舍，竟没有任何表情，坐都不坐，只直直地站在那里，从鼓鼓囊囊的书包掏出我以前送她的东西：三本书，一个竹子笔筒，一只漂亮的用青瓷烧制的小船，还有，就是我那天送她的药。她将这些东西放在桌子上，冷冷地说：我们不要来往了。于是她就走了，像一下挥去了跟她没有任何关系的气息似的，轻松地走了。我久久地望着窗外的一棵槐树，它粗糙的皮上，沾满了坚硬的冰霜，寒光闪闪。

我一动不动地坐在杂乱而寂静的宿舍，感觉我已经渐渐不像样子了，仿佛筋骨在扭动，皱纹在爬行。我仿佛在须臾之间变成了一架弹不出声音的风琴，一支吹不出曲调的竹笛，这使开会回来的钟华惊呆了。

他问："你怎么这样？"

我轻轻地说："我想回家休息。"

在乡下，我一直住了三个月，我像败了的狮子一样来到偏僻而荒凉的地方舔着自己的伤疤。我发现，那充满活力的心，已经千疮百孔，气息奄奄。整整一个冬天，我都让一群孩子陪伴着，我喜欢他们，他们也喜欢我。在悲伤至极的一个黄昏，我到祖父祖母的墓地上去哭了一次，我的号啕，像天空的乱云飞渡，我觉得，那些陈旧的五脏六腑，似乎清净了很多。

我返归大学的时候，心平气和，面目一新，完全是一个从春天过来的人。

然而受阻的爱情，总要寻找一条道路，让它继续行走，甚至不惜寻找一条歧途。现在，我就处于一种危险的境地。教室已经仅仅变成了我听课或万不得已的开会之地，其余时间，我不到那里去。在我心中，那里只不过是一个装着桌椅，并有一些青年在其间活动的水泥建筑。我只到图书馆阅览室去学习，或在校园游荡，这是我思考问题的形式之一。实际上，在这一切之中，掩盖着一种我自己也都模糊的企图：我是在狩猎，是抱着一颗孤独而受伤的心，寻找别的一颗受伤而孤独的心。这样的心，敏感而脆弱，睁大了明亮的眼睛，并且，有一种特别的气息。

于是，我就认识了妮娜，非常自然。

我看见她的时候，她正在看书，不过其桌面上满是撕碎的冬青丰腴的叶子。我猜测，这一定是刚刚在她很寂寥，甚至心事浩茫之际干的。辉煌的夏日夕阳，从阔大的窗子照射进来，使她金黄的自然卷曲的头发，美得奇异。我要告诉你，她不是一个汉族姑娘。她穿着印染了蓝花的短袖上衣，白花的裙子。在明丽的夕阳之中，她的侧影不但美，而且更为温柔。她确实温柔。她就那样绵软地伏在桌面上看书，感觉有人注视她，才本能地坐直身子，看我。她的眼睛是幽蓝的，闪着忧伤的光，但那忧伤却是一晃而过，眉毛细长，鼻子精巧，嘴唇薄柔地抿着。这些，分布在她那白皙而棱角分明的脸上，惊艳动人。我估计，她可能是哈萨克族或俄罗斯族的姑娘，总之，她的祖先一定是广阔草原上的，因为只有在那里，才能哺育这样美的女子。

那天晚上，我正在自习，突然，什么地方发出一声巨大的轰响，几乎图书馆阅览室所有的学生，都呼叫着拥向门口和楼梯，很多人以为发生地震了。实际上是天花板掉了一块。感谢这场虚惊，它使我认识了妮娜。大家一边收拾书包，一边兴奋地交换自己的感受。虽然我们互不相识，不过都有一种交流应急体验的愿望。

我问："你怕吗？"

她说："怕呀，我当是地震了。"

我们便一齐往生活区走去。在路上，我知道了她是新疆的，俄罗斯族，现在为历史系的学生。分手的时候，她指着三楼一个亮着的窗子，告诉我，那是她的宿舍，并让我去玩。我对她的印象是：从湖面吹过的清冷的风，从夜空飘来的渺茫的歌。

我们经常在图书馆见面。阅览室的座位，总是不够。于是，如果我早到，那么就给她占一个，如果她先来，那么就给我占一个，之后，坐在一起学习。她喜欢美术，曾经拿出自己所有的素描让我欣赏。政治系常常放映一些内部录像，作为教学的参考，很有意思，我将放映的消息透露给她，她总是高兴地随我去看。熟悉之后，我们便在校园散步，不只是晚上，夕阳与晚霞映照的时候，我们一样愉快地溜达。在阅览室，她显得拘谨，到了校园，她竟极为洒脱，颇好嬉闹。她的牙齿，小而密，是我见过的最整齐最精致的牙齿。

我曾经问她，何以那样忧郁。她真诚地告诉我：在这里，她像关在笼子里的珍禽，有人总是惊奇地看她，而且悄悄议论，使她极不自在。我便解释：她的相貌超群出众，很是别样，人当然惊奇了，不过并没有什么恶意，慢慢习惯和熟悉了，也就不会这样了，希望她磊落而大方。

她问："是这样吗？"

我说："当然。如果我到法国或埃及去上学，那么他们国家的学生，一样要惊奇地看我，就像我们汉族的学生看你。"

她默默地笑了，显得轻松了一些。

妮娜的爷爷是中国山东人，曾经抗击八国联军。之后，他赴俄国，在那里，他娶一个俄罗斯族女子为妻，便是妮娜的奶奶。之后，妮娜的爸爸回到中国，在这里，他娶一个汉族女子为妻，便是妮娜的妈妈。其全家一直生活在新疆。她有两个哥哥，不过她是她这一代唯一上了大学的人，全家都喜欢她。她的一个叔叔，定居在澳大利亚，没有儿女，很希望她移民，那里有他一个图书馆和收藏厅。

这些，都是她一点一滴告诉我的。她如此信任我，若一条涓涓溪流，将我的心冲洗得像水中的沙石一般洁净。我不止一次地告诫自己：这是一个很好的姑娘，不能伤害她！不能伤害她！开始，我是以随便的态度对待我与妮娜的交往的，不过现在，我变得严肃了。这都是她教的。一个好的女人，是水，可以净化你；是火，可以锻造你；是音乐，可以陶冶你；是神明，可以启示你。我曾经想：在未来，如果我和她能够组成一个家庭，那么会是怎样的情形呢？能够相互适应么？总之，我是越来越喜欢她了，由衷地喜欢。

在一个周末的晚上，大学放映电影，不过我们都没有去看，遂在校园相遇了。她也散步，我也散步，同时走近了喷泉，不禁笑了。于是，我们就来到草坪，坐在石磴上聊起来。她拿着一丛绿叶，告诉我，这是在新疆的同学刚刚寄她的。那些绿叶，经过几天几夜的旅行，已经耗干了水分，然而叶脉透迤，叶片平展，装在透明的塑料口袋里，依然好看。由这些绿叶，她想起了她的父母，她家的菜园、牛、篱笆，想起了塔城的春日和冬天，她的兴致高且洋溢。那是一个宁静的晚上，校园的所有声响，都已经消失，教室的灯，全部熄灭，草坪非常幽暗，但我们的眼睛却格外明亮。离开这里的时候，夜很深了，她轻轻地说：

"我喜欢这样。"

我永远不能忘记，我与她久久沉默于操场上的那个夜晚。结束自习之后，我约妮娜到这里来散步。白天龙腾虎跃的操场，现在已经空空荡荡，安安静静。我们坐在弯曲的看台上，对面就是白色的办公大楼，它只有几个窗子亮着，其余的，全黑了，并且过一会儿，就减少一个亮着的窗子。我和妮娜随便聊了几句，就沉默了。不过沉默，并不是思想已经腾空，感情已经倒光，不是的。我们的情思，简直像水一样满满的，稍微不慎，它似乎便会不合时宜地溢出和流走。我们只注视着前方，不管天上的星云，也不管地上的人物，当然也注视着自己的心，那里宁静而愉悦。如果不是我扰乱了沉默，那么也许我们可能会在这里坐很久很久，然而我将它给搅了。

我忽然想吻她一下。想得很强烈，遂倾过身子，悄悄告诉了她。妮娜没有什么明显的反应，只是羞得很难为情。我就吻了她的脸。那光滑的肌肤，经过夜气与夜露的滋润，洁净而冰凉，并有一种甜蜜的冰激淋的味道。这味道，今天我依然能够感觉，而且，我不分冬夏，不分冷热，出奇地喜欢冰激淋，它可能是重要的原因之一。我吻的，是她的左脸，当我贪婪地企图吻她右脸的时候，她挣脱了我，站起，嘟囔着走了，似乎很生气。她走了，我便不能走了，我沮丧地坐在那里，很担心妮娜感觉到一种伤害，担心她并非需要这样。

过了两天，我不安地到她宿舍去看她，不料她很好，快乐地笑着，给我让座，倒水，像一朵曙光初照的芙蓉。她将我介绍给自己的同学，并在逗我，她说：

"这位是一个学者，研究马克思主义的。"

她这么高兴，使我是如释重负，而且更加喜欢她了。

然而，妮娜将我送到楼下的时候，告诉我一件事情：几方商定了，她要去澳大利亚照顾叔叔，并继承他的遗产。

我不能确定这是好消息，也不能确定这是坏消息，不过可以确定的是，她很满意。于是，我就在深深的遗憾之中，向她祝贺。我以为，它给妮娜提供了选择道路的余地。

　　我默默地走向宿舍，心里全是妮娜美丽而善良的影子。我感谢她，使我度过了一段温馨的日子，使我的精神健康并振作。她用自己灵魂的体温，抚慰了我消失了体温的灵魂，使它恢复了生机。男人并不总是坚强的，他们有时候会很脆弱，但一个好的女人，却能使之坚强起来。我以为，妮娜就是这样的女人。

　　现在，她生活在遥远的澳大利亚大陆。我以最虔诚最纯洁最饱满最热烈之心，向她祝福！我愿浩瀚的海洋之波，传递我的问候和怀念。

# 别　难

在大学阶段，恋爱之事很是失意，当然常感苦涩。毕业以后，有老师要引荐一位女生给我，虽然不怎么喜欢这种形式，但我却知道辞谢失礼，遂认识了老师所推举的女生。

老师安排我在一个屋子坐下，悄悄交代了几点，才决定把还在另一个屋子的女生带过来。他过分认真，倒水放糖的匆忙之中，动作竟不免显得拘谨，甚至笨拙，完全没有平常激扬文字与指点人生的潇洒。我一一应承着，想他这样大概是表示重视此事的缘故吧。正因为这样，我对他充满了感激。

喟叹之际，老师领那女生过来了。做了分别的介绍，老师笑一笑，就走了。

女生刚刚进门的一瞬间，我感到她很是生辉，因为她显得充满活力。这样的女生在我心里总是美的。

在交流过程中，我仔细观察，发现她并不漂亮，不过还白净，也丰腴。她静静地坐在椅子上，颇有稳重之感，神情、言语、举止都透露着一种纯朴气息。

她低我一届，所以学校发生的一些要事趣事，彼此几乎都知道，这使我们有了足够交流的道具。

不过我对她总的印象是平淡的，胸中没有我所想的日出的喷薄之感。我觉得缺乏一种强烈的吸引。

立即分手，我也不会，因为她身上也许蕴藏着倾倒我的优点，还有待我发现。于是我就约了她再见。我以为再见一次是必要的，它可以使彼此产生一次新的感觉。

我打算往她宿舍去了。我知道，要了解一个人，非常有效的途径便是往其生活的地方去，这里应该满是其生活的影子。

那天晚上，她的同学都在教室自习，宿舍只有她。我们并排坐在她的床边。她似乎很高兴，一会儿拿出藏书，一会儿取出影集，但我却颇为被动，觉得寡味，常常便沉默了。偶尔她斜着身子，用一只胖胖的手支撑在床上，我才醒悟自己所担任的角色。

我终于明白，虽然难以挑出她的缺点，不过我也难以对她产生热烈的感情。平淡对恋爱似乎是不宜的。我决定结束交往。

实际上这就是分手。恋爱没有不存在分手的可能的。这是经常发生的事，不过处理不妥，便会产生伤害。以前我伤害过别人，别人也伤害过我，而且这种伤害会像一些疤痢，遇到阴雨，遂隐隐作痛。所以对这样一个天真的姑娘，我应该尽量处理得妥当一些。

基于如此考虑，我就没有继续约她。我有信给她，先后两封。信客客气气，抹着一种冷色，而且两封信的时间隔得甚长。我是以这种形式启发她，让她反思，使她渐渐有所觉察。

也许这不是最好的方式，缺乏当机立断的效果。不过我以为，为不使她感到突然，感到难以接受，这种形式还是好的。

然而，我的目的并没有达到，事实是：我有信给她，她又有信给我，似乎是以新的途径做相互的了解。尤其是她误会我没有约她，是为了她能专心复习，迎接考试。她竟提升了我的品质，因为我对她的体贴在感动着她。此乃不虞之誉！

放假以后，她来看我，并提出在她回家的那天，我能送一送她。

191

在默然慨息之余，我答应了。不过也暗暗决定，收假以后，一定朗朗收兵，这样含含糊糊是不当的。

为不搅乱她的安宁，我送她到车站，并尽量热情、亲切，一直送她进入车厢。我可以迅速帮助她寻找座位，帮助她把包裹放在行李架上，但让我离她很近，望着她的眼睛，脉脉地叮咛她什么，我却极难。我以为，我与她之间显然不能建立我所期望的恋爱关系了，过分的热情，过分的亲切，不但没有，而且也不合适。可惜她浑然不知道我之所思，仍以依依的眼睛对我，目光也多是眷眷之情，使我不免窘然。

周围也有送行的青年男女，其不舍之状，有的真是难分难解。也许是这种气氛的感染，她显得很兴奋，又是告诉我她过去的旅行之趣，又是告诉我她家的花园之盛，脸上呈现着霞一般的红晕。但我却只是礼貌地诺诺而应，甚至常常残忍地将目光投在窗外，看天桥上紧张奔跑的人。

列车要发动了，我便穿过隧道返回。陌生的人在我身边匆匆而动，昏昧之中，脚步杂沓一片。我默默地走着，看到隧道的出口摇晃着人影，有微弱的白光在其中散布。这时候，我感到泪水突然涌流而下。我现在都不知道，当年的泪水到底是为这个厚道的姑娘涌流的，还是为孤独的我涌流的，或是感到了青春的苍凉而涌流的？

# 爱 之 路

　　雨潇潇地飘过我的窗前，大约也潇潇地飘过你的窗前。这么静的夜，这么凄凉的夜，这么孤独而温馨的夜，正是难得思念的日子，我想你。

　　你明湖似的眸子，让长长的如同花绒一般的睫毛遮挡着，风来了，扬起一线缝隙，闪闪而出的波光，会摇荡任何一个男子的心。你就是这样妩媚的人。你踏着轻盈的步子，走进那间小小的房子，立刻便吸引了我。几度春秋了，你仍吸引着我。

　　我清澈而久久不息的感情能向你涌动，我觉得幸福。不过这像一朵灿烂的鲜花开在贫瘠的土地上，有的是阳光，缺的是雨露，我又感到忧伤。你曾经从借宿的楼上把我送走，你和他结合了，我当然痛苦。在思念的痛苦间隙，我悄悄舔着伤疤，悄悄地掩埋自己的感情，真是不易。我衷心地祝你幸福，但我却难以割舍。我用沉重的目光注视着，并偷偷望着你的背影。对于婚姻，你不如意，终于分手而散。不要认为我是一个卑鄙的人，不过我想告诉你，确实在震惊之余，我感到高兴。因为这对我是一次机会，仿佛漫漫黑夜划出了一线亮光，我下了决心，要向你走，向你走去。然而不料这么快，你就将进入新的家庭。我不能强求，不能干涉，你有你的权利和自由。固然如此，不过你既不十分了解那个偶然结识的人，又不十分满意其整体素质，结婚之后怎么生活呢？你对未来有把握吗？可以猜测，对男人初夜之权的缺失，使你在低估自己，你以为自己贬值了。实际上爱情不是这样的，它不是仰观，也不是俯察，它是站在同一高地，相互付出，相互给予。真的爱情，当使彼此不会计较什么的。你现在的困难不唯如是，还有舆论呢。尘埃似的叽叽喳喳的声音落在你的身上，以为你是一个插足别的家庭的女子，而且使你有口难辩。冰冷的冬日之光，照耀着十层楼上寂寞的平台，我不知道悄悄到这里来过多少次，在这里顾盼过多少次！我深深地感到忧伤，又深深地感到茫然，烟雾笼罩的古都无边无际，恰似我茫然且忧伤的心一样。

如果我不告诉你，那么你永远也不清楚：几年之前那个冬日的晚上，最后一次走出你的屋子，我是怎样的难过。纷纷扬扬的大雪落满了我的头，可我却没有了知觉。十里道路，没有一个人，我机械地一步一步地走回校园。那时候，我还是一个学生。要我从对你的眷恋之中出来是艰难的。我曾经有几次到你的楼上去，不过克制着没有敲你的门，我担心你讨厌。多少次，我望着你的窗灯问自己：她干什么呢？她和谁在一起？那时候我勇气不足，没有寻找你，没有见到你，这是我一直在懊悔的。

现在你不要仓促地进入一个陌生人的生活好吗？不要总是宣称你是一朵浮云，随便哪个方向的风都能把你吹走，也不要总是表白你是一个干果，有人东挑挑，西拣拣，终于还是不买。不是这样的！在我的心中，你永远是一片绚丽的彩霞，是一颗挂在树枝的迎日送月的丹青之实。你有你的善良，你有你的温馨，你有你的娇与魅，所以不要自卑，更不要自弃。请你千万不能操之过急，不能匆忙地开跋，你应该像一个富于经验的智者那样在迷惘的时候，站在地上，静静地观察一下野旷与烟岚，判断一下目标。请你像一棵葱郁的杨柳那样，一阵轻风细雨，灰拂土浥，从而清新起来，摇曳起来。

沉溺在舆论的烦恼之中对你不好，不要理睬它们。世界那么广袤，哪里没有你生息的绿洲！但你却消极，沮丧，神志萎靡，这令我难过。盼想一想呼唤你的女儿，想一想为你忧虑的父母，想一想无论如何活着总是美的，你便能振奋并抖擞，并会以喜悦的目光检阅世界。如果这样，那么我为你高兴。

不同的人，爱之路是不同的，幸运者一步就可以抵达，悲惨者一生都在跋涉，更多的人，往往需要经过曲折坎坷之后，才能进入幸福的境界。

我想你会明白我的心。我期待着，像过去一样期待着。

这是一个宁静的夜晚，雨飘过我的窗前，大约也飘过你的窗前，在这样的夜晚，你做什么呢？你知道我的思念吗？

# 伞　下

　　小时候，我在乡村，天下雨了，不是戴一顶草帽，就是光一个头，雨里来，雨里去，匆匆地跑着。偶尔碰见一个打伞的人，我就站在雨中，呆呆地看着，直到人家的伞盖和背影在蒙蒙的灰白之中消失，这才出一口气，慢慢迈动我的脚步。当年我是多么想要一把雨伞啊！

　　我到西安去读大学之际，家里给我买了一把雨伞。雨天，校园来往的同学，几乎都打着伞。下课以后，大家从一条路上经过，夹在绿树和鲜花丛中的甬路，就被伞盖笼严了，纯色的，带花的，黑蓝黄绿，俨然一条美丽的伞的河流。走在甬路上，雨落伞响，很有节奏，心里便油然生出一种愉快，一种自豪，不禁感谢我的父母了。

　　不过一种新的渴望和苦恼，渐渐向我袭来。在雨夜，我常常看到男女同学走在一把伞下，离得很近，悄声细语，显得颇为亲切。我知道他们是在干什么，并情不自禁地欣赏这种景象，不过又觉得逊礼，甚至为自己的举动感到羞愧，于是悠然一瞥就回避。不过心里还是想看的。

　　那时候，我正倾慕一位女生，她是新疆的，人瘦小，然而很俏皮，戴着一副白色眼镜。她和我同桌，整天在一起，交流得很多，也并不失其趣，喜欢看我的散文作品。不过终于有碍！如果我把思绪引向我所希望的方面，那么她就会目光垂下，睫毛交集，俨然关窗闭户一般。有一天她没有带伞，便顶着书包，在雨中半跑半走。我赶上去，心慌着，唤她到我的伞下来，一块儿回宿舍。从教室到宿舍，其路近乎一里，这样长的时间，我与她彼此并肩于一把伞下，我觉得那当是非常美非常幸福的事情了。但她却笑了笑，一声谢谢，跑了。我脑子一片空白，久久站立，感到自己因为羞愧而两颊发烧。毕业以后，我由其他同学那里获悉，她是明白我心的，对我的为人和发奋用功也很佩服，只是嫌我家在农村，嫌我个子矮。

从这个女生跑了以后，我的伞下就一直没有姑娘进入，当然也没有遇到我可以为之招手的机会。但我的心却在虔诚地呼唤，我希望能够凌空飞起一座桥梁，让我的感情从此岸走到彼岸，我希望我清澈的爱的河流，能够寻找到它滋润的秧苗。我经常问自己：什么日子，你的伞下便没有了孤独和寂寞呢？

一天晚上，我探望一位老师，回家已经夜间十点以后了，因为下雨，车站只有零星的几个人，或打雨伞，或穿雨衣，都不言不语地站着。初夏的雨，洒在树上，沙沙作响，灯光照亮的地方，其雨竟成了条条闪烁的斜线，路面忽明忽暗的。

忽然嚓嚓地走过来一个姑娘，她缩着脖子，查验站牌，之后就平心静气地站立于地，仍缩着脖子，显然是要乘车的。她只穿了一件薄衫。看着她在雨中瑟缩的样子，我不知道自己是怎么想的，又仿佛什么也没有考虑，完全是自然而然地接近她，把我的伞放在她的头上。她蓦地一惊，诧异地回头，注视着我，似乎迅速地思索了一下，便向我微微靠拢。于是我与她就并肩而立，庇护于一把伞下，不即也不离。等车的人，有把我们当成熟识者或亲密者的吧，遂向这边一瞟一瞟的。不过我明白，我和她实在是陌生的两个人。我不知她想什么，她一定是想什么的。我的伞下一向缺姑娘，现在我跟她站在一起，猝尔竟产生了一种异样的感觉，觉得很温暖，很和谐，

197

很完整，就连在雨中洗濯的古城，也让我觉得从来没有像现在这么宁谧,这么庄严和美丽。我们一直默默地脉脉地站着,直到汽车来了,她浅浅一笑，点点头，走出雨伞上车去了。灯光照亮了她纯朴而天真的眼睛，照亮了她白净而红润的脸，照亮了她那窈窕而温柔的背影。我这才发现她确实是很美的。

　　我不知道自己为什么走到车前又没有上去，也不知道为什么要收伞而迎着夜雨。望着汽车在蒙蒙的夜雨之中远逝而去，我突然有一种惆怅的感觉。不过它须臾之间便消失了。我步行着回去。夜雨携着清新的气息吹到我的脸上，让我心一片明净，遂不禁吹出一支温馨的曲调，在沙沙的雨中悠然走去……

踏上故乡的小路

故乡就是安放祖灵的地方，是父亲娶妻以生子的地方。我时时想念故乡。尽管蕉村没有了，然而不管我在山南还是在海北，我都可以为自己的故乡定位。

# 喜欢小麦

　　离乡入城几十年，我目击并感受着一个巨大的变化是，城进乡退，田野的小麦距西安越来越远了。

　　也曾经迁移过几个地方，不过我总体居住城南。1979年我至吴家坟读书，出了校门，随便什么方向走几十米，便看得见小麦。1984年甫在北大街工作，钟楼在望，距省政府和市政府当然皆近，不过骑自行车一个小时，也能看得见小麦。

　　西安踞关中，周边尽种小麦。城南的乐游原、少陵原和神禾原，还有樊川和御宿川，更是宜种小麦，要怎么看就怎么看，方便至极。遗憾小麦现在撤离了，要见一见还比较麻烦。

　　前年看小麦，不得不跑到浐河西岸。去年是往沣河东岸去看小麦的。今年看小麦，到了子午谷附近的台沟村，这里已经位于秦岭北麓。冲洪积扇，高亢有余，肥沃不足，小麦似乎稀疏薄弱了，然而毕竟是金黄一片，聊胜于无。探询打听，才获悉小麦种在这里，且需乘汽车行三十里或四十里才看得见。

　　城南的台地和洼地，无不厥土黄壤，颇为膏腴，合适耕植，所从来远矣！可惜这一带现在不种谷子，不种玉米，也不种苜蓿、白菜和萝卜，当然也不种小麦了。

　　小麦是关中乃至中国北方的主要农作物，谓之细粮。普通所食的馒头、锅盔或各式各样的面条，都以小麦为原料。没有小麦，日

201

子是要忍耐的。这些都是常识，实际上也不必我啰唆。

我对小麦的喜欢,除了它的使用价值之外,还有审美价值。在我,也许小麦的审美价值是大于其使用价值的。当小麦金黄一片的时候,我看一看小麦,总会产生一种情感上的喜悦和满足。

虽然我一直没有完整地耕植过小麦,不过我经历过它的生死。小麦的种子一般是仲秋播下,几天以后它便萌芽长叶。白露为霜,枯叶摇落,而小麦则使田野葱翠一片。接着越冬,不过即使在冰雪之下,它也仍会分蘖。一旦立春,天气渐暖,小麦遂迅速向稔。其返青、拔节、孕穗、扬花、灌浆、结实,一个动作连着一个动作,终于发展到麦穗、麦茎、麦节和麦叶都慢慢变色,以至金黄一片。

我总是在这个阶段往田野去,以看一看小麦。此间不热不冷,天蓝云白,掠过无边无际麦地的风属于熏风。若是夕晖空明,更有蝴蝶及其他飞蛾围绕着小麦翩翩起舞,或蹦或跳,似乎是一种祝贺的仪式。这个时候,我特别愿意踏上田野的小路,让海一般的小麦四下延伸。我会涌现一种奇妙的体验,觉得自己是在欣赏一件艺术作品。如此壮丽的艺术作品,属于人类与自然相互作用的创造,是神圣的劳动所赋予的。

意识到小麦在新石器时代,从底格里斯河和幼发拉底河流域出发,逾越葱岭,穿过河西走廊,进入中国,我更是咨嗟不已。

小麦收割以后,田野便剩下了麦茬。麦茬遇到平畴就休息,遇到斜坡就攀缘,这使麦茬显得甚为旷远,乃至无垠。麦茬在阳光下是白的,在月光下也是白的。昼夜尽白,是永恒的境界。

# 小　路

出蕉村的几条小路，我一一走过，想起来感慨竟涌而难抒。

东南方向的小路通杨村、新寨子、旧寨子、新和村。

祖父有一个妹妹嫁新和村，这里过会，他遂带我往姑奶奶家去做客。那时候，我也就三岁吧，走不了一里便累了，于是祖父就架着我走。坐在祖父的颈上，我竟撒了尿，流了他一身。我是长子长孙，深得祖父之爱，他也不恼，反而笑眯了眼睛。记得祖父当年穿着白绸衫、黑布鞋，摇一把蒲扇，脚步轻捷，自有潇洒。祖父1973年逝世，至今已经四十三年了。1963年由祖父携我至新和村，至今更已有五十三年了。

东南方向的小路比较背，是因为这一带地薄粮少，比较穷，人来人往比较少。也有几次我独行此小路，可见生产队的牛马游吃麦苗，罕见有男女的身影。十四岁那年初春，我腰上出疮，又沉又痛，便遵母亲之嘱至新和村找我姑爷爷看病。姑爷爷揭开衣服看了看痈疽，说："下搭手！"就从竹篮里取出一块旧布，在结实的地方摊了一团膏药，剪成馒头大小一个圆片贴在疮上，轻轻拍了几下说："不要紧，拔了脓再来。"姑爷爷声音沙哑，满嘴黑牙，切了一盘冻肉让我吃。我觉得脏，不敢吃，他遂津津有味地自己吃了。几天之后，我又换了一贴膏药，疮痒着痒着就痊愈了。姑爷爷干瘦干瘦的，我想，他的声音只能是沙哑的，甚至偶尔会弱得像要断气似的。姑爷爷医术甚高，遗憾他的几个儿子都不喜欢中医，竟没有继承下来。走在弯曲的小路上，望着一望无际的田野，我尝暗想，我也可以向姑爷爷学习中医吧！此念如云，转瞬就散了。

裴家崾村也有一个姑奶奶，还有一个姑姑，我曾经随祖父祖母一再出门至此。这是一条东北方向的小路。

姑爷爷在单位工作，经济有余，用餐的时候总是大人一桌，小孩一桌，小孩的这一桌当然是低矮的。菜都一样，会陆续端上，然而大人喝酒，遂有敬有受，也有回礼。执壶端杯，或起或坐，热情而不失序。我难免会停下筷子，看着大人喝酒。祖父往往倾杯而尽，其嘴唇与杯缘以气流相吸，发出干净的音响，此乃一种妙技。我父亲也能喝酒，但我却绝之，不沾一滴。姑姑和姑父都是农民，除了年画以外，环屋都是空墙，菜也简单。然而他们待我又亲切，又诚恳，我觉得十分自由，甚至可以反客为主，称霸于三表弟之中。

我印象最深刻的是沿途的风景，风景最震恐的是排列成阵的石人、石马和石羊。过了高望堆村，石刻便出现了。明秦王陵十三座，悉在少陵原上。我往裴家崾村去，要穿过世子井村，数里之外，东望简王井村，西望三府井村，都是王陵，王陵之前皆立石刻。这些石刻尽为青石，不过几百年的日晒雨淋已经让它们发白。石刻寂静地踞于黄土之上，树木之间，不禁让我手脚收敛，甚至让我肃然沉思。

至南里王村、北里王村，或夏殿村，只能走西北方向的小路。

祖父的舅舅在夏殿村，他曾经引我去过一次。我的一个同学在南里王村，当年补习考大学，彼此多有往来，并去过他家。此小路也比较背，其坎横沟纵，起起伏伏。二十世纪七十年代以前，冬日的深夜，随风而来的还有狼的长嚎。至南里王村见同学那年，我已经十八岁。此小路全程荒梗，不过也无所可怕。骑着自行车，遽然早出，悠然晚归，脑海里尽是未来之谋，有什么可怕的呢！

向东的小路尽管也是小路，不过它通公社，遂会略宽一些。此小路也是直的，即使拐弯也随便不得，非直角不拐弯。村与村之间的小路无不是黄土所铺，然而公社向外辐射的小路皆由烧过的蓝色炭渣所铺。权力之贵，当年在乡间也是不含糊的。

汉宣帝葬杜陵，他的许皇后葬少陵。少陵原，以至杜陵公社、杜陵中学，皆以坟茔得名，因为在封建社会，这些坟茔都是至高无上的。

杜陵公社驻东兆余村，韩家湾村至东兆余村也只有几百米。杜陵中学在东兆余村与韩家湾村之间，显然有其根据。

1973年至1977年，共有五年，我频频走此小路。我擦韩家湾村而过，至杜陵中学读书。周边大约有十个村的学生于此读书，其最近不足一里，最远二里有余，各村学生皆无住校。读初中，又读高中。

经朱家巷，再经堡门，向东便是奔中学的小路了。冬季上学，天还未亮，遂会约上同学做伴。实际上一旦步入此小路，便碰到同学。自己以为早，尚有更早的。自蕉村至中学，近乎三里路，学生的状态永远是步履匆匆，私语窃窃。

走此小路，确实让人增加见识，不过这并非专指中学的教育。每天过朱家巷，过堡门，或过晃家巷，每天的观察都有启示。那时候，农村的活动都听铃声。铃敲声响，凡劳力都扛着锄或别的工具，散漫下地。午饭是主餐，男的都喜欢蹲在门外吃。面条是用盆子盛，两个或三个馒头会用筷子直穿而过，挑起来大口大口地吞嚼。一边吃，一边聊，意见相左，辩着辩着，忽然就翻脸，动嘴相骂，以至动手相打。有壮妇或美妇惊呼破门，冲过来帮助自己的丈夫。旋有男女拥上，唯长者会挤过去让彼此息怒。骂仗打架算是紧急之事，也是热闹之事，偶尔才呈。农民总体是老实的，平和的。吃了午饭，若有时间，也有兴致，就会唱几段秦腔，或下几盘棋，以在无穷无尽的苦日子里酿造属于自己的小快乐。

往来在这条路上，可以随意游目，扩展视境。田野任性起伏着，远方总是地平线。庄稼有两种，从中秋至来年的初夏是小麦，当年的初夏至中秋是玉米或谷子。田野闲不了，农民也闲不了。种下小麦以后，便要用架子车拉粪施肥，一遍又一遍地除草，若干旱还需灌溉，直到麦子黄了，开镰收割。种下玉米或谷子，也需上粪。间苗，浇水，当然也是必需的。麻雀会啄谷子，所以要吆喝着扬鞭赶鸟。收玉米，收谷子，也是火烧眉毛的工作，因为及时种下小麦才能保证来年的丰产。农民不是在田野忙，就是走在田野的小路上。他们根本不能做别的，卖菜、卖鸡蛋，或以细粮换粗粮，都不允许。他们只能脸向地，背朝天。他们困于田野，束缚于天地之间。我从小路上走过，无日不看到在起伏的田野里耕耘的肉体。肉体有时候是长长的一排，有时候是歪歪扭扭的数列，有时候像一把豆子似的散落着。

田野也以庄稼的生长或短暂的休止变幻着颜色。小麦刚种下是嫩绿，冬天是墨绿，春天是翠绿。小麦黄了，收割以后，会留下一层小麦茬子，望过去田野竟是白的。冬天有雪，田野也是白的。不过小麦茬子的白仿佛是田野的呼吸，雪的白却是田野的酣眠。玉米和谷子都是绿的，然而玉米绿得飘逸，谷子绿得深沉。

冬天的深夜特别安谧，早晨打开房门，便见雪满院子。打开院门，上学去，朱家巷还没有足迹，不过堡门一带已经脚印杂沓，小路上的学生更是三五成群，嬉闹而行。二十世纪六十年代和七十年代，雪很多，而雪则总是让人兴奋。农村的孩子多穿了家长做的棉鞋，暖是暖，可惜无法隔水防潮，到了学校，踏上砖砌的甬道，遂用力抖雪。雪倒是掉了，然而坐在教室便觉得棉鞋湿透了。秋季雨繁，常常一下就是十天半个月，这真是一种困扰。只有个别学生有伞，一般都是戴一顶草帽。上学去总是零零星星，断断续续，但放学回家却是所有班级一起走，小路遂变成了草帽的逶迤。泥泞不堪，只能探着走，鞋湿，裤管湿，然而青春是无所畏惧的。

当年的教育没有尽其责任。教育不但以批判为务，而且教育还要学习大寨，吾辈颇受耽误。不过它毕竟也是初中和高中的一种教育。

在这条小路上，我思考了很多问题。同学可以发展为朋友，不过同学里也有坏种。教师的身份决定了他们应该传道、授业和解惑，然而教师里也有歹徒。中学和高中所走的这条小路，人生既拉开了璀璨的大幕，又隐约在戏台的一角露出了它的艰险。

向西的小路有两条，一靠南，一靠北，都可以往韦曲去，当时的长安县政府便驻于斯。朱家巷距靠南的小路近，我习惯走这里。不过我偶尔也走靠北的小路，尽管它远一点，然而没有庄户，遂具空旷与宁静的魅力。

靠南的小路，穿西兆余村，又穿皇子坡村，便至韦曲。仅仅五里，少陵原的台地便变为韦曲的川道。皇子坡村是少陵原与韦曲的过渡，其沟壑纵横，壁断坡斜，尽展黄土的落差。小路便环绕于崖顶与崖底之间，会晕头的。韦曲水明鱼翔，稻香荷红，众蜻蜓和众蝴蝶有层次地飞越于碧蓝的空间。唐朝显赫的韦族曾经居于斯，只是不知道他们现在消失何处了。当年的长安县政府设此，其男女衣饰、神态和语气，显然异于少陵原。

小时候，我一年之中随母亲要行此小路数次，以看望舅爷和舅奶。稍长我便经常独赴韦曲，在文化馆浏览一些报刊以后，吃红肉煮馍一碗，惬意回家。之所以能如此享受，是我的父亲有工资。这条小路通韦曲，韦曲有15路公交车可以至三爻，再至小寨，再至南稍门，再至南门，便进西安城了。走此小路总是让人产生对文明的向往，并增加人生的动力。

1967年夏秋之交，我在蕉村小学门口远见几个人抬着一个死者从杨村一带而来，默默过蕉村，又远见入西兆余村，以往韦曲的权力机构去请愿。长者说："新寨子和旧寨子武斗，把人打死了！"

朱家巷靠南，于是向南的小路我就特别熟悉，也特别亲切。此小路两边属于我所在蕉村第一生产队的耕地，我无数次看到母亲的背影夹杂在一群女社员之中参加劳作，我也无数次看到母亲的微笑驱散倦意，匆匆而返。我也曾经沿着这条小路至田野割麦子、捡麦穗、割谷子、摘谷穗，或掰玉米，也除草、松土、运粪布肥。不过我越干活，越不愿意当农民了。把式很多，他们得意地犁地、扬麦种、播谷种、点玉米种，把劳作化为了艺术，遂是喜悦的，可惜我不能。

在小学五年级的时候，我养了一只狗。冬天到了，雪盖大地，茫然一白，我便带着狗从这条小路上往田野去。我希望碰到一只兔子，让狗抓住它。小路上的雪光洁完整，狗跟着我跑过才留下人踪和兽迹。我喝着狗在路东冲一冲，在路西闹一闹，只是雪厚如毡，跑不动，也没有什么兔子。不过很高兴，有一种俄罗斯草原上的味道。

有近乎十年，知识青年也在此小路上往来。他们总是同进同退，郁郁寡欢，不能融于农民之中。男女之间要嬉戏，便会先东张西望地观察一下，再拉拉扯扯。姑娘遂涨红着脸，把小伙子推开。在田野嬉戏，他们还是很节制的。林彪认为知识青年上山下乡是一种变相的改造，此观点曾经受到包括知识青年在内的整个社会的批判，然而权力更迭，发布了新的政策，他们就卷被子回家，摆脱了贫下中农的再教育。

我家的祖坟在路东的坡地上，封土浑圆，长满了百草和苜蓿，并有乔木绕之而起。有一次，逢清明节，我由祖父带着烧纸祭祀，似乎还碰到过从朱坡村和四府村赶来烧纸的，他们是我的本家。公社强大至极，竟无声无息地以拓荒扩田的方式把祖坟夷平了，本家也就不见了。

我祖父逝世以后，埋在了路西的一片高地上。为他送葬的儿孙、亲戚和乡党，遂从这条小路上走过。八个壮汉抬着祖父的棺材，稳稳向前。我披麻戴孝，捧着祖父的遗像走在送葬的队伍之首。两年以后，我祖母的棺材也由这条小路上飘过。

我荣幸地遇到国运之转，十九岁考上大学，之后工作，算是离开了蕉村。不过父母在，遂屡屡回家。小路依旧，心情不同。我深刻的体会是，只要跨上少陵原的小路，我就觉得这个世界是踏实可靠的。小路及其两边的白杨树，小麦或果园，不仅可以审美，而且能治愈精神的创伤。

二十一世纪，旋有管理委员会的机构出现，属于政府与企业的合体，目的是经济增长。其提出拆迁，蕉村就拆迁了。它周围的村子凡临韦曲的都拆迁了，从而少陵原的一半便改变了面貌。村子没有了，小路也没有了。高楼耸峙，由沥青或水泥所修的大道遂不可一世且毫无人情地径南径北、径东径西。

我常常想起自己曾经走过的小路。实际上我走过的小路，也是父母所走过的，是祖父祖母所走过的。这些小路究竟起于何时，不易求证。左丘明说："宣王囚杜伯于焦，士无罪而王杀之。"传曰焦就在少陵原上，"蕉村"由"焦村"所改。如果以此考之，那么蕉村的小路已经两千八百年了。这些小路的产生都很自然，前人一走，后人再走，走的人多了，就踩出了小路。小路不规划，不设计，图的是方便和快捷。小路显然支持了祖先的生存和发展，功莫大焉！通婚、通亲、通信、通市、交敌、交和、交娱、交盟，都以小路而成。小路沉积着自有农耕以来的层层叠叠的传统文化。

少陵原上的百余聚落，尽由这些小路连接。关中的所有古镇，乃至九州之城，也由这些小路连接。小路是中国的神经和血管！

# 黄　土

凌云御风以俯察西安，会发现这个城完全立于黄土之上，甚至黄土包围着西安。

平常会忽略黄土对西安的意义，因为出巷上街，所见是草木，是玻璃幕墙的高楼大厦，是华灯，是流水一般的汽车。然而离城而去，远一点环视，便会看到凡西安的建筑是尽由黄土支撑。

西安依龙首原营造。龙首原属于黄土的堆积，地势壮阔，地貌雄奇，可惜人类的活动：一个伟大的城的存在与持续扩充，已经把它的高岸与低谷拉平了，甚至把它遮蔽了，包裹了，黄土也内敛着，萎缩着，遂难以感受到城在龙首原之上。不过看一看乐游原的残坡剩陂，看一看正受到改变的少陵原和神禾原，也在遭掘的白鹿原，尤其是看一看暴露在外的黄土的立面和斜面，便可以想象这座城确实踞于黄土之中，甚至它就是黄土的变形。

实际上两千余年前的汉长安城，一千余年前的唐长安城，都作黄土之间。那时候，材料单一，城与黄土的关系密切至极。也许长安城就是艺术化或灵魂化的黄土，遂能漂亮地还原于黄土。

在地球北部的几个大陆都有黄土分布，不过中国黄土分布广，厚度大，覆盖连续，层序完整，为世界第一。它基本上处于北纬三十度至四十九度之间。中国黄土呈东西向，大约铺排于昆仑山、秦岭和泰山一线的北侧。西北可达天山，东北可达大兴安岭和小兴安岭。

中国黄土以面积五十四万平方公里的黄土高原最为典型，也最具研究价值。其西起祁连山，东至太行山，北发阴山，南抵秦岭。浅的数米、数十米，深的一百余米、二百余米。深之至极，在泾河与洛河一带。这里位于黄河的中游。黄河经黄土高原而流，给这里的黄土赋予了神性。夕阳所照，黄土高原的气象便尽显洪荒和浑朴。风走过它的塬、梁、峁、壑，千里呼啸，万里回应，禽息兽匿，人谁不敬畏！

西安所拥的黄土，或汉长安城和唐长安城所拥的黄土，也属于黄土高原的范畴，不过这里的黄土自有其特殊。秦岭流出数水注渭河，渭河灌黄河。这一片黄土便发于渭河以南，止于秦岭以北。此地谓之关中，苏秦赞之为天府，东方朔颂之为陆海。形胜之地，遂一再立国作都。这里的黄土细腻、疏松，具绸缎一般的触觉和蜂蜜一般的视觉。

大约两千三百年以前就有中国人注意到黄土，但对它的研究却由西方的地质学家发轫，随之中国的地质学家也孜孜以求，大有作为。这些黄土是从何处来的呢？比较一致的观点是，里海以东有浩瀚的沙漠，一旦气流上升，它便会携带粉尘颗粒进入高空，并为西风环流系统所容纳，接着随西风带向东南漂移，至东经一百度以东骤然沉降。两百六十万年的堆积及其种种化学反应，遂为黄土。东经一百度以东，恰恰就从祁连山一带开始。之所以黄土高原的黄土十分发达，也许是西风带让随它飘移的粉尘颗粒总是在这里集中垂落导致的吧！

有地质学家认为，黄土高原是古土壤与黄土累加起来的，因为它们相互叠压数十次，应该是二百六十万年以来，包括更新世和全

212

新世，气候暖湿与气候干冷的周期性回旋的结果。黄土夹缝还藏有几十种古脊椎动物的化石，其属于第四纪。显然，中国黄土是一部信息丰富的自然档案，凡地质学家、气候学家、生态学家、环境学家，都可以从中获取他们想要的自然演变的资讯。人类的活动也在黄土上留存着印痕，历史学家当然也颇感兴趣！

中国农业之兴，全赖黄土，尤其是在黄河中游一带。黄土呈柱状节理发育，虽然久久沉积，不过黄土仍是疏松而散，其密布的间隙，如小孔和细管，使地下水分得以向地上浸淫。一般夏季多雨。当此之际，暖气流起于海上，并从岭南向大陆飘移。只要它遭遇冷气流，就会形成锋面雨带。在锋面雨带逾越秦岭的时候，恰恰是夏季，其雨便补充了关中及黄河两岸黄土的地下水分。黄土软，雨易渗，水分宜蓄。年年如此，岁岁如此，遂在上古就有部落于斯耕植。初民不用灌溉，打磨几件石器做工具就能播种和收获。合适生存，初民便越聚越多。

神农氏曾经于斯指导初民种其粮，功莫大焉。有熊氏渐盛，其首领轩辕打败了炎帝，又打败了蚩尤，成为黄河中游一带部落联盟的共同领袖。会当凡非的蚯蚓出其土，显示土之德瑞，黄土为色，遂是黄龙，轩辕便任黄帝。黄帝发明频频，然而他仍不懈于教天下以稼穑。唐尧，虞舜，夏禹，皆据黄土高原开国成事，其经济所靠当然也是农业。

当是时也，周人的后稷神秘下凡。他显然有耕植的天才，会相地以播百谷，部落之民也都向他学习。尧举后稷为农师，御内便得其利。舜也敬重他，封邰，今之陕西武功。周人以农业而强，迁豳，徙岐山之下，过渭河，进关中，平商之崇侯国，作丰邑，再作镐京，继续修德振兵，终于取商而代之。周人对农业的贡献是使稼穑有了规模，田有公田和私田。他们实行了井田制，把奴隶组织起来劳动。

关中的黄土杂糅有大量的腐殖物，八水相绕，久有开垦，其粮遂常能丰收，上税缴赋甚多。司马迁说："关中自汧雍以东至河华，膏壤沃野千里，自虞夏之贡以为上田。"二十世纪曾经有农业学家测量长安的黄土，发现这里的熟化层达五十厘米至六十厘米。如此之肥，完全可以让枯木发芽。这既有自然的作用，也有祖先世世代代劳动的作用。可惜一声风吹，上田便争盖房子以卖钱。真是罪孽啊，不肖子孙！

中国文明称之为农业文明，以农业兴于黄河中游，又称之为黄河文明，很好。不过有时候，我会登临黄土之丘而坐，捧一把黄土想：中国黄土，世界尽重之，尤其农业以黄土所创，所以称中国文明为黄土文明不是更好吗？

黄帝崩，葬于桥山，为黄陵。轩辕时代的历法，也为黄历。黄帝取黄土之色，是由于土出黄龙，表征了他的天子之德瑞。多少年以后，封建君主便以黄为色之正，为贵，乘黄屋，穿黄袍。黄成为专用，一旦士庶用之，就是僭越，有杀头的危险。高等和特权竟以黄得以体现，这应该出乎黄帝之所料。

黄土融有矿物质，按一定的比例兑水和泥，抟之为坯，装窑而烧，遂成陶器。新石器时代属于氏族公社的半坡人便有陶钵以盛水，陶罐以储粟，陶哨以吹音。他们的陶盆多绘有鱼纹和鹿纹，可以使用，也可以欣赏。遗憾半坡人在年岁的循环往复之中走失了，否则中国文明将别有一番精彩。

周人未必是半坡人的子孙，不过他们也掌握了用黄土制作陶器的工艺。营造宫室的板瓦便是由黄土烧出来的。秦人是周人特殊的一支，建筑所用的水管，盖房子所用的筒瓦和条砖，都是陶器，也由黄土烧之。秦砖坚硬，我收藏有一块。

汉人的领导多生楚国，然而居长安城便要用长安的黄土。未央宫有吉语的瓦，有草纹的砖，无不是黄土所烧。从汉陵所挖的各种各样的陶罐，造型大气，弧度流畅，当为艺术的精品，也是黄土所烧。我收藏有五个陶罐，击之皆发声洪亮。陪葬的陶器颇繁，不过我所好者唯陶罐。

唐人的建筑壮丽至极，其瓦其砖，也还是黄土烧的。也许是石材增加了，唐砖不太大，唐瓦也不甚华，多用的是有莲花的一种瓦，证明了佛教已经确立并普及。

依我的想象，汉长安城和唐长安城都以黄土为格调。它们雄霸的城墙是土夯的，宽阔的街道是土铺的，划地为坊，坊里的院墙和屋墙也是土筑的，即使墙有砖包，砖也是土烧的，进坊出坊的里巷间路也毕由土垫。土尽黄土，经日之晒微微发白，一旦淋雨，便多少发黑。云散天晴，阳光透射，土皆变黄。长安城是皇城，也是黄城。生活在长安城，就是生活在黄城之中，也就是生活在自然之中。

西安在过去几个世纪也几乎是一座黄城。它的城墙在1370年初建之际完全是土的，到1568年，陕西巡抚张祉修茸城墙，才给其外壁砌了砖，然而砖还是土，是土的异态。西安城的路是土的，园林之径是土的，所有的建筑，包括秦王府、衙门、官邸、庙堂，也无土不成。直到明亡清立，清盛清衰，辛亥革命的爆发和中华民国的诞生，这里总体上仍延续着黄土格调，不失其为黄城。它的四边也还是无边无际的田野，夏季的暴雨往往骤然而下，风从远方而来，掠城墙而过，把黄土的味道送至千家万户的窗口。然而毕竟黄土要减少，它无可奈何地减少着，越来越快地减少了。

现在的西安城几乎没有黄土了。混凝土、沥青、瓷砖、石材、玻璃、钢铁、橡胶、塑料，已经要把西安城包实裹严了，甚至一旦黄土露头，就有人搅拌着一团混凝土走过去捂住它，似乎黄土使西安城蒙羞似的。

黄土匿迹，让我怀疑世界的真实。科学技术孵化出的环境光怪陆离，玄幻荒诞，充满伪装的感觉，使我的身体和心理都不舒服。我常常想坐在黄土上，躺在黄土上，把手伸到黄土中，脱了鞋，踩着黄土，让黄土埋了我的脚。我的肌肤对黄土有一种饥饿之感，难耐的时候，便在城墙上寻找一块老砖摸一摸。舒服极了，然而这止痛不治病。

出母之腹，供我睡觉的是土炕，脱母之怀，让我立足并迈步的是土地，院子深广，抓一把黄土就可以玩。往田野里去，农民用铁锹翻地，把晒过太阳的黄土埋下去，未晒过太阳的黄土亮出来，使生土变熟，熟土更熟，以成熟化层。生土含有水分遂色重，风一吹便色轻，轻遂显白，浸雨就归黄，渐然而成熟土。有骡马犁地，铧入土裂，几十铧犁过为一分，几百铧犁过为一亩，百亩便是浪打浪的黄土的海洋。骡马累了，就卧在黄土上休息，打滚当然也行。

黄土出草，出木，尤其出粮。粮有黍、稷、稻、粱、小麦、大麦、青稞、荞麦、谷子、玉米，它们尽宜黄土。黄土出粮，也出菜。一掘土，红薯成堆，再掘土，洋芋又成堆，不掘土，可以拔出来光滑的萝卜。白菜、韭菜、茄子、梅豆、豇豆、菠菜、蒜苗，黄土皆长。

挖土一丈，遂成穴作墓，永远安魂。挖土三丈，便是井，汪汪的水可以饮，可以洗，几十年取之不尽，用之不竭。所谓土壕就是农民专门的取土之域，它往往有一两丈高的崖，横断面湿润，根须纵横，有蚯蚓，也有蜗牛，偶尔还有化石。其为生土，不浅而深，遂黄得单纯，干干净净。农民拉这里的土和泥以糊墙，兑水以漫墙，当然也填坑垫厕。制作土坯可以盘炕或盘灶，不过大量用以垒墙、盖房子。

少陵原南坡有长达数十里的崖，呈阶梯状，高达几十米。其向阳，黄土很是坚实，沿线一带的农民曾经凿穴以居，冬暖夏凉，唯恐久雨消解，造成湿陷或崩塌。在樊川的任何一个点上，都可以清楚地看到其崖静立天下，尽显沧桑。这里的窑洞已经空空如也，几乎都废弃了，然而所凿之穴的轮廓仍很明晰。鸟雀会落在崖畔，羊偶尔也会跑到崖畔吃草。有时候我心有惶惶，便出西安城，到樊川来，坐在寂寞的一棵白杨树下望着少陵原的南坡，夕晖照崖，草木泛古，沉默的黄土竟有意味深长的呼吸！

敬礼，伟大的黄土！别了，一种生活方式，一种文明！

# 少 陵 原

少陵原上的自然村星罗棋布，也许蕉村在这里是最古老的，属于周代的杜伯国。两千八百余年，蕉村一直谓之焦村，到中华民国才改为蕉村，理由是在此没有焦姓之人。

周宣王四十三年，公元前785年，有一天女鸠，他的妾，热烈地向杜伯调情，遭拒遂恼，反诉其对她非礼，周宣王便拘捕了杜伯。左儒是杜伯的朋友，为之申义，然而周宣王一意孤行，杀了杜伯，也杀了左儒。左丘明对此事的记录是："宣王囚杜伯于焦，士无罪而杀之。"

我是在少陵原上长大的，蕉村有我的祖业。经过土地改革，社会主义改造，父辈分立，我家庭院之广仍在七分有半。1958年，生产队砍掉了后院一棵国槐为人民公社做了马车；1972年，父亲伐倒前院的国槐做了一套家具。朱家巷子南北贯通，庙宇在中华民国时候改为蕉村小学，是我的西邻。世代所居，随日作息，夏收小麦，秋获谷子和玉米，虽不富裕，然而天汉灿烂，黄土能产，人足以赖之生存。树动为画，风响为乐，大享清冽和宁静。

图谋经济的发展，遂有西安国家级民用航天基地登临少陵原，蕉村要拆迁，它周围的十几个自然村都要拆迁。农民狂盖其楼，以争取多多赔偿。车进车出，尘起尘落，俨然烽火征战。路缩木折，窗小室黑，宿如蹲在监狱。我的母亲泣声说："住了一辈子，实在不想走。"

我非常熟悉少陵原，这里胜迹累累，遍地都是文化遗产。

少陵原南畔自东至西，有兴教寺，唯识宗或法相宗之祖庭；有兴国寺，有华严寺，华严宗的祖庭，耸立杜顺塔和澄观塔，仰观其檐，铃响于空，妙若天音；有牛头寺，因为高僧一年四季总是以一个牛头为食而得名，还有清凉寺。这一带香火之旺，昔传递今，今化于昔。尤其是兴教寺，由于以葬玄奘及其弟子窥基和圆测之灵骨，高僧辈出，信众崇敬，并为士与权贵共所向往。1923年康有为经吴佩孚引荐，受陕西省省长刘镇华邀请在西安巡视。康对佛学素有研究，便赴兴教寺一拜，并吟诗题额，如雁过留影。1937年，日本侵略中国加速，南京危机，中华民国打算以西安为陪都，遂派大员考察其城。当时有士还想以佛法救正灵魂，便捐资修葺兴教寺，贡献善款的不但有朱子桥、程潜、阎锡山、白崇禧、马鸿逵、李宗仁、卫立煌、戴季陶、傅作义、熊式辉，而且有蒋介石。蒋介石焦头烂额之间，竟还抽暇往兴教寺去一瞻。1953年印度总理尼赫鲁有谒兴教寺之意，当地领导便把于斯读书的韦村小学的孩子动员起来，让其列队欢迎，又匆匆油漆了大雄宝殿和藏经楼，由此也渐渐恢复了作为弘扬佛法的神圣之境。今之佛教徒，有普通男女，也有高官巨商。在大年初一，每每竞奔兴教寺，争上第一香，争叩第一首，以盼保佑自己的常是官场和商场之角色。站在兴教门口，俯察樊川，远望终南山，水光反照，岭色苍郁，白杨夹于道，庄稼茂于田，人无不感慨万千，赞而叹之。

转身北向，土地平旷，渐为倾斜，大约四十里慢坡大势所趋，直抵曲江池。曲江池秦既有之，汉凿而扩张，不过在唐为盛，进士及第以后，要在这里娱乐撒欢。一旦皇帝高兴，也会游于斯，宴于斯。三月三日，上巳节，贵妇人长裙广袖散步曲江池周边，修禊事也，以被除不祥。到唐玄宗执政，曲江池一带繁华至极，臻于至美，遗憾安史之乱致其破败，一衰而千年湮没。1992年，我看到的曲江池已经完全干涸，农民在此有耕有牧。不过西安人自有改天换地的能力，从而恢复了它的姿容。现在的曲江池细浪成绉，润气弥空，更有白石跨波，绿树绕岸，一派汉风唐韵所化的絜然气象，为四海朋友所悦。曲江池之水，初是自出，为汉武泉，然而至唐自干，便从终南山引义谷之水，上少陵原，修黄渠，过鲍陂，蜿蜒注曲江池。顿然水阔，便聚为芙蓉园，以成接天莲叶，映日荷花。今之芙蓉园和曲江池，泱泱为泽，都是黑河的水了。

少陵原立于浐水和潏河之间。其海拔四百七十米至六百三十米，高出浐水和潏河八十米至一百五十米，呈东南—西北向，长大约三十六里，宽人约十二里至二十里。日月所照，雄浑高大，帝王将相和皇后妃嫔素以入此厚土为望。在它的腹地，满是坟冢。2005年考古发现东杨万坡村一带有周人四百二十九座墓，出土陶石铜玉，并有灰坑和殉马坑。秦葬皇子在少陵原西畔，遂有皇子陂村。汉宣帝杜陵在三兆村一带，其许皇后陵在司马村附近。唐玄宗所爱的武惠妃敬陵在庞留村界面。城南韦杜，去天尺五。夏殿村一带有唐韦氏家族群茔，司马村一带是晋唐之间杜氏家族群茔。鲍陂村一带有唐颜氏家族群茔。在蕉村一带有唐吏部尚书萧灌之墓，史记碑为张说撰文，唐玄宗篆额，可惜我觅而不得，想已经遭盗了。虽然明代先后以南京和北京为国都，太子居之，然而朱元璋对西安颇为重视，遂分封次子朱樉为秦王，守卫此疆域。明代共有秦王十四位，除了最后一代秦王为李自成所灭，不知道埋于何处，其他十三位秦王皆葬少陵原，坟冢拔地而起，神道两侧对立石刻。凡帝王多有亲臣宠妾，他们死了以后，也葬少陵原以陪其主。春天在少陵原踏青，夕阳之下，见残陵乱茔，断碣卧石，不禁会起沧桑虚无之感。

少陵原最开阔最壮丽的属于其南畔。仰天拂云，俯川呼峦，居之占尽风水。汉丞相朱博故里便在这里，唐杜牧在此起别业，以登皋舒啸，临下吟诗。杜甫自谓杜陵布衣，少陵野老，于是明代就有贤者在这里筑杜公祠，数世纪以来，于斯纪念杜甫的人不知道有多少。

少陵原有累累文化遗产，是极为特殊的地方。我曾经大声疾呼，可以把这里建设成中国农耕文明博物苑，从而不但永远保护了这里的文化遗产，也使这里的自然村处于活状态，也就保护了一片民居和民俗。少陵原距西安颇近，一旦城市化包围了这里，那么少陵原便是整个中国乃至世界所罕见的城市里的乡野，尤其是遗存了大量史迹的有活的自然村的乡野。可惜挖掘机来了，蕉村没有了，周围的自然村也没有了。

少陵原是唐人之称。起码在汉代，人呼这里为鸿固原，汉宣帝登基在此造墓为杜陵，便把杜县改为杜陵县，鸿固原遂衍化为杜陵原。汉宣帝神爵四年，公元前58年，有十一只凤凰翔集于斯，遂又呼其凤栖原。汉宣帝许皇后陵小于杜陵，为少陵，遂有少陵原之名，并自唐流行起来。

周宣王杀杜伯十分无道，从而留下隐患。终于有一天，周宣王在野狩猎，有壮士穿红衣、戴红帽，乘白马所拉白车，狂风一般穿林而出，做杜伯状，箭射了王。

# 老人与狗

观乎世风，我早就发现西安以南的少陵原将遭城市化运动的剥皮或换面，遂2007年春天走遍其台地，为所有的村子拍了照片，以作资料。

当时，我在庙坡头村碰到一个老人，其坐在民居拆迁之后的忧伤里，茫然地望着废墟。一条黑狗跟他并肩，陪着老人。少陵原南起引镇和樊川，倾北而斜，一直延伸到曲江池和大雁塔。我一个村子一个村子地过着，走进庙坡头村，才看到这里已经像受到了轰炸似的狼藉一片，只剩下一座小庙，一座三层小楼，显然是一个钉子户。不知道是谁种了席大一畦蒜苗，无主自长，嫩绿显妖。远远地，有两三个男女在嶙嶙的瓦砾中砸墙取铁。城际一线，有塔吊晃晃悠悠地飘着。阳光之下，尘埃如粒，自由沉浮。

我问老人："你就是庙坡头村的？"他不动声色，只是点了点头。又问："都拆迁了？"仍不动声色，点了点头。我说："拆迁就有楼可住了，也是好事。"老人蓦地涟然流涕，吞声说："是好事，不过家在哪里呢？家就是两室一厅或三室两厅吗？故乡在哪里呢？院子的水井在哪里呢？村子的小巷在哪里呢？飞到椿树上杨树上筑巢的喜鹊在哪里呢？清明祭奠的老坟在哪里呢？祖先的灵魂一旦回家落在哪里呢？晚上睡不着，想过去的院子，所以我一周有两三次会跑来看一看村子，然而村子在哪里呢？院子在哪里呢？北极宫是小庙，不敬神不敢拆，钉子户厉害得很，赔不够不能拆。村子现在只剩下这两座房子了，我家就在它们之间，等他们推平了小庙和小楼，我就无法看出我家房子的底摊了。"老人唏嘘失语，抽噎不已，泪水汪闭了眼睛。黑狗便贴过去，用脸摩挲着老人的肩膀。

我难免感慨，便以大言安慰他，接着拍了几张照片，离庙坡头村而去。不过又寂寞又孤独的小庙的红门和黑墙，有两棵国槐笼罩的钉子户的小楼，尤其是坐在废墟上的老人，他的悲怆，俨然刻在了我的脑子里，常常会想起。几次路过庙坡头村，看到这里满是美轮美奂的建筑，便想起那位留着平头的老人。

少陵原诚如我之预判，工厂建矣，大厦耸矣，中国罕见的沉积了累累史迹的一个台地，变得支离而破碎。

# 故乡难言

长安朱鸿，是在少陵原上长大的。

年岁之末，天垂大雾，故乡退出了我的视线，不过它一直充盈我心。

历经沧桑，我才知道任何人，不管他降生豪门还是落草寒舍，都有一段无忧无虑的日子。绝对美好的日子只在人之初，尽管短暂，不过它会沉淀于脑，构成原型，并为人活着提供支持。属于我的纯粹快乐的时光，当然是少陵原赐予的，它是我的神话，我的梦。似乎一切都是透明的，窗花，门神，祭月，过年，鸡鸣于晨，鸟栖于昏，蝴蝶悬枝，蚯蚓行泥，或房檐垂冰，或锅洞生火，甚至发臭的狗屎和温热的牛粪。渐渐地，有一种诱惑，其引领着我，使我沿着弯曲的小路，从此村进入彼村，并试探着到县城韦曲去，到省城西安去，从而形成关于少陵原的地理概念。

伊甸园的生活注定都很短暂！神逐亚当与夏娃，是由于他们偷食禁果。然而究竟是谁，终止了我的伊甸园的生活呢？为什么？总之，有一天，我开始厌恶少陵原，觉得它小、脏、落后，甚至幽暗的生产队饲养室有诡计，杀猪分肉的时候有邪恶。阴云密布，雌风呼啸，沟沟坎坎无不纳垢，于是快乐的时光就结束了。我想离开少陵原，我以为生活在别处。十九岁那年，我出蕉村，经西兆余村，走皇子坡，挥了挥手，便穿过县城，到省城去报了户口。我变成了西安人，然而也变成了异乡者。从那个秋天起，我就像该隐一样四处漂泊，尽管神未直接给我立其记号，不过事实是，凡伤我者，必遭报应，凡害我者，必遭报应。

然而知识的谱系，将迅速见证不是少陵原鄙陋，反之，是我浅薄。实际上过去的众多雅士都曾经登临我的故乡，并颂而叹之。"秋水明落日，流光灭远山。"是李白之诗。"自断此生休问天，杜曲幸有桑麻田。"是杜甫之诗，杜甫自谓少陵野老，郭兴文先生已经考据杜甫是我故乡人。"三月无雨旱风起，麦苗不秀多黄死。"哀民生之多艰，是白居易之诗。少陵原固然只是小小的一方水土，不过它隆起大块，涌向虚空，天高气净，光强风烈，素得适时云雨之润，从而贤才济济。这里是宰相朱博故里和皇帝刘询养地，这里出过义士苏武，出过将军杜预和史万岁，所谓洛阳才子韦庄的家实际上是在少陵原。这里也是中国最著名的高僧玄奘之葬地，因为少陵原南畔可以俯察樊川，眺望终南，有极好的风水。这里还是中国最早的行政区域，秦之杜县，便是因为设于周之杜伯封土而得名。凡是种种，为我建立了关于少陵原的文化地理概念和历史地理概念。

都市是荣华的，有红灯绿酒，滚滚名利。不过我只是羁旅之人、客人，是移民、异乡者。在家千日好，出门一时难，斯乃中国经验之总结，我完全认同。唐诗三百首，近乎一百首渗进了乡愁，其中孟浩然江上之泪，李商隐夜雨之思，都是伤心伤骨之作。西安距少陵原不足三十里，回乡很容易，不过在我苦闷的青春期，乡愁仍涌流笔端，渲染纸背。每一次回乡，我都感到安慰。每一次回乡，我都觉得踏实。少陵原的深厚和奥博，朴素和宁静，总是消除我的紧张和焦虑。十九岁离开少陵原之后，我就一直浅睡，稍有声音即醒，十分烦恼，然而我回乡便能沉睡。一九九六年我在香港，房是阁房，床是软床，温度适宜，毫无噪音，可我却怎么也睡不着。数羊不行，数树仍不行，遂想少陵原，于是几十个村子就漫漫浮现出来，并流泻于枕，膨胀于室，甚至弥漫整个香港。从东到西，司马村、小兆村、康王井、兆寨、和村、栲栳村、新寨子、旧寨子、西北村、羊村、东兆余村、韩家湾村、夏殿村、高望堆村、蕉村、西兆余村、朱坡村、四府村、双竹村、皇子坡，我的灵魂像展开了翅膀，然而不用飞翔到县城韦曲，我就安眠了。那一夜，我在香港睡得实实在在。

故乡之于游子从来是慷慨的，它不拒绝一个人给它增光，它也不嫌弃一个人落魄潦倒，它更能收留那种在外受挫的人。当然，作为游子，你不能玷污故乡，使之蒙羞。小时候，我在少陵原经常遇到一些衣饰和神情俨然城里人的乡下人，多年之后我才知道，他们属于少陵原土著，长大之后在外闯荡，不幸犯了一些错误，或有男女问题，或有经济问题，或是反对革命，遂退到祖籍受罚。这些人偶显戚戚之色，然而少陵原给原住民多少阳光，也给他们多少阳光；给原住民多少雨露，也给他们多少雨露，绝不会使返乡游子面黄肌瘦。我三十岁之前，曾经有两次在外受到重压，心疼，心在哭泣，觉得都市势利不宜我居，然而隐身无地，遂快快入住少陵原之家。在这里，我包扎了伤口，并恢复了元气和尊严。

少陵原显然近在咫尺，不过我已经多年没有回乡看到我蕉村的老屋了，我儿子已经六岁，我也没有让他认识一下老屋。我极想用手触摸那扇粗糙的一推即响的木门，即使它把利刺扎进我的手指，让我流血受痛，甚至感染化脓，我也愿意，遗憾我不能。我的弟弟在老屋过着非常人的生活，我的父母不得不弃老屋而去。他们的鸡逃走了，他们卖掉了猪。他们把田地托人耕种了。老屋及其以特殊方式生活的弟弟，让我时时牵挂，夏秋长雨，尤其让我担忧，但回乡却不能。没有人知道，我也没有告诉任何人，然而少陵原可以见证。我曾经绕蕉村而徘徊，曾经站在皇子坡以东的一道梁上向蕉村而眺望。夜幕遮蔽，星辰列位，风与白杨喁喁私语。

二十世纪刚刚交接中国那年，一条宽阔的水泥公路便从都市窜到了少陵原。这是一个信号，预示着欲望在窥视斯地，并将聚集斯地，直至吞噬它。开发势大，我不会螳螂当车。开发有理，然而我非无情之物。少陵原不属于我，所以我声明，我不是在管。不过我生于斯，长于斯，我有权利思想，何况这里是我的父母之邦，这里有我祖先的坟茔，祖先的灵魂以斯地为安。也许可以开发，问题是，现在的少陵原，它的风貌，它的景色，它的气势，它的品质，是自然亿万年所造化，是我的祖先亿万年所创作，从而才铸成了地理的少陵原，文化地理的少陵原和历史地理的少陵原。它不但是实用的，使祖先世世代代赖以生活，从而一直没有使这里的住民灭绝，而且是美的，遂容易估量出它的价值是多少。可以开发，不过开发的主导者、规划者、实施者，特别是把少陵原出让的人，千万要注意，覆盖了少陵原的种种新的建制，它的价值不能低于其固有的价值，它也不能是丑的。我是在少陵原上长大的，如果在我这一辈丧失少陵原，那么我这一辈就对它负有道义责任，起码我这一辈应该上报祖先，下达子孙，以使其明白在我之年所发生的变故。少陵原不属于我，管不了，然而我一向壮怀激烈。多年之后，少陵原改换了模样，少陵原可能只剩下了它的名号，我将白发苍苍，变成一个伛老头。那时候，伛老头会拄着拐杖，经常在少陵原转悠。我想，伛老头将不会找到他的蕉村了，及其他小时候到西安去要经过的西兆余村、皇子坡、韦曲。也算了，然而要是我发现有劣质工程，有污染企业，有致祸部门，我还是认识几个字的，我将用拐杖敲击他们的门牌和匾额，并将在正义的法庭起诉，追究他们，强烈要求他们还我少陵原！问题是，有些事物一旦失去就永远失去，他们怎么还我少陵原！

年岁之末，天垂大雾，故乡退出了我的视线，不过它一直充盈我心。长安朱鸿，是在少陵原上长大的。

# 地

地在今人谓大陆，在古人谓大块，意差并非微妙的一点。谚云生有时，死有地，似乎蕴含着命运的定数。我当然不会考虑我的倒头之地，因为孔子曰："不知生，焉知死。"孔子智者而率性，我从丘，不过我也知道我自有去处的。

我的大地始于我家院子。院子分前后，前院树少遂显开朗，后院树密便葱葱郁郁，前后院子皆砌围墙。居有院子真好，这是我的体会，可惜我现在没有院子了。我对大地的感受是从我家院子发生的。我摸它，捏它，抓它的土，挖它的洞，在它上面跌跤、打滚，给鸡搭架，给兔盘窝，甚至向它撒尿。大地确实让人舒服！它任凭你怎么都行，而且结实得完全可靠！大地是亲爱的。

我以我家院子作大地的原点，渐渐扩大活动的领域。我走出院子，走出村子，又走出故乡。我四处奔波，并从这个大陆进入那个大陆。所到之处，无不发现地是山之根、河之床、海之底。植物长焉，动物生焉，人类赖以生存和发展焉。

现在没有几个人会问地从何处而来。穷追钱之所来是正常的，然而穷追地之所来，除了疯人便是哲人，甚至哲人也会变为疯人若尼采的。经上记着，神把水聚于一处，地遂露出。神说："地要发生青草，和结种子的菜蔬，并结果子的树木，各从其类，果子都包着核。"事就这样成了。神造地是让它为人服务，人是地之主，不过地之主又包含着要管理地，并把它管理好。我走过了一些大地，我以为有的人用大地的时候让大地美丽了，不管是官府还是民宅，只要是建筑的精品，我便击掌，但有的人用大地的时候却让它丑陋了，他们留下的完全是垃圾。梅菲斯特是那位引诱浮士德博士的魔鬼，他曾经向神反映世间糟糕透顶，神知道他是一个好发牢骚的家伙，然而神也知道他的意见并非没有根据。

中国人在过去显然是十分尊重大地的。历朝历代的皇帝都会筑坛以祭之，而在乡下则有地庙以拜地神，甚至农民收粮也敬，盖房也敬。昔人认为，大地载万物，产五谷，是有德于人的，人不能忘其恩，负其义。想到这些，我每每感到一种人性的温暖，包括皇帝和农民都有一种足以亲爱的人性。遗憾今人把这种习惯已经丢掉了，人变得野蛮起来，从而也在野蛮地对待大地。过去有杞人忧天，我是秦人，我是秦人忧地。我并不怕为能者所笑。我要强调，我确实担心由于有狂妄之徒蹂躏大地而触怒了神。

# 长安荠菜

　　黄昏出了门，在街上溜达，碰到一个老者，大约六七十岁，自称杜陵叟，遂有亲近之感。杜陵叟穿一件手织灰毛衣，坐在一家银行的台阶上卖荠菜。他解开塑料袋，随便抓了一把，向路人展示着。那荠菜一经水淘，确实丰腴而苍翠，杜陵叟说："我家田里的，是绿色食品！"有富态的太太和时髦的少妇便笑着挑选，生意一下做成了。杜陵叟收起塑料袋，一边数着钱，一边款款而去。我想勾留他，打听故乡的消息，不过又想他也许还有别的营生，便望着他的背影，怅然而行。

　　我小时候在乡下也挖过荠菜，可它却绝不是风雅的野味。荠菜仅仅是作为粮食的补充，因为那是一个饥馑的时代，然而饥馑在当年造成怎样的恐慌，我一点也未感觉，这一是有父母顶着灾祸之天，二是我充满了元气，不觉得什么可怕。小麦返青之后，我会伴随大人，提着篮子，攥着铲子，沿着尘埃阡陌，走进辽阔的原野。挖荠菜固然是一件事情，不过原野自有它的诱惑：小花的闪烁，我也抵抗不住；小兔的慌逃，我也抵抗不住；甚至大人之间若断若续的隐晦的话，我也抵抗不住。从而挖荠菜的成绩总是很小，就那么几朵，还盖不严篮子底，遂惭愧着追尾大人而归。

　　荠菜有数种食法，常见的是随面条煮在锅里，也有炒的和凉调的。这几年都市有一种以荠菜为馅的饺子，似乎含返璞归真之意，

231

还表示一种生活品质的提升吧，但我却主要取其素，遗憾不感觉荠菜之香。我思来想去找原因，把其归结为化肥所致，而偶尔冒出的蹭牙的泥沙，则不但使心紧缩，而且也让人忧虑这个时代的马虎风气。

我原以为荠菜只是黄土高原的产物，非也。读了一些笔记之后，才知道荠菜在很多地方都是有的，这一面降低了它一向所显示的稀罕程度，一面又使我对它增加了敬意。吴地谚曰：三春戴荠花，桃李羞繁花。越地歌曰：荠菜马兰头，姊姊嫁在后门头。这是我从一本陈旧的杂志上抄录的，它扩大了我对荠菜生长版图的认识，也多少引出了荠菜的文化意义。

实际上古人早就注意荠菜了，可惜我只知道一句诗，其云："谁谓荼苦，其甘如荠。"慢慢吟咏它，是能觉察古人的心情的，而且会有一种浩茫和凄楚之感漫向我。我领略的，竟是苦涩和苦难。在二十世纪，有两个作家曾经以荠菜为材写了隽永的文章，这便是知堂先生和张洁女士。知堂素求冲淡与平和，不过他流露的也有苦涩，至于张洁，她本是讨论幸福的，可她却倾诉了苦难。也许荠菜确实有甜味，然而唯有穷人才能尝出它，富人究竟谁能尝出荠菜的甜味呢？知堂先生和张洁女士的文章，都曾经进入了教科书，不过在艺术上，似乎知堂之文要高于张洁之文，理由是，知堂之文比张洁之文有蕴蓄，也疏朗一点。

荠菜开白花，结黄果，皆可药用，有凉血止血的功能。我故乡一个医生，是治疗肾炎的妙手，其秘诀在于用了荠菜，因为它含氨基酸和生物碱，也含黄酮类，而且量颇大。长安女性张氏，遵医生之嘱，十年如一日，煮荠菜汤让其丈夫服用，真使之恢复了健康。此案先是新闻，后又成了故事。

# 哭泣的老牛

一头老牛的哭泣，从梦中把我惊醒。二十年之前的声音，寻找着二十年之后的我的良知，当然能感到它的来头。谁也不能轻视从已经远逝的岁月突然出现在你梦中的一头老牛，而且是一头被人剥皮被人切割为肉的老牛。它的登门，没有一点探望的意思，这便是我的灵魂难以安宁的原因。

秋天的阴雨，使田野的一个古坟塌陷成坑，它的周边有青青的嫩草。老牛在吃其嫩草的时候掉了下去。六十岁的张裕一直套着它犁地，知道那是一头非常优秀的老牛，它跟张裕很久了。在秋天漫长的下午，张裕走在它的背后，扬着鞭子，但他却不打它，一下也不打。老牛认真地用脖颈拽着绳子，使明亮的铁犁得以插入其蹄子后面的黄壤之中，土壤便一点一点断裂，翻卷，破碎。汗水从老牛的脊梁渗流而出，在肋部和背部渲染。汗水把老牛的黄毛变成了黑毛，黑毛浸泡于汪然的汗水之中。张裕望着静默耕地的老牛，感觉了它的辛苦和劳累，便喟叹一声，让其歇息。他卸下老牛的笼嘴，解开绳子，放它在田野活动或吃嫩草。张裕离开老牛刚刚翻而卷之的大片大片的黄壤，到别的一块田野去游逛。浓烈的地气弥漫在新土之上，颇有鲜味。有麻雀快乐地觅啄着新土之中的虫子，当其受惊而起飞的时候，夕阳便照红了它们的翅膀。不过秋天空旷的田野，蓦地出现了老牛的嘶号。

我提着捡柴的竹笼跑到老牛那里去，发现它的臀部坐在墓穴，头和犄角沾满了泥巴。墓穴很深，老牛庞大的身子架在半壁，如果它继续挣扎摇晃，那么将会完全坠落见底。老牛用乞求的眼睛望着我，我惊恐至极，立即奔走，把老牛遇险的消息通知给我的几个伙伴，并告诉给四个在村子插队的知识青年，他们随之向在田野施肥的几个农民呐喊。

当人过来围住老牛的时候，它左看看，右看看，欢快地轻绵地叫着，目光充满了一种得救的希望，两个耳朵还向后一抽一抽的。我的一个伙伴，撅了一把嫩草让老牛吃，但它却摇头，之后便向大家望着，期待着。它窝在散出腐朽霉烂气味的墓穴，闷热得汗水淋漓。它忍受着后蹄顶着肚皮的疼痛，前蹄折在墓穴的半壁。然而，没有人建议怎么把老牛拉上来，他们只是在古坟周边来回踱着，装模作样地沉思着。当时我十二岁，已经有机智了，遂隐隐感到了藏在成年人脑子里的一种阴险的思想，那就是希望老牛死了，它死了便有肉吃。那是一个饥馑的时代，细粮是不能天天吃的，即使粗粮也难以足够，仅仅可以在春节之际吃到肉。我预知了老牛的下场，遂向神情惶惑的老牛望着。我既兴奋，又难过，但难过却无所作为。有一个农民含糊地提出可以用绳子吊起老牛，不过一个白脸知识青年立即反驳了其意见，他认为，也许老牛已经残废，让它活着只有受罪。白脸的声音在夕阳的红光之中扭曲如蛇的芯子，这使我朦胧地感到了世间的虚伪与残酷。

老牛察觉没有人会采取行动救出自己，便焦躁起来。它使劲挺直脖颈，向两边看着，眼睛流露着深沉的哀伤。它拉长声音，一下一下地叫着。老牛的声音，穿过墓穴周边的嫩草，消失在辽阔的散发着杂花野菜芳香和渐渐成熟的玉米谷子芳香的少陵原，遗憾没有人给老牛以应对。实际上成年人的心并不安，那几个农民的额头和鼻尖满是汗水，并反复揉搓着自己的手指，四个知识青年也是走来走去的，彷徨难定。老牛的声音慢慢弱小下去，这既由于其失望，又由于其疲倦。它窝着，显然难受，而且其一拧一扯，一挪一移，都在冒着猛地坠落的危险。

张裕出现之后，老牛才号啕起来。它望着急急火火怒吼的张裕，老牛一气紧似一气地叫着。它圆圆的眼睛，一直盯着张裕，似乎知道张裕有心且有能力救出它。张裕义愤地质问所有的人为什么不告诉他，为什么没有寻找可以吊起老牛的绳子。在他剃得发青的头皮上，冒着黄豆绿豆红豆大的汗珠。他终于从一伙人迟疑和怪诞的神情之中发现了问题。张裕痛心疾首地哭了，并大骂起来。他扬着鞭子，唾沫四溅地大骂着：

"你们是想吃它的肉啊！这头老牛跟我八年了，没有咽过好的饲料。它一直嚼的是草，生产队把好的饲料都喂给那些骡马了。不过它耕地，拉车，种麦子，种玉米，种谷子，什么活没有干过，你们不觉得它可怜啊！老牛呀，你怎么掉在这里了？我是看见你太苦太累才放了你的啊！他们盼你死啊！他们盼你死啊！"

张裕沙哑而干涩的声音，使所有的人都无言以对，但他们却并没有行动，也不愿意行动。当时我尽管恨他们，不过也暗暗希望他们不要行动，我想，如果他们吊起老牛，那么肉就没有吃的了。张裕的斥责似乎一下勾起了老牛的辛酸，然而它突然沉默下来，不向人号啕了。我看到泪水涌满了老牛的眼睛，其一眨，泪水便流淌而下。见老牛哭了，一瞬之间，四个知识青年神情有戚，仿佛要改变主意，然而终于没有什么举措。唯张裕走了，宣布要报告队长。我和我的几个伙伴，吓得站在远处，想离开，又想留下，以知道结果。

四个知识青年暗送秋波以后，便绕着墓穴徘徊。白脸竟偷偷从老牛的背后踢起一块土，其滚下砸在了老牛的脊梁上。接着，其他三个知识青年也踢起土。他们要趁队长没有派人来救出老牛之前将它致死。我望着他们这样想的时候，老牛突然仰起脖颈向我打量，并轮番观察其他人，随之使出浑身的力量粗声痛哭，泪水便像河一样流淌下来。但老牛的泪水却并没有阻止那些要其性命的人，反而令他们加紧了行动。老牛彻底沉默了。它低垂着头，任泪水悄然喷涌。凄楚的夕阳覆盖着田野，它的红光照在老牛的脸上，其中幻化着极度悲怆的意象。令人费解的是，张裕并没有让队长派人来，而且他走了以后便消失了，似乎是在规避窝在墓穴的老牛。

　　那个白脸知识青年，显然不满意几个农民的犹豫。他还让我们这些孩子搬起大块之土扔向墓穴，不过我们不忍，便向后退缩。只剩下知识青年了，他们彼此也不对视，也不招呼，唯以丢大大小小的土与砖石于坟坑为要务。其面目之狰狞和阴冷，是我以前所没有见过的。老牛仍在啜泣，不过谁也不看，一副鄙弃曾经为之服务的世间的样子。夕阳照耀着，星罗棋布似的村子及其树木与庄稼，随着浮在红光之中的少陵原伸向远方。

　　老牛凄厉的哀鸣断然撕裂了天地所具的温情。急切的三声以后，便安静下去。一种死的安静，使我感到非常紧张。随着隐隐的一阵踢踏之声，墓穴上空升起一些黄壤的粉粒与嫩草的枝末，夕阳把这些游物竟都照亮了。死一般的沉寂！我想老牛是一定死了，否则那些人怎么会停止行动呢？

　　牛是不能打滚的动物，过分的摇撼，会将它的内脏震裂，并迅速致死。何况是一头老牛！它掉在墓穴，将其臀部蹲下，将其头部仰上，如此颠覆性命的姿势，只能牺牲。何况人在加害它。

老牛的皮被剥了，老牛的躯体被剁成了一块一块的肉，分给了生产队的社员。那是一个黑暗的夜晚，没有月光，也没有灯光。坟坑周围尤其黑暗且阴森。村子的人端着盆子，翩然而来，翩然而去，无一落下的都得到了肉。张裕和队长是最后拿到肉的，我躲在一棵白杨树的背后看到了。那个夜晚，村子到处飘荡着杂花野菜似的肉香，所有的人都觉得解馋，觉得幸福。

然而，哭泣的老牛，终于穿越我懵懂的少年进入我沉思的青年的梦中，其呜咽着泪水涟涟的样子，让我感到它的一种对人类的愤怒的指责、深刻的藐视、强烈的仇恨。我想向老牛道歉吗？我显然缺乏道歉的资格。我身上也还有一个地方长着老牛的肉，在十二岁那年，我曾经偷偷地吃了它。实际上人类的发展便是建立在奴役和掠夺动物之上的，问题是，难道人类因为有智慧就应该这样做吗？我常常感到鹰捕兔子的凶狠、猫抓老鼠的残忍，不过比起鹰猫之类的动物，人类真的是要凶狠和残忍得多。可惜人类的凶狠和残忍往往为自己的聪明所掩盖了，人类总是能为自己的凶狠和残忍寻找到堂皇的理由。当我这样考虑的时候，我明白了一种长期压迫我的恐惧，这就是：我待在家里，坐在办公室，走在街上，难免感到害怕。我缺乏一种安全之感。尽管如此，我仍要诚挚地向老牛赔罪，并想通过这头哭泣的老牛告诉其他动物，人类的文明是以野蛮为基础的，没有办法。

# 白　原

走出我少陵古老的村子眺望，我千次百次地感到故乡广袤而富于形势。它属于原，晴朗的日子，特别是天高气爽之际，我的视野可以触及遥远的秦岭峰峦，阳光之下，炉火纯青，江水翠蓝。不过故乡的土地，也绝不是那种单调的坦荡，它有沟回，有坡度，在坦荡之中粗犷地起伏着，变化着。它天生弃除了山野的闭塞和平川的简易，呈现着一种巨大的动态。这是故乡的农民赖以生存的土地，他们祖祖辈辈在耕耘它。农民的手，显然摸遍了它的角角落落。这里没有一垄是闲置的，没有一寸是荒芜的。

故乡的主要粮食作物是小麦。农民在公历十月播种，越过漫长的冬天，到明年夏季它才成熟。小麦破土萌芽的时候，故乡大地苍翠欲滴，一片晶莹。即使冬天，寒风吹拂，冰雪覆盖，它都一样呈现着绿，只不过它成了一种墨绿。返青之后，小麦开始起身，此间真是一层春雨，一节高度。静谧的深夜，田野到处是拔节的脆响。迅猛的生长速度，使小麦很快就齐腰了，遂不再向高提升。五月的阳光，明媚而灿烂，恰适宜它扬花和孕穗。小麦的成熟，是从根部开始的，然后慢慢向头部发展，所以麦穗黄了，麦秆早就白了。收获季节，农民总是在喜悦之中隐隐有一些紧张，因为那些日子，天气的变化很是无常，突发的一股狂风，便会带来一阵暴雨，从而可能打落黄了的小麦。如果这样，那么农民的辛劳便要付之东流，哭都没有眼泪。他们是尽量避免如此结果的。他们全部出动，夜以继日地收获。阔大的田野，男女老少，割的，捆的，运的，一派繁忙。仅仅几天，田野就空空荡荡了，剩下的，唯有冒出地面的一寸左右的小麦茬子。在夏日强烈的阳光之下，这些茬子密密麻麻，绵延伸展，千里雪色，万里银光，茫茫一片。我所谓的白原就是它。

白原将丰产的小麦缴给农民，清爽轻松，悠然地休息着。细碎的土壤，透过坚硬耸立的茬子做着微妙的呼吸，远远而望，仿佛白原进入了梦中。土壤老化了，上边薄薄的一层是绵软的，但一尺之下却渐渐硬实。它年复一年地贡献着粮食，世世代代，以至无穷无尽，当然疲倦了。此刻农民正在紧张地脱麦、晒麦，急着让小麦入库，于是田野就几乎不见人了。田野显得更加浩瀚，更加伟大。没有云彩的蓝天映照着故乡，这使绵亘在十数公里之外的秦岭，竟凝作细长的一痕。

白原伸展于晴天之下，无声无息，一片宁静。干扰它的，主要是田野的风。路旁的树，井边的树，忽然会拍起稀落的叶子，然而斯风似乎不会让它烦恼，这仿佛还是给它的一种抒情或一阵吟唱呢。干扰它的，往往是骤发的猖獗旋转的风，它高耸而起，呼啸着，沿着一条邪恶的道路流窜。这等黄风，会将蓝天染得肮脏而破碎。故乡的农民，没有谁知道风从哪里来，要到哪里去，不过他们清楚什么是好风、什么是坏风。若遇见了这等旋转的黄风，那么不管是大人还是小孩，一律唾而避之，他们固执地认为，这等黄风是魔鬼的化身。

白原使田野所有的动物都丧失了藏身之处，猫、兔、老鼠，只要从洞穴出来，就暴露在外了。兔肉可食，兔皮可用，有青年发现，一声呐喊，便大肆追赶。他们偶尔会带着狗围猎，于是田野就烟尘迷蒙，嚎叫四起，一种原始本性忽然得以恢复，俨然重温了一个野蛮的梦。少年时代，我和我的伙伴经常在故乡捕捉兔子，非常壮烈，以后我所从事的一切劳动，都没有使我出过那种体力，即使百米冲刺，都没有将我追赶兔子的体力调动起来。然而，随着年龄增长，理性总是管束深层的冲动，人越来越规矩，也越来越脆弱。今天不是昨天，在昨天，也并不仅仅是为了一只兔子，实际上是惊恐的兔子诱发了人的一种力量，其力量的薄发显然证明着人的强大。

故乡的农民无不清楚粮食的珍贵，饥馑留给他们的痛苦之感一代一代遗传着，遂十分爱惜粮食。黄了的小麦，在收获过程，难免要将麦穗和麦粒撒落于地，村子的老人就带着孩子扫之拣之。夏季是酷热的，拾麦的人一般是在太阳东升之前或西沉之后下地，他们提着竹篮，拿着笤帚，头戴一顶草帽，一步一步地走在白原。不只是走着，他们几乎是用眼睛将白原检查了一遍，是用手将白原摸索了一遍。唯有这样，他们才能安心，否则，总觉得有粮食撒在白原了。那些小麦茬子是坚硬的，一响下来，他们的鞋就刷得像磨洗了一样。扫麦粒和拣麦穗的人，以老妇和少女为多，她们口干舌燥，汗流面颊，默默地在广袤的白原挪动着。如果有强壮的男人带着工具在拣在扫，那么一定是从城市来的干部或职工，宽广的白原，并不因为他们没有耕耘而拒绝他们。

农民甚至连小麦茬子也不愿意浪费。小麦茬子可以烧火，翻在地下，烂在土中，当然可惜。我们这些孩子就用铁耙搂着。我们将铁耙的把子扛在肩膀，双手翻在背后压着它，或是将砖石捆于铁耙以增加分量，使它紧贴小麦茬子的根部，不要飘滑。我们拉着铁耙，沉重地走在无边无际的白原。偶尔回头，举目四野，白原真是干干净净。

白原是收获了小麦之后，一时出现于我故乡的风景，一般只保留几日，十几日。它保留的唯一条件是天气晴朗，没有雨，因为雨会改变它的颜色，而且下了雨，农民就要犁地。不过无论如何，白原是这个世界上最古老最美丽最悲壮的地方。在我的白原，熟透了的岁月与孕育着的生命已经融合。

# 长安鸟类

生活于我的故乡，鸟是很多的，但我熟悉的却为数有限。这是关中的一个村子，位于秦岭之北，少陵原上。现在我所居之城，几乎没有鸟。我要指出的是，我不将那些装在笼子里的可怜之禽归于鸟类。我以为鸟类是自然之链的一个环节，它像风一样，像雨一样，像星辰一样，像重峦和深林一样，像草原和骏马一样，构成了万物所在的广阔背景，禽因于笼子是什么呢？是禁锢了思想的人类而已。故乡的鸟，全然是任性的，纵情的。故乡的长空、大地，故乡的树林、房檐，故乡的春光和秋色，显然是一个适宜鸟类的环境。在那里，鸟类的生活与人类的生活已经相互渗透，如果鸟类在某天猝然从村子消失了，我想，故乡的农民一定会感到非常寂寞的。

乌鸦的庞大队伍，像黑色的旋风一般，突然腾空，又突然降落，整个村子都处在它们的覆盖之下。树木多为乌鸦所据，它们仿佛硕大的黑色的花。这是乌鸦刚刚进入村子的情景。那时候，透明的春天已经从苍茫的宇宙脱颖而出，复活的大地尽染绿色。乌鸦从南方来，要到北方去，我的故乡是其路经之地，它们将在此栖息一度。没有谁知道这个队伍庞大的程度，因为乌鸦几乎居于方圆几十里所有的村子。它们此起彼伏的呼唤可能是一种联系，不过这苦了农民。乌鸦的叫声确实太吵了。它们在树上筑巢，往往是两只乌鸦一个工程，你来我往，寻找线绳、羽毛和树枝。村子有木很古，挺拔于天，乌鸦垒窝于斯，便会处高视下，看到人类之行动。农民坚持认为乌鸦到村子来是丰收的象征，不会驱赶它们。乌鸦离开的时候，已经孵出其雏，并育之飞翔。当此之际，夏日由远而近，滚滚而来。此鸟当是有纪律的，一旦接到命令，便立即启程。似乎一夜之间，乌鸦就无影无踪了。它们的窝还在树上，然而空空如也，旷野也一片寂静。乌鸦返我故乡是在秋天，它们仍保持固有的风格，真是出其不意。不过这一次只作短暂停留，休整一下，便匆匆而去。

喜鹊，其特点是嘴尖、尾长，灰羽之中乍现肩部和腹部的一些白羽，嗓音很亮。故乡的农民都以此鸟而欣悦，认为喜鹊是吉祥的，叫声属于瑞兆。我所看到的喜鹊，多是一雌一雄，结伴立足于屋脊，跳跃于树枝。其笑一样地喳喳着，全身颤动，尾巴颠簸尤为厉害。喜鹊难得一遇，不过其不择季节，任何一天都可能出现。登临我家的喜鹊并不经常，所以它们所引起的兴奋十分强烈，不仅仅吾辈小孩会跑出房子仰望，尊长也要跑出房子欣赏的。喜鹊究竟是否预示着善美，我未验证，然而我愿意相信此鸟会带来幸运。

依附于人类的麻雀，由于其普通，已经不能产生拍案惊奇之效。它们吃粮，也吃昆虫。麻雀窝往往建在墙缝或椽间，因为其翅膀小，力量薄弱，不敢将窝筑于宫室之外。窝也稀松，不经风雨。麻雀有劲健的繁殖功能，交配的黄金季节在春夏。一年之中，麻雀一般会孵出两窝小麻雀，每窝有雏数只。才孵出的小麻雀眼睛紧闭，肌肤光滑，红得几乎透明，伸脖子扬头在顾盼。一旦小麻雀感到父母噙着昆虫回来了，便骤然急呼，摇摆着嫩黄之喙，竞争父母喂食。

我要向长安的麻雀道歉，赔罪！我等恶儿曾经伤害过麻雀。我等恶儿竟以残杀麻雀作乐。我等恶儿一个踩着一个的膀子为梯，狂掏建在墙缝或椽间的麻雀窝。见小麻雀遭殃，成群结队的麻雀围着我等恶儿愤怒地痛苦地抗议、呼救、哀鸣，然而我等恶儿不予理睬，将所取小麻雀统统摔死。我等恶儿还会捉住飞翔的麻雀，置诸水中，让其游泳，百般折磨之后消灭它。我等恶儿还抓住麻雀的两腿，一撕为二，观察它的心跳渐渐停止。这都是小时候干的，当年八九岁，十一二岁。神啊！小时候为什么如此凶狠呢？人类的禀性就是如此凶狠吗？也许人类是天下最凶狠和最智慧的动物吧！凶狠是其左手，智慧是其右手，基于此，人类征服了所有动物，从而在地球上强而霸之。不过我难以原谅自己，想起来我就欲哭！

当然麻雀是不会断绝的，甚至人类也并未完全征服这种鸟。到了秋天，谷子成熟的时候，我发现麻雀浩浩荡荡，遍布田野。在麻雀纵身飞翔之际，成千上万只褐色的翅膀便连接起来，遮挡了阳光。这使我惊讶，也产生了对此鸟的敬畏！

大雁是可望而不可即的候鸟。它们只是过境，从不降落我的故乡。南来北往，征程万里。天空会突然出现它们的叫声，于是在田野干活的农民就放下锄头，向大雁仰望。天空蔚蓝，白云在飘，大雁的行列反复变化，不过整齐如一。它们拼命拍着翅膀，忘乎疲倦，不敢掉队。农民喟叹着，继续自己的工作。大雁远远而去，唯把悲伤和孤独的叫声留在故乡，这使我久久沉默，心存忧郁。

燕子嘴短而扁，翅膀尖而长，尾分叉如剪刀，蓝羽之中有白羽生于腹部，细若玉簪。其小巧玲珑，精力充沛，飞翔起来忽左忽右，忽上忽下，具闪电震雷之速。

人类把燕子神化了。燕子将巢筑于房子之中，不过并非任何房子它们都居。燕子所选房子皆很高敞，不动烟火。没有谁会嫌恶燕子，更没有谁会骚扰它们，反之，尊长强烈谴责粗暴对待燕子。农民高兴燕子在其家衔泥做窝，孵出小燕子。

春末夏初，小麦迅速成熟，微风细雨之中，飞翔的燕子仿佛沿着一条神秘的线在划动。流散黑点的天空之下，是若波涛一般在田野起伏的渐渐发黄的小麦。累了，燕子便栖息在电线上，使故乡有一种充满希望的宁静和温馨。

我曾经抓住了一只小燕子。那天我做完作业，发现有小燕子在房子乱窜。其试图出门或出窗，然而还不知道怎么寻找途径。我忽然忘乎所以，转身取了一根竹竿，要赶它到地，逮捕它，置诸笼子养着玩。也许小燕子洞悉了我的阴谋，拼命而逃，数次碰墙，不过并没有跌下来。房子的顶棚是用纸糊的，仓皇之中，小燕子从破处钻了进去。我疯了似的戳烂顶棚，让它暴露出来，伸手抓住了它。顶棚之上颇为幽暗，从椽间射入的几缕阳光，不但没有照亮这个空间，反而使我感到有一种恐怖的气氛在弥漫。攥着小燕子，不知道如何处理。我不敢缚其翅膀，关它于笼子。看一看小燕子，觉得它并无惧色。鼓肚而吸，呼着粗气，扬头东张西望，以俟机挣脱。我孤独在家，没有父母给我以指点。不过蓦地神给了我启示，我走出堂屋，走到院子，松掌欣然放了它。惊喜的一声清音，小燕子遂融化在长天了。

我只见过一次啄木鸟，是无意之中看到的，它正在我家后院享受榆树缝隙的肉味。夏日的大雨以后，后院蓊郁安谧，一片潮湿。我拉开后院的门，旋闻树林里有一种木棒相击的脆响，奇怪这里怎么有木棒之声，因为谁也不在后院。我寻找着，终于看到了啄木鸟。它用铁钉一般的爪子与楔形之尾将自己固定在榆树上，摇着硬长细尖的嘴，聚精会神地探索藏身于榆树孔穴的蛀虫。嘴捣榆树，扩大其洞，以显出蛀虫。坚实的脆响，便发于斯。真是啄木鸟，也唯它具此技术。榆树弯扭屈曲，疙疙瘩瘩，多有蛀虫，但愿它能治愈我家老态的榆树。这样想着，便悄悄关了后院的门，回到堂屋，教我的狗扑球。

猫头鹰凄厉的叫声往往会突然出现于黄昏或半夜，这会把一种浓烈的惊悚气息注入沉寂的村子。惶惑在小巷徘徊，随之笼罩四野。故乡的农民一向认为猫头鹰属于不祥之鸟。小时候我也怕它，尤其它古怪的嗓音，仿佛充满了幸灾乐祸之感。我会把头蒙在被子里，为我年迈的祖父祖母担心，并为我父母祷告，希望厄运远离我家。实际上猫头鹰对人类颇为有益，它吃蛀虫，还吃别的昆虫，更吃老鼠，这都利于树木和庄稼。道理很容易明白，然而人类对猫头鹰仍无好感，我也一直不喜欢这种鸟。怪谁呢？文化形成的，甚至从石器时代以来，猫头鹰就让人类望而生畏，并开始编它的故事。

现在我的村子被拆迁了，农民尽领过渡费，借房子而居，问题是故乡的鸟类呢？谁注意到它们往何处去了？谁照顾过它们？谁考虑过它们？也许鸟类只能靠自己。愿上帝保佑你！

# 背　影

　　我是腊月回到故乡的，心情并不好，而且父亲病了。最近几年的风风雨雨，使我变得忧郁、疲倦、暴躁。我知道这样下去是危险的，所以我常常求得变换心情的办法，回到我的故乡，就是其中之一。故乡永远都是热土，它无论如何不会拒绝失落的人，它始终能接纳自己的游子。不管你多么倒霉，不管你怎么破败，只要你回到故乡，你就可以得到安慰，这是我的经验。然而，一望无际的冰雪，竟像包扎创伤的纱布一样裹住了少陵原，远山与天地的界线，完全交合在弥漫的白雾和游动的寒风之中，如果不是零乱的房顶和黑色的树梢为我标示，那么我可能会错过自己的村子。我惊异驮着黄昏的村子是如此寂静，如此沉默，既没有孩子的喧闹，也没有走狗的鸣吠，仿佛人都离开了似的。果然是出了事情，不过躺在床上的父亲摇着颤抖的手，叮咛我不要管它。

　　实际上我小时候的同学，在我没有回来之前，已经到我家寻找过我几次，他们知道我在西安舞笔弄墨，希望我能不平则鸣。母亲怕我惹祸，便以我在单位为由，把他们拒绝了。这使她安宁。她还暗暗祈祷我这些日子不要回来为好。母亲老了，其爱子之心压倒了她的正义之感。她不能为我提心吊胆了，唯盼我顺利，平稳，避免一切坎坷。然而同学有困难，他们一定要见我，并商量着打电话或发电报给我。恰恰在这时候我回到了故乡。

村子所发生的事情是这样的：一个小学老师，很会授课，为众多家长所喜欢，不过他由于批评了村长的儿子，就得罪了村长。村长的儿子经常揪其座位前边一个女生的辫子，女生疼得哭，老师遂制止他，这当然完全属于老师的职责，但村长却认为此举伤了其面子，便嫉恨老师。老师并不计较这些，寒假家访，照例登门家访村长的儿子。大约在其入户前后，村长的钱丢了一千元，遂有缘故指控老师偷了。然而老师无辜，也不服，据理反驳，从而争吵起来。村长强势，并先其告状到乡政府。那些治安人员都认识村长，他们皂白不分，青红不辨，便把年轻的老师捆绑起来盘查。老师根本就没有偷村长的钱，如何会承认啊。但治安人员却要让他招认，遂将其捆绑着丢在夜晚的冰雪之中让老师反省，治安人员竟安逸地围着炉子烤火，喝茶。时间长了，老师难忍其寒，就在窗外喊起来。治安人员觉得可乐，便哈哈笑着把老师拖回到房子，但他们却又将老师的臀部对着炉子烤。转瞬之间，其裤子被烧烂，肌肉被烧烂，痛得连连呼苦，遂昏倒过去。老师蓦地像放了炮的轮胎似的僵硬于地，竟没有一点动静。涉及生死，治安人员便紧张起来。他们解开绳子，把其抬到通往村子的路上，算放了他，并企图等他苏醒而作罢。不过老师已经被折磨得有伤有病，难以走动了，好在有村子的一个老者发现了他，于是事情就传播开了。

村子的人不答应这样对待一个老师，他们不但谴责村长，而且质问乡政府。乡政府表面上允诺调查和处理治安人员，但背地里却得过且过，最后为推脱责任，竟把全部治安人员调走或解散而去。乡政府空空如也，只剩下了一个看门的患者。焦躁和愤怒扭曲了古老的村子，在凛冽的寒气和生硬的冷风之中，各条巷子，各家门口，都聚集着议论的农民。他们想了很多办法，其中之一，就是要我帮助他们，将事情的经过载于报纸或鸣于广播，以让社会关注，法律惩罚。

我曾经耳闻目睹的奇怪现象也确实不少，我为它们所激起的义愤每每长久地侵蚀我的心。然而昔日那些奇怪现象哪有故乡这种事情使我震动和悲伤！不过我又能怎样呢？又能怎样呢？我一介书生只有沉默，在沉默之中忍受了。当然，我也可以慢慢地学习超脱，这样大约能减少我的痛苦，不过我生活在中国西北小小的一隅，会超脱到何处呢？主持正义吧，并不容易，因为有谁而且有多少人理解你呢？有多少人支持你呢？甚至当你的正义尚未展示之际，你已经被撕裂了，被消耗了，所以我还是学习麻木，学习冷漠吧！天仍是那样沉寂，灰白的云，像凝固了一般没有缝隙，但堆在树根的冰雪却在慢慢化解，其向周边渐渐渗透的潮湿可以为证。麻雀在房檐上下吵闹着，并不明白人类发生了什么灾祸。炊烟袅袅地在家院的上空缭绕，一副若断若续之姿。我的母亲出出进进，以随时为我挡驾。我回家以后，她共拦挡了两批人，其告诉他们，我一直在上班。

我的心颇不宁静。我总感到村子在骚动。我实在不能像我所构想的那样麻木和冷漠地窝在屋子了，如此为作，简直悲哀。我体会着理智的脆弱和怯懦，我发现了亲情的自私和渺小。夜晚，我无论如何都难以入眠。我将柔软的枕头翻来覆去。我暗暗决定，如果我明天不能做些什么，那么我将无颜居于故乡。

一旦颓废就会赖床。当我醒来的时候，竟是清晨十点，我的头很晕。弟弟从巷子回来，匆匆告诉我一个消息，三百多人正在集合，他们要到县政府去告状，之后弟弟又匆匆出去了。这是我万万没有料到的，遂怀疑消息是否准确。我的父母显然知道了村子所发生的新的形势，他们守在我的左右，让我洗脸、吃饭，又让我洒水、扫地，又让我晒花、放鸟，总之，他们在设法岔开我。但我却不能放下告状的事情，并惦念着村人们。我忽然感到村子空空荡荡的，仿佛有一种充盈着力量的宁静垂天而降。

我出了门，沿着泥泞的巷子走着。我的脚下满是杂乱的足迹。高高低低的院墙和房脊，将巷子组装得像幽深的洞，洞顶是灰白的天空。没有一个人在这里，我想告状可能是真实的。我急急忙忙跑到村子外边，抬头而望，只见冰雪覆盖的路上有一片移动的背影。那是长长的一支队伍，老年人壮年人青年人参差不齐，然而真有汹汹的气势和凛凛的威风。队伍默默地行进着，辽阔的原野在他们周围展开，其道起伏，背影起伏；其道弯曲，背影弯曲。这人与人连接和凝聚的巨大的背影，打破着灰白的天空的沉寂。我久久望着走在地平线上的背影，感到脚下的冰雪悄然消融……

黄河摆过去了

站在一块孤独的岩石上，我久久地望着黄河与它的瀑布，高原春日的阳光照耀着我，我渺小如沙，脆弱如蚁，甚至在我心有所思的刹那之间，这天上之水，已经一泻千里，出现在远方了。

# 黄河摆过去了

　　已经是初冬，长安叶黄，渭水波寒，这个时候往黄河去，看洽川湿地，怕是一片萧瑟和败落吧。兴趣疲软，不很情愿，然而朋友发令，怎么可以拒绝呢？

　　早晨九点二十分，从陕西合阳乘车到了洽川。风景入目，竟不是我所臆测的那种荒凉和凋敝。我和几位朋友遂盅然融入阳光之中，登船而去。

　　天气晴朗，四野完全透明。凡富山、光济山、天柱山，甚至远踞几十里以外的梁山，也看得见它们的正峰和斜坡。黄河从龙门向潼关纵冲，隔岸便是山西临猗，其峨嵋岭似乎也隐隐在望。宇宙发蓝，云白成抹，山河尽披朝晖，我也不禁心旷神怡了！

　　自古以来都是这样：三十年河东，三十年河西。它是指大约三十年，黄河摆过去，向东，向山西方向，于是以前的河床就会形成湿地，芦苇丛生；大约三十年，黄河摆过来，向西，向陕西方向，于是以前的湿地就会变成河床，芦苇顿失。这是出现在陕西合阳与山西临猗一带的水文现象。

　　现在处于黄河摆过去的时候，所以洽川湿地足有芦苇一百七十六平方公里，这不是很浩瀚的吗？

　　人也会娱乐，竟开辟了弯弯曲曲的航道，让船慢慢地行着。不知道什么鸟从容地蹿出芦苇，也不知道它们要到何处去。鸟翔于天，天才能产生动感。鸟并非天的装饰，不过天以有鸟的振翮而变得丰富，且具灵性。每年秋天，丹顶鹤、白天鹅和灰鹤一类的鸟将在洽川湿地越冬，而鸳鸯、苍鹭和黑鹳一类的鸟则久栖这里。潢洋一片，多有鱼虾，芦苇广袤且茂密，鸟能不高兴吗？天高地阔，一声鸟鸣，几近是玉珠沉在了大海里。

世传有莘国在陕西合阳一带，应该是公元前二十一世纪的莘氏部落吧！其公主女喜嫁尧舜之臣鲧，生大禹，创建了夏。大约两千年以后，其公主太姒又嫁周人姬昌，生姬发，为周武王，灭商而立周。

姬昌与太姒的结合似乎颇为浪漫。诗曰："关关雎鸠，在河之洲。窈窕淑女，君子好逑。"大约反映的就是他们的爱情。

迎娶太姒，姬昌还真是用了心思。渭水没有桥，太姒怎么过河呢？周人就在渭水造舟为梁，成一舟，又成一舟，连接起来，遂为浮桥。太姒过浮桥而来，迎娶便自有热闹且隆盛。太姒是姬昌的正妃，其有德，能尊敬师傅，躬俭节用。

姬昌是谁？是西伯，周文王，是周武王灭商以后所追封的。

不知道春天的芦苇如何青翠，也不知道夏天的芦苇如何茂密，当然也不知道秋天的芦苇如何清逸，我只看见冬天的芦苇，几乎都枯萎了。芦苇出水，广无际涯。其色黄白，干干净净。阳光倾洒，碰到秆上或叶上，仿佛发出了金属似的音响。芦苇根部，洼然是水。清澈、沉静、藏着鱼，藏着虾。虽是初冬，以阳光尽照，并不寒冷。

船缓缓而前，到了处女泉。不喜欢，是觉得透着一缕俗气，然而也没有十足的反感，更没有批评。洽川湿地有穴，暖流自涌，可以洗澡。经营处女泉的女士说："当年太姒在此洗澡，周文王看见了，便喜欢上了太姒，并终成正妃。"

文化就是这样，它一再演义，反复变迁，且连续积累，尽管表面已经全非，不过其内核仍在。问题是，文化搭台，经济唱戏，有没有在亵渎文化。不尊重文化，经济能强吗？

黄河摆过去了，这里有了洽川湿地。谢谢，它激发了我的思考。

# 秦地古镇

## 尧 头 镇

尧头镇在渭河北岸，处于陕西澄城的辖区。

早晨的阳光倾泻而下，朋友指着茫然的大地说："遗址遍野啊！沟壑之中还有老窑三十余座，分别属于元明清三朝及民国的。"

旋目四望，只见黄土深厚，梁横峁立，偶尔有一垄或一片绿色闪现在一个平面上，不知道是小麦还是蔬菜。凡斜坡，多是瓷片和炭渣所壅，那三十余座老窑大约就散落在交错起伏的沟底壑间吧！

尧头镇以烧制陶瓷而立，它的中心在尧头村。这一带富含煤，更是富含高岭土，其具可塑性和耐火性，遂久有陶瓷作坊。是否汉就开始制陶了，难考，不过唐起烧瓷是可能的。尧头窑遗址位于尧头村以西，其文化层平均五至六米，有几处瓷片的堆积高达二十余米。资料显示，这里的黑瓷兴于宋，而黑瓷之盛则在元明清。民国也烧制黑瓷，唯以工业渐旺而骤然趋衰。

朋友带我进入一座几近完整的老窑，见炉壁椭圆，红锈斑斑。虽然宋时烈火清时焰已经熄灭，不过在我的想象中，它的温度仍在上升。我还随朋友浏览了一座残毁的老窑，元代的，瓷片发白，随意陈列。

围绕着尧头窑聚族为村，随之又有了一家接一家的祠堂，并建成东岳庙、西岳庙、龙王庙、观音庙和华佗庙。烧制很难，黑瓷几乎是十窑九不成，遂要到窑神庙去虔诚地礼拜，以求保佑。窑神庙香火甚盛，过去如此，今天有作坊的人仍会礼拜！

尧头窑非官窑，其产品包括缸、盆、罐、瓶、碗、盏、托，无不紧系民生。我在一个作坊看到了正用双手盘杯的师傅，朋友说："他是尧头镇非物质文化遗产的继承人，他儿子也是一个继承人。"我买了一把茶壶、两只杯子，算是一个致敬吧！

## 云盖寺镇

云盖寺镇曾经只有一条街，居民夹杂陕西籍、湖北籍和河南籍，也许还有四川籍，都是贸易的结果。多年以后，大兴土木，又筑了一条街。新街为后街，老街便是前街了。

环街一河而万山，青峰竞耸，翠壑深藏。异地来人，不管是城里的还是乡间的，无不慨叹云闲水清，屋装板门，更设阁楼，遂想宿一晚两晚，以获难得的体验。

云盖寺镇在秦岭以南，为陕西镇安所治。这条路应该是猎人发现的，之后由商人踩出。它是商道，也是官道，遂作驿站。从长安至巴蜀，至河南，至湖北，或至陕西安康，都可以走这条路。明清以来，这里是各地土产与奇货的供销地和集散地，生意颇为兴旺。不过凡事有盛有衰，其盛随机，其衰逢时，非人所能求也！

贾岛有诗曰："一山未了一山迎，百里都无半里平。宜是老禅遥指处，只堪图画不堪行。"不知道贾岛从何处来，向何处去？是否在云盖寺住过？

唐僧妙达在这一带的茂林之中建庙修行。此举不奇，奇的是建庙过程，有云汇集过来，庇覆如伞，遮掩如帐，数年不散。庙成，遂呼其为云盖寺，而云盖寺镇则以此得名。

2018年4月17日受命到云盖寺镇来调查，以了解当地对此文化遗产在保护和利用方面有何经验。随镇长临河望山，走后街，走前街，看戏楼，看财神庙，进院入舍，见老幼自在自乐，不胜欣喜！

## 蜀 河 镇

在汉江支持航运的那些年，蜀河与汉江交汇之处便渐成一个码头。其久矣，足有千年矣！

这里的居民自古对赚钱置业很淡然，不过好吃，大享其口福。洪水不时泛滥，死是经常的，遂十分豁达，也反能长寿。

蜀河镇完全是此码头孕育的，明清以来甚为繁荣。

清真寺是一个十六世纪的建筑，依岩而作，老树犹茂。穿过弯曲的小巷，我找到了这个清真寺。看起来它得到了周密的保护，凡梁、柱、门、窗及砖瓦，都属于原型和本色。它显然也一直在使用之中，教民无日不来此礼拜。

黄州馆始作于十八世纪，是黄州商户的聚会之所。建筑左右对称，设拜殿、正殿，还造了戏楼，颇具宫室的格局。凡重檐翘角，浮雕彩绘，皆呈楚之风韵。它的色彩也很艳丽。我在墙角觅得一通石刻，碑文显示，当时捐资的商户近乎二百，足见声势之壮。

杨泗庙应该也是十八世纪的建筑。沿着石砌的台阶一步一步走上来，逍遥环顾，深感有妙。庭院敞朗，云浮于天。杨泗神化了，以其斩蛟龙，平水患，大有英雄气概，遂为长江中下游一带众生所信仰。明清两朝，随着湖广人的迁徙，把杨泗的奇功向四方传播，从而也在蜀河镇掀起了对他的崇拜。杨泗庙为船帮所营，大小艄公在此求他的保佑，也在此议事、息讼和娱乐。这里青石铺地，白石为栏，自有其豪华。办会，演剧，场子容纳千人是不成问题的。

蜀河镇人的房子多建在清真寺、黄州馆和杨泗庙之间。也许民居高高低低，也许本就是围绕着这三个建筑而展开的吧！曲曲折折的小巷勾连着千门万户，可惜门户多是关闭的，我不得入内。锁是生锈的铁锁，墙是灰皮脱落的砖墙。有一条路，幽暗起伏，全由石头所垒，既有沁色，又有包浆，坑坑洼洼，光光滑滑，是骡马踏成的，人谓骡马道。骡马道出城堡西门，顺水沿山，悠然而去。一位蜀河镇的文史专家说："到哪里去呢？到关中去，到长安去，再到山西去。南北土物和作坊产品，通过骡马道得以互通！"

蜀河镇为陕西旬阳所管。它总体坐落在一面缓缓的斜坡上，所临是汉江，所瞰是蜀河。杨泗庙的位置尤其特殊，竟依偎着一个爬满青藤的峭壁，其门正对着蜀河与汉江交汇所激起的一层白浪。不过蜀河镇的地理大势是北倚秦岭，南傍巴山，从而既封闭，又神秘。

# 沿渭行小记

## 一把玉铲

我在甘肃省渭源县古玩市场购得一把玉铲，颇为喜悦。

文化讨论会结束以后，遵从安排，看了渭源县博物馆的藏品，欣赏了属于齐家文化的玉斧、玉璧、玉环、玉瑗和玉璜，骤然兴奋，便想到古玩市场去碰一碰运气，并鼓动博物馆领导带路。事竟遂愿，欣然收获了此玉铲。

齐家文化主要是羌人的创造，其所留下的玉器大约在公元前2200年至公元前1600年之间，虽然是玉文化的后起，不过自有其妙。渭源县一带处于齐家文化圈，这是可以证明的。一个生长在王贡坪村的作家，小时候就见过玉器出土，可惜他不知道玉器之美。看起来这里固有一种敬玉的习惯，我注意到几位参加活动的渭源县人的胸前或腰间都有玉佩。

我的玉铲是单面钻空，其打磨精细，包浆厚重，沁色灰白如染，足以可爱了。

## 秦 长 城

由甘肃省渭源县文化官员指引，我和考察团队的朋友到秦长城遗址来了。

夕阳斜照，长城一抹金黄。墟有颓气，荒凉，衰败。环视四野，真是苍茫大地。

秦长城分秦国的长城和秦朝的长城。我所登临的长城是秦昭襄王时所修的长城，在渭源县北寨镇祁坪村的马家山上。长城攀峰而建，逶迤而去。夯土叠加，一层一层地向上筑，高在三米至八米之间。虽然残破堕落，仍具大势。

祁坪村有数户人家，房矮墙低，羊走鸡鸣。一个妇女身穿黑衣，独坐麦秸堆旁越过旷古高原远望着夕阳。千山万壑，白云在天。

我拾到一块旧铁，不知道是秦的还是汉的。当年的死生之地，有待富起来。


# 找　陶　片


渭河南岸，甘肃省陇西县文峰镇东铺村一段，有暖泉山，实际上属于渭河的二级台地，高有三十余米。2016 年 7 月 20 日上午 11 点 21 分，阳光几乎直射在这一片面积十八万平方米台地上。冒着炎热，考察于斯。

考察团队的朋友无不低头缓行，寻寻觅觅。凡拣到瓦片的，多会让考古专家张天恩辨别。张拿在手上，正一看，反一看，便肯定地说："仰韶的。"或马家窑的，或齐家的。

暖泉山显然是一个遗址，人类在六千年至四千年前后曾经生活的地方。论仰韶文化，论马家窑文化或齐家文化，总是感到遥远和渺茫，不过一旦站到遗址上，抚摸着彩陶、红陶和灰陶的残余，今人与古人便可以握手交通了。

叶舒宪先生采集了几个陶片，欣慰地笑着，说："思接千载，视通万里。"

## 晋家坪遗址

甫抵晋家坪遗址，考察团队的朋友便纷然下车，径奔保护区，其状如众鸟出笼一样兴奋。

虽然是保护区，也有一些耕种，看起来都是枝矮叶疏的植物，不伤文化层的。无不怀着期待，慢步移趾，搜剔齐家文化或别的什么文化的零件。

晋家坪遗址在甘肃省漳县新寺乡，居渭河支流榜沙河西岸，足有二十五万平方米，广矣！大约三千七百年以前，有羌人于斯生活。大约四千　百年以前，不知道是什么人在此生活，留下了马家窑类型的彩陶。大约五千年以前，还有一种什么人在此生活，留下了仰韶文化类型的彩陶。显然，这是一个三种文化共存的遗址。

榜沙河西岸日晒气蒸，平整如砥，土壤松软若棉。榜沙河的水很浅，又发黄，远处微有缥缈。不过我想，几千年以前，这里一定是草木丰茂，避风迎光，否则人类不会在此安家。

我在晋家坪遗址所见甚多。有旧石器时代的石核，其黑色，尖硬，不规则，可以打砸。还有像食指粗的一个圆柱，应该做锤子用，属于新石器时代的工具吧！还有一块黑色石块，手机电池一般大小，两面皆现切割的线条，难断是否是一件没有完成的饰物。我还看到一些破碎的彩陶、红陶和灰陶，都是能深入研究的标本。我有意选取一片两片带给长安的朋友，也不知道他们喜欢否？

田野考察又苦又累，然而它会激发想象。我反复自问，在陇右的山河之间活动了几个世纪的羌人究竟往何处去了？实际上我也是在求索人类的盛衰兴亡之道。它也通向现实，并自判这也是一个现实问题。

人类行为方式的下面，永远是生存之争的暗流。

## 羌人之路

羌人从何处进入关中，这似乎当从齐家文化的分布考察。

从甘肃省渭源县至天水市，在渭河左岸或右岸，多有齐家玉器和陶器的发现。当然，齐家文化往往排在仰韶文化和马家窑文化之后，属于共存状态。不过天水以东的渭河两岸，已经鲜见齐家文化的遗存。

天水市麦积区伯阳镇有柴家坪遗址，在渭河右岸。由一位刘姓农民开道，进入保护区。小路积水，保护区更是泥泞，稍不注意脚便深陷湿土之中。猫着腰，目不转睛地在夹杂着树叶和蒿枝的黄壤上扫描，终于看到了一些陶器的碎片。翻覆辨识，当是仰韶文化和马家窑文化的残物。没有坚硬的齐家文化的遗存，难免让人沉思。

沿着渭河再向东，至陕西，宝鸡市陈仓区拓石镇有由张天恩先生在2002年发掘的关桃园遗址，居渭河左岸。由张带领，进入保护区。考察团队的朋友采集了仰韶文化及前仰韶文化陶器的碎片，也有马家窑文化及西周的遗存，然而仍无齐家文化的残物。

车驰近一百里，越陇山，豪观陕西省陇县博物馆的珍藏，喜见羌人的红陶器皿，鬲、罐皆有。还有一把玉刀，数十厘米长，可惜它不在这里，因为陕西省历史博物院收藏了。

我以为，羌人在渭河两岸的台地生活，并顺水渐渐向东发展，固然是不错的选择，不过当渭河闯荡秦岭与陇山之间的时候，它便失去了舒缓的风度。谷狭而曲，峡弯而崎，逼得渭河激烈冲突，尤其是两岸崖峭壁悬，已经没有了台地，羌人便不能生活。基于此，羌人选择了从陇山进入关中。在陇县发掘的齐家文化遗存，便是证明。

实际上秦人也是过陇山进入关中的，之后有汧渭之会，建雍城，迁栎阳，再徙咸阳，以平六国。

羌人进入黄土高原及黄河中游一带，似乎是由湟水而黄河向东发展的。羌人对夏有功，对周也有功。羌人显然参加了中华文明的建设。

中华文明的发生从开始就是一种融合文明，这也决定了它必须持开放的态度，以不断融合而提高。

# 咸阳原和五陵原

渭河北岸，关中一段，有空阔高亢之地，秦谓之为咸阳原，汉谓之为五陵原。现在是中华人民共和国在陕西的一个行政辖区，谓之秦汉新城。

我对此地兴趣十足，曾经三番五次地于斯徘徊，以察古今之变。

## 以汉压秦

秦从东而来，处于西陲，融于犬戎，在今甘肃天水一带为周王室放马。以护送周平王迁洛邑有功，封为诸侯。久在犬戎之中，秦遂具游牧风俗，比较落后，在天下没有地位。

不过秦暗藏抱负，又尚武，是一种军民兼容的体制，一代一代向东发展，终于在秦孝公时，公元前350年，选山阳水阳之地，建都咸阳，并以咸阳宫为堡垒继续向东进取。

咸阳宫就营建于咸阳原上。这是一片敞豁爽朗的台地，其北坂缓缓隆起，足以远望。

秦在这里建都，目的在灭赵、韩、魏，乃至齐、楚、燕，以做天下之主。远交近攻，是秦的一贯策略。以咸阳为国都，不管是交通还是形势，都利于此策略的实施。至秦嬴政为王，统一了天下，于是秦王就晋升为秦始皇了，咸阳遂也提升为天下的政治、经济和军事的中心了。

秦始皇从咸阳宫出出进进，大有作为。收缴天下之兵，销之铸金人像十二尊，置于咸阳的殿堂，表示和平的日子来到了。调动天下十二万富户，徙于咸阳的周围，以加重京师的分量。秦破一个诸侯国，就照此诸侯国的室制，在咸阳北坂作其屋宇，标榜你败我胜，你死我活，于是咸阳北坂就有赵、韩、魏的建筑，也有齐、楚、燕的建筑。秦始皇从这里巡陇西，登泰山，至碣石，行云梦，前呼后拥，威风至极。

虽然秦能打仗，可惜他不懂仁义，残酷对待人民，遂霸天下十五年便遭到推翻。项羽杀了秦始皇的亲属，又烧了咸阳，扬长而去。

关中人或陕西人一向自称是秦人，这未必是对的。陕西人并非秦人，陕西人只是秦治下的黔首而已。秦人是从秦亭，今之甘肃天水张家川一带，挥鞭征伐，向东推动，终于据有关中，并从咸阳舞剑抡刀，占领了天下。不能因为秦人在关中建都，关中人或陕西人就自称是秦人。这就像蒙古人和满人建都北京，北京人不能自称是蒙古人和满人一样。我也不明白秦人有什么可以推崇的，竟以当秦人为荣。也许秦人是有自由的，然而秦人让关中人或陕西人或天下人有自由吗？自以为是秦人的关中人或陕西人，多少是糊涂的。敬重和钦佩英雄是一种高尚的感情，然而认为秦始皇是英雄，便是判断出了问题。秦始皇属于暴君，他的管理是暴政，此乃天下定见。

秦始皇自信他的家谱会存在十世、百世或千万世，不料他的江山并非是铁打的。区区陈胜、吴广一呼，竟万众响应，并以席卷之势，包举之效，推翻了秦对天下的奴役。

汉高祖刘邦坐了江山，那么建都何处呢？经过讨论，建都长安。汉高祖和秦始皇一样，皆有意愿使自己的家谱千秋万代。实际上凡统治阶级，一旦掌握政权，没有谁会随便放松手脚。他们必从各个角度努力，以巩固政权。

刘邦曾经为秦之小吏，在咸阳服徭作役，当然见过咸阳之壮，也见过秦始皇之盛。防止政权丧失，他不会不深谋远虑。汉知道自己是在秦经营了五百余年的关中执政弄权。汉尤其知道咸阳一百余年了，秦气深厚浓重，不可小觑。

以汉压秦，文章当然要做在咸阳。咸阳宫在今之咸阳窑店一带，属于咸阳之核，那么长安就营建在它的对面，让其耸立在渭河南岸的龙首原上。隔空逼视，从而压之。这还不够，汉遂将自己的坟茔造在咸阳宫一带，或咸阳北坂，以彻底毁坏秦的风水。五陵原指汉高祖长陵、汉惠帝安陵、汉景帝阳陵、汉武帝茂陵和汉昭帝平陵，及其陪葬的后妃、贵戚和功臣之冢。这还不够，汉干脆更咸阳为新城，为渭城，以从地理上和版图上使之湮灭和虚无。

五陵原替代了咸阳原，这似乎有理有据，很是顺利。当然，论秦的时候，可以指咸阳原，论汉的时候，可以指五陵原。总之，汉把自己的皇帝埋在秦的咸阳宫及其政权象征的翼阙一带，埋在诸侯国的屋宇一带，埋在秦的基础之上，也够狠的！

## 想象五陵年少

汉有一个社会管理理论，认为中央集权是树干，要加强，地方势力是树枝，要削弱。这就是所谓的强干弱枝理论。其具体措施是，把天下豪民移至五陵原上聚居，形成以帝陵为依托的县邑。县邑之繁荣，历有惊叹！

唐诗人习惯以"五陵年少"形容富贵子弟。李白诗曰："五陵年少金市东，银鞍白马度春风。落花踏尽游何处，笑入胡姬酒肆中。"意在表现富贵子弟之阔绰和淫侈。张籍诗曰："五陵年少不敢射，空来林下看行迹。"意在讽刺富贵子弟并非侠义。白居易诗曰："五陵年少争缠头，一曲红绡不知数。"意在反映富贵子弟得意之际，对待娼女慷慨大方，不会计较。

五陵年少是怎样的性格，遂难免穿越历史，让我喟然想象！

1992 年前后，我在关中踏梦，走遍了这里的帝陵，尤其对五陵原多有登临、观察和体验。我注意到一个有趣的现象，五陵之中有三陵都在咸阳故域：长陵在渭城窑店，安陵在渭城韩家湾村，阳陵在渭城肖家村。茂陵和平陵虽然不在咸阳故城，也在咸阳原上。

汉不想留下咸阳的痕迹，也许是恨秦，也许是怕秦，也许兼而有之。然而以今朝否定前朝，甚至不惜粉碎其历史遗存，证明今朝的伟大，证明今朝自古从来就是伟大的，实际上透露了今朝的懦弱及其对文化的伤害。

当年我一再向五陵原上跑。我还曾经站在乐游原上，顺着李白的目光看过去，眺望五陵原。我胸中激荡着一种又简单又复杂的慷慨之情，奔赴五陵原。

李白词曰："箫声咽，秦娥梦断秦楼月。秦楼月，年年柳色，灞陵伤别。乐游原上清秋节，咸阳古道音尘绝。音尘绝，西风残照，汉家陵阙。"

当年从西安至咸阳只有 59 路公交车可以乘。始是五角一程，终是五元一程。我乘 59 路至咸阳，已经涨价，一程是一元了。总是这样，我从西安玉祥门出发，至咸阳以后，再乘农民的三轮车往五陵原上去。以经济的原因，我不在咸阳住宿，所以每一次只能考察一个帝陵。每一次，也就是每一天。没有明确的功利目的，不过存在着一

268

种朦胧的使命感和求知欲。隐隐闪烁的冒险和挑战心理，也增加了一种稀薄的乐趣。我一鼓作气，触摸了几十个帝陵。登临汉家坟茔，我往往会想象着五陵年少。

五陵原是一片起于渭河北岸并以斜坡向远方的九嵕山渐渐高扬的土地，空旷开阔，气象宏伟。除了汉文帝灞陵和汉宣帝杜陵在渭河南岸以外，汉家帝陵尽在这里。从东向西，汉家帝陵一一拔起，绵延一百里。不管是在夏日的阳光下还是在冬日的阳光下，它们都沉默着。两千春秋，两千风雨，已经荡平了属于帝陵的所有建筑和树木。偶尔会看到一些陪葬的石刻，不过凡此残余，更觉变化的沧桑。

五陵原上的县邑，生活在县邑里的富贵之家早就灰飞烟灭了，而且难考他们的去向、下落和脉络。没有汽车可以三道或五道并行的大路，虽然阡陌纵横，不过悉为小路。村子也都沉默着，于是羊在安陵、阳陵或平陵觅草而嚼的声音我就听得非常明显。没有五陵年少，我只能想象！

汉武帝茂陵上的风一直吹在我的脑海里。天远，天蓝，地平线波动着云霞。我不知道风从宇宙的什么缝隙而来，不过风大，风硬，风改变了我的发型，风还拉扯着我的衣襟和裤管。

我得意的一举是，突发奇想，在晚上登临长陵。从西安坐59路的末班车，到咸阳以后再乘末班公交车至窑店，就没有车了。我约定了一个农民，请他用三轮车送我至长陵，我上去，他等我，之后再送我往渭河一个发电厂的招待所去投宿，天明返西安。我沿着长陵的小道一步一步走上其顶，毫无畏惧。一个人选择晚上走帝陵，如此行为，大约罕有，所以我一直感到得意。那是冬日的晚上，月光明亮，足以看清长陵上的黄土和枯槁。我久久倚徙，极目四野。我以为，当年在长安城也可以看到长陵，甚至刘邦的子孙就曾经逾越渭河凝视过长陵。那天晚上，我在长陵上冒寒逡巡，甚为喜悦。星辰在位，夜空浩瀚。有农民在什么地方灌溉小麦，偶尔会传来他们互相的招呼之声，仿佛是给我做伴。狗也会吠，以表示自己在执勤。

## 用美的理念建设生活

五陵原几乎一直处在农耕状态，农民种田，不会过度使用它。改造不大，就保护了汉家帝陵，也就保护了一种文化遗产。

我曾经提出，可以把整个关中作为一个整体的文化遗产向联合国申报以保护。在全世界，几乎没有一个地方像关中这样，从旧石器时代的蓝田人遗址，到新石器时代的半坡母系氏族社会遗址，从周到唐的十三朝国都遗址，及其十三朝的近乎八十个帝陵。我以为这样丰富且时间连续的文化遗产，只有整体申报才有正果，并能给予彻底保护。一旦申报成功，这样一个谱系完全的文化遗产，只要善于经营，也会得到丰厚的经济效益。

如果这样，那么我就不会为五陵原忧虑了。

汉人事死如事生，遂阳间所有，阴间也必有。皇帝驾崩以后，往往口含玉蝉，身穿玉衣，并置车、马、金银、珠宝、丝绸、兵器及货币，厚葬为荣。帝陵无不有很多陪葬墓，凡后妃、贵戚和功臣，谁不是也置重物以享之呢？显然，五陵原就是一个博物馆，藏品有已经出土的，也有未出土的，也许未出土的还多于已经出土的。

三个问题呈现了：如何保护？如何规划？如何修路盖楼？我之忧虑尽在其中。

这是一个功利主义猖獗的时代，甚至无处不是急功近利。鸡要速长，桃要催红，演员要一夜成名，作家要持续出书，教授要频发文章，官员要多出政绩，所以秦汉新城将如何在自己掌握的五陵原一带大动其作，是需谨慎的。

虽然屡经日晒雪消，以何清谷先生的考察，汉家帝陵的封土仍高出地面二十米以上，尤以设有县邑的五陵为崇。长陵高三十米，底部面积二万零六百五十五平方米；安陵高二十五米，底部面积二万三千八百平方米；阳陵高三十一米，底部面积二万八千九百平方米；茂陵高四十六点五米，底部面积五万二千八百九十九平方米；昭陵高二十九米，底部面积二万五千六百平方米。汉家帝陵是历史，也构成了形胜。

在这里修大路，盖高楼，做豪宅，显然一定要谨慎。不回避帝陵是不行的，不回避帝陵的陪葬墓也是不行的。五陵原上的坟茔有的是能知道的，不过也许还有一些不能知道。它们已经被夷平了，做了沃土，早就种粮食了。当文物随着挖掘机的操作而出土的时候，怎么办？中止操作，立即考古，还是采取措施，以保证工程的进度？想起来，这实在揪心！

清点史迹，查准遗址，并给予严格的保护，尽管很难，很麻烦，很矛盾，然而草率不得，粗暴不得。五陵原碰到秦汉新城人的手里了，但它却不仅仅属于秦汉新城人，五陵原碰到今人的手里了，但它却也属于今人的子子孙孙。保护这个博物馆一般的五陵原，象征着是否有尊重祖先和告慰子孙的文化情结。

我在大地上走来走去，看到一些错误的规划和建设，总是难免痛苦和义愤。在关中，在长安，任何一个规划和建设，都要怀敬畏之心，具高贵之质，都要用美的理念。蛮横、随意、简单、小气、鄙陋、贪婪，这些心理是不宜在古都、故城和京畿之地从事规划和建设的，因为它会损毁皇家余绪。不只是遗址，这里的形胜也是古都和故城的组成部分。

在五陵原上规划和建设，实际上是在非常有限的非常吊诡的空间穿梭，需要一批真正的精英，需要一种打破僵化思维的智慧，需要一种善待文化的良知。

五陵原并非一张白纸，可以任人画，任人绘，或任人勾勒和涂抹。这里本来就是美的。这里本来就有规划。五陵原上的所有帝陵和陪葬墓，实为汉政府最有才华最有知识的人规划并在其领导之下建设的。他们是当年的地质学家、地理学家及建筑大师。每一座帝陵选在什么地方，每一座陪葬墓选在什么地方，都有自己的根据和标准。茂陵修了五十余年，所植树木在汉武帝逝世之际已经成林，粗壮得难以合抱。霍去病墓照祁连山形状所营，是在纪念这个抗击匈奴的英雄。在五陵原上动土，应该如临深渊，如履薄冰，战战兢兢，因为稍不留神，就会破坏汉帝国一种卓越的规划和建设。

五陵原碰到今人手里了，碰到秦汉新城人的手里了，我以为应该用尊重历史的态度进行规划，这也包括必须认真考虑五陵原及其文化遗产的存在。不应该恣肆地把自己的意志强加于它，反之，应该知道它也是一种有生命的存在，并随物而赋形：路不一定非直不可，当绕就绕，也不一定任何一段都要宽得数辆汽车同轨，当窄就窄。建筑不一定要集中成林，当空就空，其高度似乎也要考虑帝陵的高度，并注意疏密，有错落，留视野，能思古。如果让建筑遮蔽了帝陵并把它们矮化了，弱化了，那么就是一种失败。建筑的形式和颜色大约也要非常讲究，以和谐于五陵原，以适合于五陵原。城市化和现代化进入五陵原，真的是非常危险，甚至植在这里的树木也应该注意其品性、格调和风度，注意其亲和力与传统感。

五陵原不是一张白纸，它是两千年以前的权威规划并按其规划建设起来的。它自有美的理念的灌注。今人，秦汉新城人，也应该用美的理念展开建设。应该意识到在五陵原建设的不仅是一座新城，它尤其是一种新的由美的理念孕育的生活。这种生活归根结底就是以人为本，有助于人的尊严和自由。以人为本，有助于人的尊严和自由的建设，也一定有助于经济的增长。

拜托了！

# 终 南 山

　　我是长安人，小时候，趴在窗口，或开了门，或是在任何一个立足之点，我都会看到终南山。我的眼睛如此明亮，是因为这样的远望增强了视力。我的故乡与终南山的直线距离不过三十里，拥有未必，欣赏无碍，幸甚至哉！

　　遗憾我现在栖身城里，墙也挡，楼也挡，视力虽好，视野遇阻，终南山遂一面难见。尤其钢筋水泥建筑有虎狼之恶、马蜂之凶，夜以继日向终南山推进并挤压，国之所瞻渐然模糊。非智慧之举，不可能结大德大善之果。

　　终南山素为神栖之地，是否，我未加深入研究。不过小时候我见终南山兴云便下雨，一旦云散，雨随之止。日月经天，终南山总是重威而沉默，色蓝便嫩绿，色青便老苍。奇的是它播向关中的雨，北线可以到鄂尔多斯台地，也可以到渭河沿岸，也可以只到西安钟楼的金顶，或是只到西安南门，只到小寨，甚至只到长延堡村、三爻村。人辄喟叹：雨到南门外就停，再走一步便进西安城了，可惜它硬是不肯走。从终南山酝酿的雨往往到南门就停，无可奈何。之所以城北燥，城南润，文章在终南山。

　　唐人十分敬畏终南山，认为它是保佑王朝的。公元796年，唐德宗下诏修缮终南山祠以祭神，求其赐雨，柳宗元还参与了此工作。到了公元837年，唐文宗指示封终南山为广惠公，立庙以祀，当时长安县令杜氏操办了此事。据考察，广惠公祠在石砭峪口。

实际上终南山久有庙宇，汉武帝在公元前二世纪就于斯祭祀过太乙神。今之太乙宫当为祭祀所在，可惜遗址失焉。汉武帝谁也不怕，然而敬畏我终南山。

终南山起于地，摩于天，横亘于黄河与长江之间，踞于关中与汉中之界，高且广，有容乃大。所谓终南，既指从北方绵延而来的以黄土为贵色的中原的结束之地：其终止于南矣！又指发端南方并逶迤而来的重峦叠嶂的停顿之地：其南之终止矣！在这里的一个隐士固执地认为：终南山以喜马拉雅山和昆仑山为介，通着古印度。古印度的信徒初赴中国，选道路便是翻越喜马拉雅山和昆仑山，直奔终南山，并以终南山为居。

不过我是长安人，入于斯，出于斯，往来相会，遂为熟知。我同意这样的观点：终南山东贯蓝田，西彻眉县，系列几百里，其中有几个秀丽的单元，包括骊山、翠华山、南五台、圭峰山，甚至也包括雄壮的太白山。终南山是其尊称，它还有一些别名或雅号，周南山、南山、中南山、橘山、楚山、太乙山、太一山、地肺山、月亮山，都是的，足证它包含之丰富。终南山更易为人接受的一种解释是：在天之中，居都之南。有士颂其曰：京师之镇，国之所瞻。


　　终南何有？有条有梅。


上古之际，便有书指出终南惇物。不过周人之颂，显然洋溢着一种骄傲。或是春秋时代的秦人之歌吧，他们反复吟咏：


　　终南何有？有纪有堂。

公元前 138 年，汉武帝狩猎终南山一带，尽其性，纵其情，也难免破坏庄稼。由于是乔装，农夫以为是一伙土匪，斥责并围攻，顿显危险。返长安城，汉武帝便打算把终南山划归为上林苑。当是时也，东方朔奏章劝阻，但汉武帝却坚持扩张了上林苑。读东方朔书，可以知道终南山的丰硕。他说："其山出玉石，金、银、铜、铁、豫章、檀、柘，异类之物，不可胜原，此百工所取给，万民所仰足也。又有秔稻梨栗桑麻竹箭之饶，土宜姜芋，水多蛙鱼，贪者得以人给家足，无饥寒之忧。"

终南山一直是长安人的生存所资，尤其是它慷慨地供给了在关中建都的一个又一个王朝，把中国文明一度又一度地助向灿烂。东方朔没有现代生物学知识，他不清楚终南山是地球难能可贵的生物基因库。这里有两千多种药用植物，有三千多种种子植物，包括悠久的柏、栎、桦、杉，罕见的水青树、连香树、香果树、铁甲树、七叶树、金背枇杷树、望春花、星叶草、独叶草。这里有六百多种脊椎动物，除了当年汉武帝箭射的那些鹿豕狐兔之外，还有锦鸡、金钱豹、云豹、麂子、野猪、狼、果子狸、大鲵，还有大熊猫、朱鹮、金丝猴、羚羊、褐马鸡。这里有五千多种昆虫。东方朔当然也不清楚终南山是地球重要的地质地貌博物馆，这里有非常典型的造山带地质遗迹、第四纪地质遗迹、山崩地貌、花岗岩地貌、裂谷地垒构造、冰晶顶构造、板块碰撞缝合带、冰洞、风洞、溶洞、堰塞湖，既富研究价值，又具欣赏价值。

终南山之奇，早就为人所注意。葛洪尝纪录终南山有草木之异常。一种离合草，其叶红绿相杂，茎为紫色。一种丹青树，就是所谓的华盖树，其干冲冲向上，百尺光滑无枝，其冠绞缠纠结，状如

276

车篷，其叶一面青，一面赤，斓如锦绣。他还记录汉惠帝七年，公元前188年，终南山雷击起火，草木多有焚毁，之后有人在焦土之中竟拣到一具蛟骨、一具龙骨，使长安人雅俗皆惊。

玫瑰可以象征爱，如此观点已经弥漫世界，早就为有情男女所用。资料显示，这种红而长刺的植物开始是在终南山野生的，经长安人几番培育，才穿过丝绸之路到了古印度和地中海沿岸，并进入欧洲。大麻的幻觉也是中国萨满或隐士在终南山发现的，之后远扬而去。

终南山既如此之奇，又是神所栖之境，衮衮风流倜傥之士遂居其岩穴，作形而上的求索，便理所当然了。披紫气而来的是老子，他在终南山楼观留下了一段教诲便杳然遁迹。也许老子不是终南山最早的隐士，不过他应该是最大的隐士，之后不时有智者在此研术究道。商山之四皓，紫柏山之张良，还有汉钟离、孙思邈、吕洞宾、韩湘子、曹国舅、陈抟、张载、刘海蟾、张无梦、王重阳，无不于斯修行。

尤其有趣的是，唐帝国第一家庭的公主，唐高祖之女平阳公主，唐睿宗之女玉真公主，轻其权势，重其怀虚，也在终南山修行。李隆基贵为皇帝，爱美人，但他却也敬老子，尽管有军国大事，不能匿身炼丹，不过一旦得到老子降显骊山的消息，立即改骊山为昭应山，并封玄德公为神以祭。

鸠摩罗什是从西域而来的高僧，得后秦王姚兴支持，要在中国有效地传其佛教，遂把佛经汉语译场选在了依傍终南山的草堂寺。几百年以后到了唐，佛教的中国化得以完成。当是时也，佛教立其八宗，其中六宗在长安，四宗的祖庭在终南山，它们是三论宗的草堂寺、华严宗的至相寺、律宗的净业寺及丰德寺和灵感寺、净土宗的悟真寺。三阶教的祖庭百塔寺也在终南山，虽然此宗的法脉没有传下来。这里茅棚之多，弥峰跨谷，诚如诗云：长安三千金世界，终南百万玉楼台。

终南山的隐士，不管是执道还是执佛，其避世之源也许更早。虽然退出社会，然而他们也未必冷血。通过改造自己以有理有利地改造世界，当是各路大德的归宿。

岩穴之士当然也有真有假。司马承祯尝修行嵩山，以后常住天台山。其深谙其法，誉飘朝野。武则天召之洛阳，盼他辅政，但他对当官却并无兴趣。他致礼，谢谢了武则天，仍往天台山去。唐睿宗执政，又召之长安，晤面便挽留，然而司马承祯仍坚持返天台山，唐睿宗遂赠帐以送行。唐政府一些大臣也参加送行，尚书左丞卢藏用在场，他举臂指了指终南山对司马承祯说："此中大有佳处，何必天台！"卢藏用当年居终南山，似乎修行，实际上志在魏阙，所以一旦武则天招徕，便去洞当官。唐睿宗执政，其继续留任，属于擅术失道之徒。司马承祯知道其秉性，遂讽刺他说："以愚观之，此乃仕宦之捷径也！"这便是终南捷径的故事。

唐人之诗把中国的语言艺术锤炼到了极致，显然，终南山也给了他们灵感。"白云回望合，青霭入看无。"此王维之吟。"秀色难为名，苍翠日在眼。"此李白之叹。"危松临砌偃，惊鹿蓦溪来。"此司空图之诵。唐太宗李世民也有诗赞终南山，并以气势而胜。不过把切肤刺骨之感表达出来的诗，还是祖咏的，其曰：

　　终南阴岭秀，积雪浮云端。
　　林表明霁色，城中增暮寒。

地理教科书指出，关中平原主要是渭河冲积的，不过只有经过考察才能知道渭河南岸之水富于北岸之水，其多从终南山谷口所出。以潼关至宝鸡一段计，终南山谷口一百五十个，以蓝田到眉县计，终南山谷口八十五个，其积小流汇为灞、浐、潏、滈、滴、沣、涝及其西安饮之所赖的黑河，它们尽入渭河。渭河以南的关中平原，主要是由这些终南山之水所冲积的。其水携带终南山草木鸟兽虫鱼的腐殖物渗透于土地之中，渐然形成黄壤之膏、田野之沃，有耕耘，便有收获。关中平原养活过中国的十三个王朝，滋润过一波一波的中国文明，其功也有终南山及其他的水。遗憾这个时代疯狂地用钢筋水泥建筑向终南山铺陈，甚至点峪圈岸，企图环终南山一线营造其房。君不见别墅豪门挡林风，瓷墙光脊污岫岚，君不见四方商家有盘算，蠢蠢欲动，虎步鼠窜，以悄然购买终南山之一角，卒以连官邸带林壑售之而得万贯。

　　岂料大自然是敏感的，终南山会像少女的肌肤一样易损。基于此，我请求当权派和牟利者不要以任何神圣的名义开发终南山，不要在此做混凝土建筑，尤其不要装腔作势地搞什么诗意的栖居。我请求让它保持安宁，因为终南山一直在萎缩，它的谷口之水频频断其小流，如果钢筋水泥建筑在此入侵，繁殖，演化，那么将必然加速它的萎缩。一旦变成这样的局面，挨着它的土地也许会贫瘠化，沙漠化，甚至损坏整个关中平原，并向北推移，损害鄂尔多斯，损害黄河沿岸。请求当权派和牟利者高抬贵手，不要动终南山。扛上棺材，往北京去表达我的意见，是我常存之心，可惜共和国并非帝国，已经不兴这样的慷慨之举，我也顾虑有人会把我扣在车站或路边，即使我理直气壮也将遭惩罚。然而大自然是会报复的，惹恼终南山，必成其祸，并苦我子孙。

在中国版图上，或是读地理教科书，会发现终南山与秦岭有一段是重叠的。秦岭西起甘肃和青海，东至河南，全长一千五百公里。它起码包含了西倾山、岷山、迭山、终南山、华山、崤山、嵩山、伏牛山。显然秦岭比终南山广袤。不过终南山早，秦岭晚。秦岭是春秋以后，甚至是战国才有的，是秦人统一天下的成果。于是终南山就变成了秦岭的一部分，或呼终南山为秦岭也可以。秦人很猛，秦国发展很快，固然灭了六国，不过它也亡得很快。秦人的方法冷酷无情。谚曰：渭水无鱼，秦人无义。我是长安人，不是秦人。

# 辋川尚静

辋川是一个长长的峡谷，王维曾经在这里居住。如果一个二十世纪的人，为尘世所烦而效仿王维的行为，到辋川去生活，那一定荒唐，尽管辋川尚静。

辋川确实很静，一条河流，两岸青山，仅仅是这种结构就区别了乡村的小巷和城市的大街。那里的人烟总很稠密，但这里却稀疏得忽儿便融化在风云之中了。我是坐着三轮车到辋川来的，同行的农民陆续地到了站，转身即消失在树林之中。点点房屋，筑在岩石之侧，并不容易发现。

我到这里来没有什么明确的目的，只是为了感觉一下辋川的气息。倘若这是目的，那么我以为这目的潇洒而苦涩，这就是味道。司机将我拉入辋川的深处，收了使他满意的钱，兴奋地驾驶着他的三轮车走了。辋川一下子归于沉寂，孤独的我，望着在河床滚动的白水，竟觉得恐惧。这恐惧没有对象，只是这里的空，这里的无声无息。

王维栽种的银杏，挺立在雨后的河岸，树皮满是裂纹的粗壮的主干，被水淋成了黑色。从叶子上流下的水，继续洗濯着树皮。它实在是老了，呈现着一种挣扎的状态。它已经在辋川生长了千年之久。风云掠过它高高的枝头，小而圆的叶子将水唰唰地摇落着，我看到，那叶子翻动得忽白忽绿,晶莹如迸溅的水花。这样葱茏的叶子，

281

生长在几乎腐朽的枝头。那奇绝的枝头很多都像烧焦的干柴，触之就会掉灰，然而我由此也知道了生命的顽强。年迈而伟岸的银杏，压得我十分渺小，仰望才可以看到它的全貌。山峰罗列在它的周围，尽管那些都是秦岭的余波，但在峡谷，我却仍感到它们的伟大，它们需要仰望。唯有溪水在我一侧，其渊远而流长。

王维在辋川的别墅，在开始是宋之问的，这个喜欢歌功颂德的诗人，以媚附权贵而得宠朝廷，但最终的下场却是被唐朝赐死。王维迁往辋川的时候，宋之问已经做鬼，那么他是如何购得这里的别墅呢？我能猜测的只是，辋川的美一定迷惑了王维，不然，他怎么单单选择了宋之问的别墅？终南山中，可以供他居住的地方应该很多。时间将他的别墅早就摧毁了，幸运的是，支撑某个柱子的扁圆的石礅，竟穿过层层的岁月而保留下来，而且完整地放在银杏旁边。那些湿漉漉水汪汪的苔藓，绣住了它的每条皱纹和每个斑痕。

秋天的雨顺利极了，仿佛云微微扭动一下它就有了。辋川的雨是明净的，线似的，一根一根拉到峡谷，但雨却空得无声无息。山坡上的红叶，渲染在碧翠的草丛，而颗颗青石，则架在杂树的根部，危险得随时都会滚落，不过蒙蒙的雨送给它们一层薄薄的梦，梦悬在辋川的山坡上。王维一定见过这样的梦，甚至入过这样的梦，不然，他的诗画怎么那样惟妙惟肖，有声有色！王维之后三百年，苏轼《书摩诘蓝田烟雨图》赞叹：味摩诘之诗，诗中有画；观摩诘之画，画中有诗。摩诘就是王维，是王维的字。

王维购得辋川，那是他过得富贵的证明。贫穷的诗人，是不可能拥有一个辋川别墅的。其情况是：他在二十岁左右便及第进士，从此步入仕途。他担任过大乐丞，并以监察御的身份出使塞上。王维在四十岁的时候做了左补阙。恰恰是这个年纪，他开始迷恋山水，来往于朝廷与辋川之间。他既做官员，又当隐士，游离于人类斗争与自然情调的两极。朝廷的险恶，伤害着他的心，而辋川的美妙，则给他的心以慰藉。他便是如此生活的。王维这样的生存状态，是他最智慧最实际的选择，也是他无可奈何的选择。除此之外，他的任何做法都可能是下策。人总是希望自己生活得比较幸福一些，以王维的气质，他不能完全陷入官场的名利之争；同时以王维的经历，他也不能彻底寄情于辋川的田园之乐，他必须两者兼顾。这样他就得到了入世的好处而摒弃了入世的坏处，同时避免了出世的苦处而感到了出世的乐处。在入世与出世之间，存在着一个广阔的地带，他奔走其间。人似乎只能这样生存，不然，完全媚俗与完全脱俗，都可能导致深刻的痛苦。我不赞成一个学者对王维的抱怨，这位学者认为，他缺少陶潜那种勇气，他没有彻底地决裂于官场。这是一种刻薄的认识！

雨中的辋川并不知道人的思想，它只是自然而然地呈现着它的状态。秀峰沉默，乱石相依，雨悄悄地缝合着万物。秋风过处，衰柳飘荡，黄叶旋飞。曲折的路径，流水扬落，浅草明灭。松、柏、杨、槐之类，高高低低，互相掺杂，组成了绿的森林，并覆盖着辋川的沟沟坎坎。偶尔一树柿子，落了肥叶，唯红果占据枝头。白水流过幽深的峡谷，遇石而绕，触茅而漫，柔韧地走过河床。

公元756年，安史之乱，已经五十五岁的王维被叛军逮捕，软禁于洛阳的一个寺庙。他吞药致病，装哑而活，但他却终于敌不过安禄山的骄横，无奈地接受了伪职。唐朝征服了叛军之后，皇帝对那些接受伪职的人统统定罪。然而，王维在软禁之中，曾经向探望他的朋友裴迪诵诗，此诗受到皇帝的嘉许，遂对他只做了降职处理。这是王维的幸运了。其诗是这样的：

万户伤心生野烟，
百僚何日再朝天。
秋槐叶落空宫里，
凝碧池头奏管弦。

尽管如此，安史之乱毕竟摧残了这个老人，他逐渐变得消沉了，或者，他变得更加淡泊，更加寂寞。他常常拄着拐杖，站在门外，眺望辋川的落日夕烟。暮色之中，稀疏的钟声，归去的渔夫，飘走的花絮，柔弱的菱蔓，都使他感到惆怅。他看着看着，就转身回到他的屋子。他已经深深地陷入了空门。王维的母亲就信仰佛教，这影响了他的心灵，不过到晚年，他才彻底地皈依佛教。他食素而不茹荤，认真地打禅。他坐在枯寂的辋川，闭着眼睛，寻找着解脱烦恼的路径，企图超越生死之界。香烟袅袅，烛光闪闪，王维的心凄凉而宁静。

独坐悲双鬓，
空堂欲二更。
雨中山果落，
灯下草虫鸣。
白发终难变，
黄金不可成。
欲知除老病，
唯有学无生。

人生真的像王维觉悟的这样么？我不知道，唯有达到王维的境界才能理解王维，不过我没有。我只感觉，自然如我面前的辋川，社会如我身后的市井，都有美的一面，都能给我以享受。然而，我的辋川之行，明显地含有烦于我那个圈子的成分。是的，我很烦，某些时候我简直不堪负荷。从我栖身的圈子走出，到辋川去换换空气，确实使我感到一种轻松。

雨中的银杏是那样独具风采，它的圆润的树叶像打了发蜡似的明滑，辋川强劲的风反复地翻动着它们，但银杏的树身却牢固地埋在土中，风怎么吹它也不动。这是辋川最古老最高贵的植物，水汩汩地流过它黑色的树皮。王维种植的银杏，成了他在这里生活的主要标志。然而，它终究要倒下的，留下的，将只有辋川。

辋川很静，长长的峡谷已经完全沉浸在秋日的烟雨之中了，所有的树木和石头，都化作迷蒙的一团，一只鸟也没有，一只兔也没有，甚至除了我，一个人也没有，唯有风声雨声和河流的浪声。这样的一种空，一种自然给我产生的空，是恐惧的。一瞬之间，我真是惊骇起来，我害怕从山中钻出一个野兽或怪物。这样想着的时候，我似乎已经有了对付它们的准备，于是忽然吊起的心就慢慢放了下来。蓦地，我感觉身后有脚步的挪移，飒飒的，仿佛是谁用树枝在地上划动。我猛地回头一看，竟是一个穿着蓑衣的农民，他站在雨中，轻轻地问我：

"你要三轮车吗？"

# 曲江萧瑟

如果我生长在唐代，并有幸及第为进士，那么，曲江流饮我一定是会参加的。那是一个发达的季节，也是一个风流的季节，真是让人向往。

可惜我所见的曲江，已经不美了。我曾经几次到过曲江，它位于我的故乡少陵原东北方向，处在西安东南，到这里来总是方便的。曲江并没有水，它仅仅是一带低洼的田野，一条蜿蜒的小路穿过这里，人与车辆来来往往，黄色的灰尘如烟如雾，向人扑去，人走了，它就沾染到白杨的枝叶上。一旦灰尘起来了，它似乎就不愿意回归地面。

秋天不要到曲江去，曲江的秋天多么寂寥，人在这里会伤感的。天空是宁静的，淡淡的云漂染了天空，天空的颜色很混合。黄昏，西边的天空才出现一抹蓝，那是晚霞断裂之后露出的，仿佛撩开窗帘现出的一双忧郁的眼睛。晚霞并不热烈，鱼鳞似的，一片压着一片整齐地排列着。大雁塔的顶尖，仿佛插进了晚霞之中，泡桐和白杨到处都是。潮湿的土地，满是绿色的阴影。玉米的秆子密密地聚在一起，鹅黄的颖花开放着，并默默地孕育着粗壮的穗子。闲地保持着乌黑的墒，那是准备播种小麦的，乘虚而入的野草，竟在闲地蔓延了，于是农民就把羊放牧在那里。路边的坝上的羊，将野草嚼得脆响，但在田野觅食的羊却没有声音，田野在遥远的地方。曲江的废墟并不小，它的两边都有村子，不过村子无声无息，唯有树木在那里笼罩。泥径两边，长着大豆和小豆，有叶子波浪似的翻卷着，我以为是一只硕大的老鼠，钻出叶子才知道是相互追逐的鸡。天空晴朗，然而刚刚下了雨，树叶草叶的露珠闪闪发光，一阵风吹，就滚滚而下。曲江是黄土的塌陷形成的，它的西南就是我的故乡少陵原。少陵原奔流着风，是秋天的风。风从它起伏的边沿穿过，有形而无声。

我所想象的曲江完全不是这样。它应该是一个天然的湖泊，汉武泉咕咕地冒着清水，泉水滋养着茂密的修竹和滑动的游鱼，鸟像云一样在树林起落。为了使曲江更广阔更繁华，唐代开通了黄渠，它一头在秦岭的大峪，一头在曲江。黄渠引来了秦岭的水。黄渠像一条明亮的飘带，逶迤在苍茫的原野。曲江的水涨满在高原的褶皱，起伏错落的江岸，合成曲江蜿蜒的框架。在曲江周围所有的高岗，都建筑了宫殿和亭台，紫云楼和彩霞亭尤其光耀。皇帝与嫔妃，王公与大臣，经常游乐于斯，春暖花开的三月三，秋高气爽的九月九，这里简直热闹非凡。"倾国妖姬云鬓重，薄徒公子雪衫轻。"这是诗人林宽的所见。杜甫对到曲江去玩的美人认真观察，并作准确的描绘，他说："态浓意远淑且真，肌理细腻骨肉匀。绣罗衣裳照暮春，蹙金孔雀银麒麟。头上何所有？翠微盍叶垂鬓唇。背后何所见？珠压腰衱稳称身。"尽管杜甫是在讽刺贵妃姐妹的嚣张，但他所透露的，却是曲江的狂欢。在曲江，皇帝偶尔会从高处将钱币撒下，让群臣争抢而欢。皇帝设宴招待群臣的时候尤其热闹，他们举杯祝福，呼喊万岁。附近的农民也竞相豪华，绸缎悬挂，珠宝陈列，乐队演奏，舟楫荡漾。曲江上下，到处是人。那些及第进士，当然兴奋不已，成群结队到曲江去高兴。他们大摆其宴，频频畅饮，得意而忘形。及第不是一件容易的事情，很多人终生努力，都不能成为进士，一些人老态龙钟才及第，那种大喜是可以理解的。他们要释放自己长期积累起来的的沉重，曲江显然是理想的轻松之地，这里有风景，有美人，美人走在风景之中。他们一边戏着流水，一边饮着好酒，人人乐而忘忧。某些时候，皇帝高兴了，会赐其宴给进士，这是难得的荣耀，那些进士到了曲江往往会神魂颠倒，醉如烂泥。

关于进士在曲江出丑的故事是很多的。史记，曹松七十四岁那年考取了进士，曲江流饮，只有他白发苍苍，步履蹒跚，然而，他对其宴流连忘返，几乎死矣。卢象及第之后，急着回到洛阳，已经请假了，不过看到其他进士在那里豪饮，便激动得身穿便服，津津欣赏。他雇的车上，还坐着一位歌伎，结果为巡查的所抓。他当然要被抓的，到曲江去的人，必须斯文而儒雅，连一些态度傲慢和举止轻浮的人都不准进入，何况卢象。维持秩序的人对他提出警告，并追究他，其判词是："紫陌寻春，便隔同年之面；青云得路，可知异日之心。"

曲江之美，历史悠久，大约在秦代，它便是一片可以游乐的风景。到了汉朝，它已经是绝妙的园林。隋朝的皇帝很是迷信，认为曲江之地高于皇宫之地，是犯忌，就派大批劳力挖掘曲江，使之低于皇宫的基石，这样便不会威胁王者之气了，随之在曲江两岸种植了接天连日的芙蓉供人养目。曲江之美的顶峰，当然是在唐代。唐代的曲江是自然和人工的结合，而且构建了一种立体的美。曲江周围有杏园，有大雁塔，它们既独立于曲江，又延伸了曲江。安史之乱使修建在曲江周围的宫殿和台亭几乎全遭毁灭，曲江一片衰败。多愁善感的杜甫，曾经在这里徘徊，看到草木翠绿而人影杳然，他不禁失声而哭。杜甫享受过曲江的热闹，体验过曲江的寂寞，世事的变迁使其感慨系之。安史之乱平息不久，唐文宗要恢复曲江之盛，对紫云楼和彩云亭做了维护，并告示富商之人，可以在曲江修建馆舍，并动员三千劳力疏通曲江，使水流畅。然而，失去的永远难以恢复。

随着唐代的消亡，野草覆盖了曲江。明代之后，这里便逐渐变成陆地和农田，直到现在。

……

路在我脚下延伸，脚下的路筑在昔日的曲江之上。我慢慢地走着，浓重的潮气升腾而起，那些杨树、桐树和玉米，都湿湿的，仿佛刚刚淋了雨。潮气在这里是有重量的，我的头发就摩擦着潮气。它们从曲江渗出，并使天空都滋润了。悠长的历史之梦破灭了。奔驰的汽车和颠簸的马车，一辆一辆从我身旁越过，噪音干扰着皇都林苑的宁静。皇都已经废弃，它的宁静显得凄惨和荒凉。唯有生气的，还是那些潮气，它是被埋没的曲江的灵魂。消亡的曲江，到了一个阴暗的地方，在那里，它的压抑和沉闷显然难以忍受，就从土壤的缝隙钻出来，希望看一看阳光照耀的人物。滚滚尘埃依然撒在黄昏的树枝上，唐朝的尘埃就曾经这样飞扬，不过那是欣赏曲江的人践踏的，但现在的尘埃却不是。

在村边的白杨树下，有两个老人，老婆坐在藤椅上，白发飘拂，病身软弱，老头蹲在她的旁边，给她做伴。他们茫然地望着曲江，望着雾霭之中的庄稼。鸡和狗在附近游走着，他们背后的房院，似乎有孩子在热闹。炊烟绵绵地在天空流逝，我感觉它是那么悠然。

我走近两个老人，蹲在地上，像老头那样蹲着，我问："你们在这里休息呢？"

老头说："休息么！"

"你面前就是过去的曲江吧？"

"就是。我蹲着的地方，也是过去的曲江。"

老头黝黑的脸上，纵横交错的全是皱纹，嘴角的皱纹尤其深刻，下巴的胡子粗硬而黑白相杂，眼睛细小如缝，微弱的光明闪烁其中。

不过，他是一个头脑清晰的老头，对此，我当然很是高兴，我问："你的家是迁移到这里的吧？"

老头说："迁移到这里的。在明末清初迁移到这里的。家原在曲江的北面，那里地势高，是一个原。"

"那时候曲江的水已经干涸了吧？"

"水少了，不过没有干涸。那里长满了芦苇，冬天都不会结冰。水不多，水缓缓地流着。"

"这是什么时候的情况？"

"我小时候的情况啊！"

"现在没有水了？"

"没有了。"

"它什么时候干涸的？"

"1939年关中大旱，这里的水就没有了。"

"这里的水是河水还是泉水？"

"泉水。"

"1939年关中大旱，泉水没有了？"

"没有了。"

"它不冒了？"

"不冒了。太阳晒得土地都起了皮。"

老头抚摩着他的下巴，那胡子嚓嚓地响着。老婆默默地望着他。晚霞燃烧得剩下了灰烬，天空青色如铁，曲江一片萧瑟。

我问："庄稼就是从那时候开始播种的？"

老头说："曲江一直都荒着，满是野草，人开始只是在这里放羊放马。"

"什么时候有了庄稼？"

"曲江地势很低，它是凹陷下去的一处沟壑。水干涸了几十年之后，地下的水有一天忽然就渗出来了。"

"哪年啊？"

"1964年吧。"

"水汪汪地向北流着，冬天都不结冰。"

"是这样啊！"

"村子的人给这里种了稻子，种了四年，还养了鱼……我的儿子就是抓鱼淹死的。从那时候起，老婆就成了一个病身。"

"水深得能淹死人？"

"他是我最小的儿子。大约十年以后，大约是1974年吧，它的水彻底干涸了。"

"什么原因？"

"周围到处打井，水泵抽走了地下的水，曲江就干涸了。接着是造田，用土把曲江垫成了现在的样子。"

老头慢慢告诉了我关于曲江的变化，似乎为他能知道这么多的情况而得意。他盼某年某月,曲江的水能够再现,或者是从秦岭引水,或者地下涌水，以使曲江名副其实。如果这样，那么他重新迁移都很愿意。

告别了两个老人，我独自走着，凄凉的曲江像长卷的画一样在我身边滑过。我心里一片失落。我想，自然是有秩序的，人可以改造它，然而不要打乱它的秩序，否则它就要报复人，使你得不偿失。

我便这样想着，离开了曲江。

华灯照亮了我的眼睛，我发现自己已经来到了端履门，五光十色的风景在这里喧哗。

背后是曲江，我能感到，有无数的秋虫在那里鸣叫着。

291

# 敬畏黄河

　　我曾经几次看到黄河，对这孕育了东方文明而又为害剧烈的大水，我始终怀有复杂的感情。它从巴颜喀拉雪山出发，流经广袤的高原和平川，最后汇入海洋。它是一条名副其实的源远流长的河，在北方，你随时都能看到它的踪迹，仿佛它总是出其不意地横在你的面前。其下游，由于远古的河床裹挟着，遂失去了上游的飘逸和中游的激荡，显得舒缓、凝滞、沉重。它那种默默无言的样子，像是一位饱经沧桑的老人。黄河两岸，有的是良田沃土，是它不可磨灭的恩德，然而黄河两岸，也残留着它泛滥所致的水纹与沙痕，萦绕着它肆虐所造的惊恐与哀号。

　　黄河的奇异之处，是它在黄土高原，一头冲进了地壳之中，它的颜色就由清而浊，成了一条挟带泥沙的洪流。其凶猛地为自己开辟道路。它所经过的地方，无不留下野蛮切割与冲击的血腥气息和残酷景象。不过，在高空俯视它，才知道黄河与高原是很和谐很融洽的。那是一片真正的荒野，山石裸露，支离破碎。一个人站在山岗或沟壑，望着空空荡荡的只飘着一些白云的天边，一定会感到自己的孤独，甚至感到人类的孤独。太阳垂落高原的时候，极圆极大，在一瞬之间，它居然静静地停在那里，将高原照得一片通红。你忽然会觉得：太阳和你似乎要进行对话了，整个宇宙都随之沉静下来。不过太阳终于降落，收敛着光芒的高原，遂笼罩在沉沉的暮霭之中，只有风游荡着。

在黄土高原，我看到了黄河唯一的瀑布，它雷鸣般的声音，翻过沟壑，翻过山岗，寻找着我的耳朵，可我的眼睛却捕捉不着它。它在陕晋峡谷奔突着。这是高原最宽最深的峡谷，黄河选择了这一险恶之地，展示自己原始的力。我小心翼翼地站在悬崖，以敬畏的眼睛望着它。我的心是虔诚的，充满了崇拜之情。峡谷多么广大，将辉煌的春日天空，容纳在自己的豁口，我能感觉白云借着风在悠悠地飘拂。这里的悬崖峭壁，土石混合，倾斜凹陷，扭曲弯折，千奇百怪，应有尽有。美丽的，是几枝生长在崖壁缝隙的小花，金色，随风摇曳，仿佛是黄河的梦。宽阔的河面上，起伏着微微的波浪，那泥土一般的颜色，颤抖一般的动态，像是风从下面吹着一张极大极大的麻纸。偶尔，一些石头从水中冒出，越发显出黄河的平缓与悠然。我甚至觉得，这满满一沟慢慢行进的水，就是满满一沟缓缓走动的黄牛，那翻卷的波浪，就是黄牛摇晃的脊背了。我站在那里，久久地望着一排黄牛，望着黄牛在峡谷由远而近地向前走着，走着。当进入壶口的时候，那些黄牛都蓦地变成了凶猛的老虎，从突然断裂的河床冲将下去，吼叫、冲撞、飞溅，使整个峡谷，甚至整个高原，无不回荡着瀑布的声音。那混浊的水，一下从几百米宽收束为几十米窄，像沉重的铁石，猛地倾进深潭之中，滔滔滚滚，沸沸扬扬，黄尘腾空，白气冲天。一时，我感觉那湍急的洪流，仿佛一台巨大的机器，它年年岁岁又日日夜夜地粉碎着高原，这地球悲惨的一角。我知道，瀑布的气势不是浮夸的，因为黄河靠的是大地涓涓而永恒的细流，靠的是高天绵绵而永恒的云雨。

站在一块孤独的岩石上，我久久地望着黄河与它的瀑布，高原春日的阳光照耀着我，我渺小如沙，脆弱如蚁，甚至在我心有所思的刹那之间，这天上之水，已经一泻千里，出现在远方了。

# 在峡谷享受阳光

　　到秦岭去，是要寻找汉江之源，不为水文考察，仅仅由于城市嘈杂和烦闷。然而终于没有看到其源。源在某个山峰，天黑了，风携湿气而来，我觉得十分凛冽，便撤退下来。实际上才在十月，邻居的姑娘仍穿着薄衫短裙在街上展示自己的玉胸和莲腿，但秦岭却已经有雪。雪凝聚在树根和草根，一些渗水的黑色的岩石，竟垂挂着七长八短的冰凌，我的衣服少了。天是好天，晴得很是响亮，到处都有阳光。到处都有阳光，人对阳光就不注意，不惊叹。阳光钝化了人对阳光的感觉，但秦岭的阳光却使这种感觉变得锐利如刃。我便是在那里发现阳光的，一种洁净的阳光而不是肮脏的阳光。我从秦岭北坡攀上，在秦岭之巅作短暂休息之后，沿着秦岭南坡下来。我一直走在汉江之岸，是溯江而行，不知不觉，便步入一个峡谷之中。在那里，我突然碰见了阳光。秦岭的阳光与我不期而遇，其抚弄我的触觉，擦拭我的视觉，通融我的嗅觉，清洗我的味觉，使我茫茫然而陶陶然。我是渐渐醒悟的，醒悟了，我才知道自己站在阳光之中。

　　让我闭上眼睛，回归那里的阳光吧！因为四周尽峦，我便没有看到红日，但阳光却活生生而暖融融地飘浮着。峡谷是空旷的，岑寂的，它所有的地方都镀着阳光，或是整个峡谷就沉醉于阳光之中。一架山峰把红日拦挡在它的外面，跃进峡谷的阳光就削弱了，不是那种强烈的照射。峡谷的阳光像筛选了一样均匀，过滤了一样纯净，锤炼了一样轻盈。阳光渗透了空气，我当然是吸进阳光，呼出阳光，咀嚼的仍是阳光。我情不自禁地伸手托起阳光，阳光便盈于我掌，我掌便汪着黄色的温暖，它从手指传向脚底，我便通体透明了。我激动地呐喊，阳光竟牵着声音飞翔，我看到自己的声音在峡谷呈作流动的金波，起伏的金带。城市当然有的是阳光，不过只要你对峡谷的阳光摸一摸，听一听，看一看，嗅一嗅，尝一尝，你就知道城市的阳光就像抹布和拖把一样。我忽然想让所有的朋友都到秦岭去走一走，让他们进入峡谷，认识一下那里的阳光。

遗憾我不是画家，如果我是，那么我一定将峡谷的阳光描绘出来。不过我怀疑，画家能调配那样的色彩么？想一想那天的蓝，想一想那宁静的云的白，我以为世间便没有这样的颜料，它根本不是人能制造的，如何可以描绘呢？山峰从高高的白云蓝天滑向汉江之岸，山峰巨大的斜面全是阳光，那样的亮度，唯峡谷才有，那样的纯度，唯峡谷才有，它亮而不炫，纯而不薄。生长在山峰的野花、野草、野藤、野树，枯的枯了，绿的绿着，但众多的却是黄的红的渲染着。我坐在一块青石上，眺望阳光之中的山峰，感到树的爽朗、藤的缠绵、草的清凉、花的柔软，它们交错一起，因为阳光而斑斓，因为阳光而融和。

在远远的一片松林里，一群男女在抓雪摔打，嬉闹之声如雁如猫。他们是从西安到这来的。松林将其嬉闹之地遮得阴暗而沉郁，一线两线阳光，从树枝间泻下，黄如金链，亮如铜镜。松林附近，是开阔的草地，窄细的汉江就经过那里。我蓦地发现有几头牛在草地慢慢游动，阳光映在牛的脊背上。汉江绕过那些牛，将峡谷清澈的阳光带出秦岭，带到重庆，带到南京，带到上海。

不过还是让我闭上眼睛，回归峡谷的阳光吧，那里的阳光，是真正的国色天香！

# 悠悠渭水

总有一天，渭水会枯竭的。只要我看到渭水，我就这样想。这是我的忧虑而不是诅咒。

渭水从来没有使我产生喜悦的感觉。它那种迟疑的流动速度，浑浊的含着泥沙的颜色，切割河岸而使之渐渐坍塌的做派，不由得就让我皱起眉头。它走过乡村，走过城市，走过长满茂密庄稼并承接煌煌阳光的田野，都是一种无声无息的样子。它的不想引人注意的沉默状态，反而给人一种阴暗而恐怖的印象。

我最初看到渭水的时候，是跟着我的同学和老师。我们乘火车从西安到宝鸡去做教学实习，欢歌笑语是伴随着我们的，不过一旦渭水出现，我们便中止了欢笑，而且几乎所有的同学都探头望着渭水，默默无言。渭水在旅途忽隐忽现。渭水是古老的，它包藏的东西实在太多了，对它仿佛只能默默无言，才可以表达无限的感慨。

渭水发源于甘肃南部的山区，它艰难地穿过了那些荒凉的旷野，从宝鸡进入关中，然后在潼关汇入黄河，随之退出关中，全长八百一十八公里。渭水接近黄河的一瞬之间，突然淹过河堤。它蓦地拓展了，膨胀了，向两边漫延，并将大片大片的土地覆盖于自己黄色的波涛之下。渭水的浩渺，只有在它扑向黄河的时候才能看到。

渭水在它的旅途之中，吸收了众多的支流，否则，它就不能最终形成一种气势。它融汇于黄河之际，确实让人感到了一种气魄和力量，那是它来者不拒的结果。它的支流，在南岸的，多出自秦岭山区，著名的有灞河、潏河、沣河、黑河、遇仙河、赤水河、罗敷河、清姜河。在北岸的，多出自黄土高原，著名的有洛河、泾河、金陵河、漆水河。灞河发源于蓝田境内的秦岭北坡，它于上游接纳了辋川之水，于下游接纳了浐河之水，从而加大了自己的流量，在高陵汇入渭水。潏河与沣河皆发源于长安境内的秦岭北坡，在咸阳汇入渭水。黑河发源于秦岭的主峰太白东侧，它是渭水南岸最大最长的支流，在周至境内汇入渭水。洛河发源于白于山，在大荔境内汇入渭水。泾河发源于六盘山，经过长途跋涉，在高陵境内汇入渭水。泾河的泥沙含量少于渭水，它们混合之后，很长一段距离依然是一道为清，一道为浑，尽管同时奔流，不过界线确定，遂有了泾渭分明的典故。遗憾的是，这两条河的泥沙含量现在几乎相等了，那些给人启示的自然风景已经消失。如果将渭水和这些支流剪辑下来，绘画成图，那么它就是一个羽毛状或叶脉状的体系，它闪烁着，流动着，贯通于关中。实际上关中平原就是渭水冲积的，它创造了这个平原，并带着它众多的支流滋养这个平原。一百万年之前，这里气候温和，水草丰美，人类的祖先赖以生存。

中国最早最老的城市出现在渭水之滨，咸阳在其北岸，西安在其南岸。在相当悠久的一个历史阶段，这里是中国乃至整个世界的繁荣之地。在十世纪之前，渭水之滨无疑是中国封建社会的政治中心，很多伟大的人物，在这里演出了惊天动地的戏剧。足以让中国人感到骄傲的唐朝，便是在这里建立的。随着它的衰落，泱泱大国的政治中心向东方漂移，这种漂移是固执的，坚定的，而且不可逆转。它没有回头的希望，即使站在它留下的废墟上跺脚呐喊，它也不会回头。先君把他们高大的陵墓留在渭水两岸。当然不只留下了陵墓，他们留下的还有一堆庞大的文化，有其精华，也有其垃圾，这些垃圾现在仍压迫人，毒害人，摧残人，我的心中便充满了它给我制造的创伤。咸阳和西安，就坐落于悠悠的渭水之滨，现代文明怎么打扮它们都难以遮挡其古老之痕。它们的古老是深厚的，是从地缝和云间透露的。那条沣河，绕在咸阳的东部，周朝的遗址，便在其下游发现。沣河的沙子细腻而白净，是优良的建筑材料，我从这里经过，每每看见农民从地下挖掘着沙子。前智的诗歌经常吟诵的灞河，在西安的东部。灞河就是过去的滋水，春秋时代，秦穆公表彰霸功，将滋水改为灞河，并创建了灞桥。在战争岁月，灞河往往是一条重要防线，鲜血是当然染过灞河的。唐朝是中国一个鼎盛的阶段，那时候，长安人送别亲戚或朋友，总要走到灞桥，折柳以赠。先贤有这样的雅兴。某些时候，我竟为之向往，我想象着两岸垂柳，一片飞花，随之便沉思起来。我感到人类是一边吸收，一边丧失，丧失的竟常常是一种美。

穿越西安和咸阳，沿着渭水上溯一百八十公里，便是别的一座城市宝鸡。其古为陈仓，在夏商时候它就已经存在了。渭水在宝鸡，我总觉得它有一种刚刚进入关中的异样的姿态。宝鸡西部，多为丘陵，渭水穿过在这样的地方，当然是迂回曲折，处处有碍，不过它到了宝鸡，便是到了一望无际的平原。在平原奔流，它的河面一下变得坦荡而宽阔了。秦国曾经向晋国运送粮食，用的是船，宝鸡是其起点。渭水有很大的流量，船从宝鸡出发，浮在渭水的波浪上，悠悠向前，一直可以行至黄河，其对岸便是晋国了。公元前656年，秦穆公娶晋献公之女为妻，秦晋之好，使晋国在旱灾之年，得到了秦国的支援。那时候，雍是秦国的都城，它在今天的凤翔南部，是很容易到达宝鸡的。经过几个世纪的发展，秦国日益强大，便向东部扩张，并将都城从雍迁往临潼的栎阳，在此仅仅活动了三十四年遂迁往咸阳，在这里，秦国实现了统一中国的愿望。秦国向东部的推进，只能沿着渭水一线，因为这里土地肥沃，易于牧耕，有着丰富的资源。

实际上，在秦国之前，已经有周人这样做了。秦国沿着渭水流域活动，是否是受了周人的启示，难以确定。可以确定的是，渭水两岸，无疑是一个膏腴的宜于富民之地。周人从开始便活动于渭水之北，随之从武功一带迁至彬县一带，接着迁至岐山之下，在周原，周人积累了崛起的力量。凤鸣岐山，是一个带有神秘色彩的预兆，周人相信这个吉祥的预兆。周文王率周人跨过渭水，在沣河西岸建都为丰，他逝世之后，周武王在沣河东岸建都为镐，并联合其他部落，消灭了商的统治，建立了周朝。周幽王二年发生了一次地震，渭水干涸，周人认为这是一个凶恶的预兆。事实是，不久之后，周幽王就被诸侯杀了。他为博得褒姒一笑，曾经在骊山点燃烽火而戏弄诸侯。周幽王之死，标志着周朝开始走向衰落和灭亡。尽管如此，在周朝所建立的那些宗法制度和人伦道德，显然在渭水流域埋下了种子，之后出现的种种王朝，无不带着阴森的青铜之光，我的心中就有这样的光给我的刺激。

刘邦建都长安，是经过一番论证的。他开始想在洛阳建都，不过一个戍卒娄敬认为不妥，劝其建都关中。刘邦犹豫，遂问计张良，张良指出关中有几大优势，其中渭水是重要的一条：诸侯安定，赖以运输，供给京师；诸侯哗变，顺流而下，足以迂回。刘邦便决定建都长安。随之出现的其他王朝，赫赫如隋朝与唐朝，都以长安为国都。问题是，这个渭水河浅沙多，而且在临潼以上常常分叉，在临潼以下十里九弯，渭水游游荡荡，摇摇摆摆，不利行船。于是在历史上就有了四次开凿漕渠的工程。

漕渠在渭水之南，大致平行于渭水，然而它没有曲折，是直达潼关的。漕渠之流，依靠渭水，它是漕渠之源。公元前129年，汉武帝接受大臣郑当时的建议而修建漕渠。在绵延几百公里的工地，到处是劳动的农民。经过三年努力，漕渠成功。它既可以灌溉，又能运输，长安之需，得以充实。公元584年，隋文帝接受大臣于仲文的建议，疏通漕渠，解除船夫之苦。由于泥沙淤积，深浅异常，行船艰难，必须挖掏才行。公元774年，韦坚下令并得到唐玄宗的支持，重开一度关闭的漕渠。公元827年，韩辽献计，唐文宗发号再启漕渠。安史之乱，京师遭到破坏，漕渠难免荒废，然而保障供给，利用漕渠运输是很有必要的。漕渠为长安的繁华，确实是奔流得劳苦功高。不过，当我在西安北部寻觅漕渠堤岸的时候，我什么也没有看到。旷野茫茫，到处都是庄稼，隐隐可见灰色的建筑在天空之下向渭水逼近。我站在一棵树下，明显感到西安在迅速膨胀。

随着岁月的流逝，那些建造在渭水之上的古老的石桥，已经消失得无影无踪。汽车与火车，日夜穿过渭水，不过今天这些桥都是以钢筋水泥而制的，它们当然坚固而实用。然而，人难免产生一些怀旧的情绪，可惜，我只能在典籍之中查寻过去那些石桥了。渭水曾经有三桥：东桥，中桥，西桥。渭水两岸的广阔地域都靠它们连接。东桥位于西安东北二十五公里处，在这里，历史上发生了多次激战。公元417年，大将王镇恶率兵向后秦进攻，他们从黄河进入渭水，并躲入小舰之内。小舰徐徐而行，后秦之兵，见其小舰而不见其人，惊以为神。诡谲的是，他们登岸之后，王镇恶为绝退路，放走了全部小舰。他身先士卒，要求所有人拼死冲击以得生，结果是大破后秦之兵，并攻入了长安。唐朝末年，黄巢宣告他为皇帝之后，其部将朱温曾经屯兵东桥，受到官军的进攻。中桥在西安北部，它是渭水最大最早的一座桥，那个喜欢耀武扬威的秦始皇，巡视四方的时候，总是通过此桥离开咸阳，并通过此桥返回咸阳。西桥位于西安西北二十五公里处，汉武帝建造它，是为了通达茂陵。在唐朝，李世民曾经骑马站在这里，向对岸一群突厥人呐喊，要求他们遵守盟约，不要冒犯。这些突厥人企图趁李世民即位之际进攻长安。唐玄宗推行穷兵黩武的政策，连年征战，人民苦难，杜甫在这一带看到的是车辚辚，马萧萧，尘埃之中，有人顿足牵衣，哭泣辞行。那些被募兵打仗的农民，腰挎弓箭，走过西桥，到塞上去。杜甫对农民那种深切的同情，我现在仍能感到，然而西桥早就没有了，唯渭水在流。渭水带着下沉的泥沙和上浮的污秽，缓缓东去。

渭水一向缺少明快的格调，这不是什么可怕的问题。强求它变得明快，未免期望过高。渭水的问题在于它很肮脏，它那种泥沙般的颜色显然已经遮掩了自己的肮脏。如果它先天是一条清澈的河流，那么它就有可能成为地球上最丑陋最醒龊的河流之一。这样揭露渭水，我是很痛苦的，我的灵魂有一种遭到雷击似的震颤。我就出生在渭水创造的平原上，那里恒久残存着它曾经冲刷的纹理。不过渭水确实不干净，不卫生，否认这种状况便是虚伪。人类的很多事情，坏就坏在虚伪上，我不想这样对待渭水，它毕竟是一条古老的渗透在历史和现实之中的河流，真诚地对待它，就是对它表示尊重。

在宝鸡，或是在咸阳和西安，我到处看到汽车载着垃圾向渭水倾倒。堆积在堤岸的垃圾五颜六色，疯狂的苍蝇群起群落。实际上不仅仅是这些城市向它排泄，渭水一线的众多的乡村没有一个放过它，只要是靠近渭水的人家，都会将垃圾扔向其河。没有谁想过这样一个问题：我们和我们的子孙只有一河渭水。也许有人想过，然

301

而这种观念如果没有成为多数人的观念，那么渭水只有遭殃。不喜爱和不维护自己的生存环境，我想，这样一群人的灵魂一定非常渺小和猥琐。夏天，上涨的渭水从滚烫的阳光下面穿过，它的两岸刚刚收割了小麦，玉米和谷子正在生长。田野闷热至极，兔子都不愿觅食。冬日，下落的渭水被凸出的泥沙之渚撕扯得破破烂烂，渭水分割为小溪，小溪若断若续，似流似停。那些突然变得开阔的河滩，一片空旷而冷清，城市和乡村，都在灰暗的天空下面沉默着。如果阳光照耀，那么宁静的河滩也许会有情侣，当然也可能有小偷和妓女，还有孤独的灵魂在悄悄活动。风忽然会从他们身上掠过，然而他们不会理睬。河滩在断裂的地方断裂了，在平坦的地方平坦着，没有一个整体之感，不过到处都有渭水的波涛之痕。

我一直想到居住在渭水之滨的人家去看一看，这是一件很简单的事情，但我却始终没有成行。我曾经几次站在渭水的河滩上向那些村子眺望，那里总是静默的。高耸的白杨树、国槐和其他杂木，密密地聚集一起，几乎掩盖了高低错落的平房和楼房。村子仿佛没有人的喧闹，唯有稀疏的鸡鸣犬吠越过渭水，远远传送。我不知道他们是如何度过沉沉黑夜的？我更不知道他们是什么时候居住在这里的？他们是迁徙而来还是自古以栖？这些我都不知道。我当然不知道面对单调的日出日落与月升月降，他们都想些什么？他们是否喜欢这里？

# 萧　关

萧关为关中的北门，从秦朝到宋朝的十余世纪，它是萧瑟的朔方通向内地的唯一道路。秦始皇统一中国之后，担心匈奴进犯，迅速在此筑起长城，并派长子扶苏作为蒙恬大将的监军驻扎在这里。英勇的士兵，顶着边塞阴沉的乌云，警惕地瞭望着对面。秦朝瓦解了，但匈奴南下的野心却并没有放弃，于是在一个漫长的年代，荒凉的原野就常常有狂风的呼啸，在狂风里挟着马蹄、尘埃、血腥经过之际，首当其冲的总是萧关。

悲哀的是，这样一个重要的地方，已经被冷酷的岁月之刀从现代人的印象之中刮掉了，在车站，我询问如何可以走到萧关，所有的人都在六月的阳光之下摇头，包括老老少少的司机统统不知道，而且萧关没有标记于地图。不过我是要到那里去的，尽管它已经被岁月湮没，然而我相信萧关会在什么地方沉默着。

班车驶出西安，经过咸阳，天就渐渐辽阔起来，稀薄的灰云之下，风开始凉爽，但地势却越来越高。一条山沟出现使人兴奋，多条沟横在面前就使人觉得危险。班车像一只甲虫爬行在千山万岭，它能否安全往返，那完全是命运的事情了。我常常产生这样的感觉：路仿佛是一条曲线缠绕在陡峭而裸露的悬崖上，一边是壁，一边是壑，如果司机稍一闪失，那么人将粉身碎骨。然而汽车终于走出了险境，于是天就更宽而地就更远了，只是村子越来越小，小麦竟仍是绿的，

303

像瘦弱的蒿草在平坡摇曳。但苜蓿却生长得茂盛，紫色的小花凌空炫耀，其高度都在一米以上。在乾县、永寿、彬县、长武，随时可以看到成群结队的农民，他们提着镰刀从咸阳和西安收割小麦回来，所有的人都有一张疲倦而劳累的脸。

我就这样久久地在高原沟壑之中旋转，不分东西，不辨南北。汽车常常要绕过十里八里开阔的峡谷才能前进三里五里。那些峡谷生长着杂树，杂树只有生长在峡谷才枝繁叶茂。然而并非所有峡谷都有杂树生长，往往是峡谷与它的两岸全然狰狞着破损的黄土与岩石。黄土与岩石将野草与杂木排挤在可怜的角落，但云却成群结队，忽聚忽散，即明即暗。云在戏弄着这里的土地，它偶尔才化几滴小雨赐予高原，于是这里就永远干旱，或者，云就化作疯狂的暴雨，让土随水而流失。暴雨洗劫之后的高原更加丑陋，仿佛是一群被损害被蹂躏的衰老的女人。忽然出现的几层梯田，它当然是人类改造自然的成果，不过它立即就过去了，扑面而来的是光秃秃的山头和赤裸裸的沟壑。我感觉改造这样广大的贫瘠地域，是多么艰难。

十个小时之后，班车到了甘肃的肖金，这是一个小镇，一柱残破的砖塔挺立于集市的中心，成为它古老的标志。乌云翻卷，零星的冷雨在风中滴落。我夹杂于稀落的人群之中，这些人群有的卖吃卖喝，有的卖菜卖肉，有的钉鞋镶牙，有的做刀制剪，但众多的人却在无所事事地游转与张望，尽管人群熙熙攘攘，不过给我的印象是，肖金多么孤独和偏僻，而且被无穷无尽的荒漠包围着。我茫然地望着没有树木和花草的小镇，一种异乡之旅的感觉强烈地向我袭来。我没有想到六月的风在这里竟是如此寒凉，穿着黑色或蓝色衣裤的人看着我在瑟瑟发抖。我继续询问萧关的位置。我询问了几个人，最后向一个戴着眼镜的老者打听，他坐在一个小凳上，悠然地等待着修锁的顾客，但他却仍然是摇头。

沉重的暮色从远方铺天盖地而来，人群仿佛接到了命令似的开始散去，一种我从来没有体验过的寂静控制了肖金，那些迟疑在集市的最后几个农民向我打量，很显然，拎着包穿着汗衫的我引人注目。一辆三轮车停在路边，年轻的司机不慌不忙地招揽着顾客，他知道，这里已经没有班车了，要到县城镇原去，必须乘他的三轮车。几个农民已经向他讨价还价了，他们也是刚刚从西安和咸阳收割小麦回来，他们蹲在一家商店的廊檐下面休息着。我就是坐着这辆三轮车赶到镇原的，十二个人无疑是超载了，司机在路上停了几次，反复检查车头与车厢的连接之处，惊慌的神色始终隐藏在他的眉宇之间。司机害怕翻山越岭的时候，轴承忽然断裂。乌云笼罩着四野，唯乌云断裂的一片天空才明亮一点，它很像一块白色的纱布。白杨承受着冷雨的敲打，它们萧萧排列，郁郁葱葱。

到了镇原，天已经完全黑了，不过在茹河对岸，这个简陋县城的温馨和宁静，我是感觉到了。我在这里待了一夜，而且幸运的是，我走进了文化馆和博物馆所在的院子，那里的一个工作人员翻出了志书，为我查找着萧关。志书这样记载：

> 萧关位于甘肃镇原与宁夏固原之间，秦汉以来，为华戎之大限，襟带西凉，咽喉灵武，实为北面之险。现处白草洼村庄附近。

于是天明之后，我就继续前行。我依然是坐着班车，班车依然是一会跌入沟壑，一会跃上山顶，所不同的是，经过之地，人多半居于窑洞，少半住着平房。那些窑洞挖掘在一面高大的土崖断面上，椭圆的窗门都向着阳光，粗壮的狗或卧躺于树下，或游动在墙根，长长的毛零乱地在身上，并不理会班车从自己的家乡走过。牧羊的小伙扛着一把小小的锨，赶着绵羊在坡坎啃草，高原苍苍的天空之下，他们显得渺小而孤单。路的两边，有一种茂密的植物，叶子巧细，枝干斜出，结着指甲大小的绿果。农民告诉我，这是酸枣，可以制酒。

我在孟庄下车，它是一个白杨围拢的村子。从这里，可以步行到萧关。此时此刻，我不能确切地知道萧关是什么样子，不过我已经清楚地知道萧关所在的环境了。雨已经被淡白的云化解了，萧关的云简直是无穷无尽的。这是一种若断若续的活动的云，瓦蓝的天色偶尔才显露而出，那是云在飞行之际不慎断裂了而展示的宇宙的一角。只是云立即便能缝合，遂使那些瓦蓝随之消失。尽管云将天空满满占有了，可你却感觉不到沉闷与压抑，感觉不到雨的降临。萧关的云是这样一种淡白的云，它绵延而轻松。但萧关的地却使人沉重，它是那样的平坦，那样的贫瘠，小麦生长在那里，显然是由于营养不良，其麦秆纤细如丝，麦穗小巧如蜂，而且稀疏得能够看到黄色的土壤。天地之间，一股浩荡的气流忽来忽去，它是萧关无形而有力的风。

萧关实际上是长城的一个缺口，它的西段已经坍塌并消失在广袤的原野了，已经融在土壤之中，并生长着瘦弱的庄稼。它的东段还残留着，这是因为从这里开始，出现了沟壑，古老的长城就从险恶的高原的脊梁爬过去，除了风雨，除了冰霜，除了赤日炎炎，人是难以破坏它的。我走过田野，轻轻地登上长城的一堆，它的两边都是深渊，一边是甘肃镇原的白草洼，一边是宁夏固原的草滩沟，平和的天光之中，向阳的窑洞是那样的寂静，远远可见狗在小路上游走。

这里的长城不过是凸出地面忽隐忽现的土丘而已。如果不是正在锄草的一个农民告诉我它就是长城，那么我将不能认出它，因为两千年之久的风霜雨雪，已经剥蚀了它的坚固与高大。不过我站在比较突出的一处，仍能感觉它的气势，并能看到它从苍茫的地面蜿蜒而去。它跨过一个又一个的山头，不管有人还是无人光顾。它都那么默默地凝固着，任凭岁月将它夷平，任凭野草将它染绿。我想告诉你，在裸露着黄色上层的沟壑之上，唯有长城的一段覆盖着一层茸茸的绿。

公元前166年，匈奴以十四万骑兵入侵萧关，直指甘泉，进行疯狂掠夺。汉文帝遂以朝臣周舍和张武为将军，派战车千乘，骑兵十万，驻扎长安周围，防止匈奴进犯，同时派卢卿为将军前往上郡，派魏连为将军前往北地，派周灶为将军前往陇西。汉文帝亲自慰劳部队，并准备亲自率兵征讨，朝臣和太后苦劝，他才得止。最后决定由将军张相如、董赤和栾布来兵赴萧关，打击匈奴。匈奴闻风丧胆，撤至塞外，可以想象，那时候，乌云笼罩着萧关，尖土之中，铁斗金戈，旌旗战鼓，是多么紧张和恐惧，多么强大和恢宏。不过，我看到的六月的高原显然一片宁静，萧关在水土流失而破败的黄土之上，默然无声，唯有白草在那里生长。

在地球的这个偏僻的一隅，一天只通过一次班车，所以我是不能复返镇原了。那个锄地的农民叫王声，他带我到白草洼自己的家去，我将投宿此处。这是一个刚刚二十岁的农民，精瘦而黝黑，一双明亮的眼睛一直不能正视我。他小学毕业便回家劳动，现在已经是两个孩子的父亲。白草洼是一个深沟，贴着三面土崖，全住着人家。这里瓦无一片，砖无一块，庇护此居民的，当然是窑洞。高原的太阳，长年累月地照着白草洼，晒得那些土崖都发白了，干得像火烧了一样。几乎没有大树，三棵五棵小树在院子立着，全是耐旱的白杨。一个陌生的人到了白草洼，惹得居民都从窑洞出来围而观之，女人抱着孩子，用茫然的眼睛远远地向我打量，这里有十八户人家，其中四户是杂姓，其他十四户都姓王。王声告诉我，他们是一家分开的。走在弯曲的小路上，可以看到深沟有一条褐色的溪水，它缓缓流淌着，随时都可能干涸。这里的人所饮用的就是那些溪水，早晨，他们赶着驴子去驮，如果它枯竭了，那么就必须到长城对面的一条深沟去驮，那已经是宁夏的固原了。溪水是浑浊的，喝在嘴里，舌尖有一种涩而稠的感觉。

王声一家四代同堂，他的祖母才六十五岁，我步入院子的时候，她正在抓食喂鸡，高挺的身板和宽大的手掌，给我一种强悍的感觉。这个有六个儿子的老人，瞥我一下，就忙她的事情了。王声的父亲患着感冒，通红的脸颊，无疑是发烧的症状，看到了我，就从炕上爬起来，招呼一声，蹲到一边卷烟抽了。我没有发现王声的妻子，她正躺在别的一面窑洞，她的二胎孩子才三个月。

在窑洞，我所见的带有现代文明色彩的唯一一件东西是热水瓶，王声给我倒了一杯水让我喝。天光将窑洞照得很清楚，那用木架支撑起来的案板，放着刀、擀、勺、碗，瓦盆中的面粉正等着水调和。瓷缸蹲在土壁一角，水已经所剩无几了。几个黑色的瓦罐并排在窑洞的角落，王声告诉我，那里装着玉米和豆子之类。皱皱巴巴的炕上，覆盖了一张干硬的油布，下面是被子。夜晚，我将在这个炕上睡觉，这是王声的安排。

西方的天空，有一朵长形的云，它的白色消退之后，黑暗便沉重地压迫了整个高原。我站在窑洞的顶端，感到萧关的气氛原始而恐怖。没有星月的天空，成了一匹平滑的盖子，既无缝隙，又无褶皱，但大地却隐隐显露着地球的嶙嶙骨架，其中逶迤而去的长城，活跃在我的想象之中。古代的士兵，曾经在此抗击过匈奴，曾经在此守卫过家园，他们的鲜血曾经渗入土中，他们的头颅已经抛入沟底，然而现在呢？历史是一个怎样残酷的过程，新的年岁多么轻易地就冲刷了旧的岁月，想一想萧关，有几人知道呢？出生在萧关周围的人，当然是知道的，但他们却难以将萧关告诉世界。萧关之外的天地对他们是陌生的，他们难以步入其中。在这里，他们过着日出而作日落而息的生活，长城附近的土地，为他们提供粗糙的食物，他们的人生只能是自生自灭。也许在冥冥之中他们知道自己的归宿，所以他们要依靠迅速的繁殖使生命延续。漫长的黑夜，没有灯光，没有娱乐，他们怎样度过这黑夜呢？睡觉是唯一的形式，当鸡上了架子，当风在沟上沟下流窜，他们就爬到炕上睡觉了，不过怎样才能排遣生命的寂寞呢？他们只能在生命之中寻找乐趣，于是黑夜就成了他们孕育的汪洋大海。我没有一点贬低他们的意思，我很清楚，王声一家对我是那样的恭敬和诚实，从他们的眼睛我没有发现一点伪诈的神色，这是我从自己生活的城市之中很难得到的。此时此刻，他们正在窑洞的炕上躺着，风和黑暗拥挤在窑洞的门窗之外。狗忽然撕咬起来，凶恶的叫声在高原显得空空荡荡，但它却成了黑夜的突然兴奋的神经。萧关，你不能像死了一样沉默！

# 塞　上

在塞上，我常常沉默着。我本能地使自己融化于我所处的苍凉景色，这样和谐一些。任何语言，都不能完整表达我在斯地的感受。只要我发出声音，它就变得浅薄、空洞，轻得像透明的天上偶尔飘浮的白云。自然有其两面性，它在大陆的东南，展现的是多么浓郁的绿、温柔和美丽，可在大陆的西北却裸露着多么贫乏的黄、冷酷和丑陋。我简直置身在无边无际的荒漠之中，不管是脚下的戈壁还是远方的山岭，都是光秃秃赤裸裸的，几乎没有草木，仿佛谁把地球解剖了，之后，将那难以愈合的伤疤呈现给你。阳光之下，其沉睡的大地，散发着一种原始的气息。

一只褐色的虫子，有着坚硬的肌肤，会突然从什么地方窜出，闪电似的，跑得无影无踪。它的身体碰撞着礁石，竟仿佛是两种金属在轻轻敲打。这只虫子很像蜥蜴，不过它比蜥蜴迅速，跑的时候，发出一种响亮的叫声，孩子似的兴奋。显然是它的叫声使我注意到它，因为这只虫子的颜色与它赖以爬行的戈壁沙漠是一样的颜色。我惊奇斯地竟有这样的动物。

塞上的天，几乎没有雨的种子，而太阳则是巨大的，中午照射着白光，像针芒和刀刃似的，很是炫目。太阳的白光，弥漫于空中，俨然一种虚无，但落到大地上却成了一种实在。我伸手试验，感觉太阳的白光竟有一定的重量。

这里少树木，如果有，那么也是孤独的一棵两棵，其是当年修筑铁道和公路的人所种的。不过仔细寻找，会发现一种草，卷曲如女人烫了的头发，焦黄至极。稀落之草，零乱地夹杂在戈壁的沙漠之中，成了活的化石。黄昏时候，风会在遥远的山间游荡，并会觅死觅活地呼啸起来，于是黑暗就降临了，只给宇宙空间留下几颗星在闪。我以为，塞上的黑暗是世界上最大最冷的黑暗，也是让人最恐怖最绝望的黑暗，它太广阔，太浓密了。

塞上的地形和风光，是自然演化的结果，但我却固执地想象，这是上帝在其愤怒之际所创造的。上帝和人一样，充满了七情六欲。不过究竟是谁惹恼了上帝，使他在愤怒之中制作了如斯拙劣的区域。这当是一件严肃的事情，然而上帝竟没有在乎。

塞上的人，生活在可以避风的山沟。有两个小孩愣愣地站在门前，一只黄狗，在围着他们转悠。屋舍就那么几间。墙、顶，全是泥抹的，看起来很低矮，像是一些随便堆放着的盒子。这里没有大雨，可以不用砖瓦，而低矮则在冬天会暖和一点。远远望着，这些黄泥屋舍和周围的黄土山坡是融在一起的。没有什么东西装饰，只有挂在廊檐的辣子，红得刺眼，直直地垂下一线，非常地美。不尝插柳，也不尝植杨，仅仅几畦耐旱的蔬菜，绿在黄色的世界。夜晚，照明的油灯亮一会儿就熄灭了，太阳出来的时候，他们会开始新的一天。我曾经睡在一家农民的炕上，听着主人浓重的鼾声，想，这些人最初是怎么来到这里的呢？他们知道他人的生活么？他们愿意离开斯地吗？

在一个村子，我看到了一位老人的埋葬过程。我迷惑的是，他的儿女孙子都不哭，仿佛没有悲痛似的。一位长者领着披麻戴孝的成员，沿着一条小路，默默向山的南面走去，那里当有一片墓地，其祖祖辈辈的亡灵，安葬于此。现在，这个闭了眼睛的老人成了其中的一位。棺材放进穴洞的时候，有人燃放了鞭炮，但他的亲属却仍没有哭，仿佛永别的不是自己的父亲或祖父。他们的脸显得极为漠然或超然。

牧羊人的生活是艰苦的，也更为孤独的。陪伴他们的，除了羊，就是风、云，或是广袤的荒漠了。不过，他们绝不是没有情感的泥沙和石头。我曾经看到一个牧羊人坐在坡上晒太阳，便走过去向他问候。他看了看我，没有张嘴，继续捏弄着其皮鞭。脸是脏的，然而他有乌黑的眼睛。那眼睛满是善意，只不过他不想开口而已。他的羊散在周围，寻找着石缝的青草。羊撅断青草的声音，在空旷的塞上非常清晰。我坐在牧羊人旁边，掏出一包香烟给他，想让他唱一支表现爱情的歌。他将香烟扔了回来。我以为他不会，或是不愿意唱，便打算收起我的好奇。然而这时候他站起来，没有任何羞涩和拘谨地唱开了：

> 哥哥我前边走，
> 妹妹你后边遛，
> 过坡坎，进山沟，
> 我们拉手手，亲口口……

他的眼睛蓦地闪出亮光，黝黑的脸渗着红潮。随着他粗糙的嘴一张一合，其歌声便向远方荡漾了。在都市，像这样的歌声我并不陌生，不过那是演员在唱，或是一些文人在唱，我以为，他们用的是嗓子，而牧羊人用的则是蕴满肺腑的情感。他干裂而沙哑的歌声，传达着多么丰富的愿望。唱完以后，他就拣起鞭子，打着头羊，使

312

之向上攀登。可惜坡是滑的,那头羊上一步退两步,牧羊人一气之下,竟将头羊扛在自己的肩膀屈膝而上。我惊诧地望着他,不知道他究竟怎么了!

　　风在塞上是放肆的,它常常怒吼着陷下一个沙坑,或耸起一个沙丘,甚至会淹没铁道。为改变环境,政府组织人用草袋装上泥土,一个挨一个的压其大地,这样既可蓄水,又能固沙。在铁道两边,甚至长城以外的广阔区域,皆以这种方法向恶劣的自然进攻。在从兰州到银川的火车上,我看到了治理以后的沙漠,霞光之中,大地完全成了红色。草袋的痕印,将红色的沙漠分割成棋盘似的格子,仿佛是成千上万只手,用针线把流动的沙子缝在网里了,其中茸茸的绿,美妙地在太阳之下闪烁着。如斯绮丽的景色,是我在城市无论如何也不能看到的。我趴在火车的窗口,久久地眺望着,欣赏着,感叹着。

大人先生

我觉得他是一个有心的人，他的灵魂有一种历练之后的澄明，还有一种高贵的忧伤。这是他的作品给我留下的印象，当然也是他的作品挑起了见他的念想。

# 蒋子龙先生

　　我和蒋子龙只有零星的交往，也都是我对他的拜见或恭请。岁月漫漫，光阴翩翩，他的形象和风采总能从时间的云雾之中浮现而出，仿佛云雾拂过，高峰仍在一样清晰。

　　没有问题，是 1985 年，我和孙商山往天津去登临蒋子龙宅门，向他约稿。陕西人民出版社办有一份文学杂志，尽管拘于关中，还是希望扩大其影响的，这当然需要蒋子龙的小说，也需要更多的像蒋子龙一样重要的作家的支持。

　　远道而来，蒋子龙遂将接待的热情和真挚融化在一杯清茶里与几角西瓜里。他视编辑为嘉宾，虽然并无鼓瑟吹笙，不过摇转风扇，向客吹凉，确乎是君子之礼了。夏天，他穿着白色短袖衣衫，显得轻松喜悦，然而他脸上的骨骼和肌肉也尽露一种性格的刚毅与坚忍，且具燕赵之地的慷慨悲歌之风。他感谢约稿，表示有合适的作品就给陕西，这使我和孙商山皆觉安然。可惜当代文学的一个共性便是艰难，因为一场诉讼，我所在的文学杂志竟夭殁了，约稿也便中止。

　　大约是二十世纪九十年代初，我的一位同事出版了蒋子龙的小说选，恭请他至西安签售。活动成功，同事说："排队的人老老少少，足有一里路长呢！"获悉他下榻止园饭店，我便过去看他。

　　仍是夏天，不过房间已经装上空调了。那时候我正处于一个极度彷徨的阶段，毫无工作的热情，看他也仅仅是表达我的一种地主

317

之谊。蒋子龙的变化是更深沉，更闳阔，更从容，足显五十可知天命的气象。恰逢他正构思一部大著，其中的主角是一位发明颇多的工程师，弥留之际，卫生间马桶滴水的声音间断在响。由于密封技术尚未突破，工程师死不瞑目。蒋子龙斜靠在沙发上，绘声绘色，久沉自己创造的故事之中。一旦发觉暮色蒙窗，他才猛地站起来开了灯。

2019年11月17日，蒋子龙飞抵秦川，参加陕西师范大学长安笔会的雅集。非常荣幸，除敬邀到蒋子龙以外，我还敬邀了其他几位作家和文学批评家。

数日之间，蒋子龙一行观览了教育博物馆，举办了学术讲座，出席了学术研讨会，接受了驻长安笔会作家的聘任，赴白鹿原探视了一个神秘的汉陵发掘。

蒋子龙七十八岁，不过他的言行显然仍闪烁着盛年的身影。在我看来，他还是壮士的样子。也许缘于长期的游泳，他硬朗、灵活，肤色白皙干净。他不挑选，整个活动无一缺漏，令我由衷钦佩。在报告厅，在会议室，其态穆穆，訚訚如也。在餐桌边，在茶室里，其神怡怡，侃侃如也。丰草茂木似乎修饰了他的峻峭，不过其挺拔难以削弱。我以为这个人是可靠的，厚道的，也颇为温暖。当然，乍望之下，蒋子龙也难免让人觉得凛然，俨然。实际上他威而不猛，泰而不骄。孔子所推崇的君子不就是这样吗？

蒋子龙始终属于明星类的作家，这应该归于他的现实主义创作原则，坚持观察、思考和表现当代生活。新时期的作家，有的以控诉罪恶成名，有的以冲破禁区登霄，有的以返回传统闻达，而蒋子龙则是以呼唤和推动改革赢得声望。

1979年我进大学，晚上自习，男女同学都在教室里的荧光灯下沉迷五花八门的小说。彼此推荐,链接而传的,往往有蒋子龙的作品。他的改革故事,他的改革人物,总是引起争议。或是食堂,或是宿舍,碰面便论乔厂长。他的小说一再获奖,也是理所当然。这也证明改革的必要,改革才有前途。

文学院的学术讲座每年几十场,学者和作家有来自欧洲的、美洲的,也有来自中国香港和台湾的,当然更多的是中国当代的一些权威,总之不管怎么样,鲜见有座无虚席的景况。然而2019年冬天的蒋子龙的讲座让气氛恢复到了1982年秋天的路遥在联合教室讲座的那种饱满程度,这让左右激动。学生有校内的,也有校外的,更有一些作家从咸阳、渭南、铜川和商洛骏奔西安,结果报告厅显小了。两个过道坐满了人,头排桌子之前的空地上坐满了人,后排靠墙的空地上站满了人,前门和后门也都拥满了人。这是蒋子龙的光荣,更是文学的光荣。文学到底处于中心,还是移于边缘,关键看是谁的文学,这个作家是否有勇气和能力表现当代生活。

众目同视,气氛便多少显得凝重。蒋子龙批评文学居然躲避现实,小说竟撤退了。他认为,失去真相的文学将毫无价值。

# 陈忠实先生

陈忠实先生有宝石一般的品质。群贤相集，众士相会，一旦论及先生，凡男女老少，总是交口称颂，完全由衷。

我从未看到谁指责过陈忠实，或表达过其菲薄的。先生也非圣者，脾气发作，难免怒形于色，不过他瑾瑜灭瑕，深具内在的温润。

1986 年春夏之交，他至出版社向李佩芝交稿，是关于泰国的一组散文，我初见先生。他头发略分，朗朗笑着，露出了一个灞河汉子的白牙。不胖，然而脸上还是有肉的。一部厚重的可以安身立命的小说完成以后，先生脸上就只剩下皱纹满布的皮了。2016 年 3 月 23 日下午 3 点 56 分我和他通电话，觉得先生的声音十分柔瓤，不禁临窗辛酸。岁月不饶人，也不饶先生啊！

我和他没有机会共谋其事，同理其事，往来并非最多，不过淡然处之，也许还能导向最亲，因为心贴就是最亲了。2014 年以来，先生约我吃饭数次，除了司机，就是我和他。总以为先生有什么事，然而直到放箸付款，离开餐桌，他也只是问了问我的情况，不言其他。他常常会沉浸在自己的思想之中，沉默着，无意之中惆怅一声，终于无语。先生有他的特点，从不贬人，从不骂人，此贵于吾辈矣。我和他吃饭，每每是先生掏钱。我望着他提取了口袋里的一沓人民币，步出包间，过一会儿，又望着他步入包间，坐下来吸几口雪茄，说："走。"我怎么不懂由我结账才是礼呢！然而经验告诉我，我掏钱他真会急的。从命吧，这也是尊敬。

先生一直善待我，我是有感动的。求字送客，我懂尊重其劳动，然而尚未探价，他便说："你来，你来，来就行了。"敲门入室，略做招呼，先生遂递我一个书袋说："这是一幅，你送客。"又递我一个书袋说："这一幅，也给你，你不嫌就留下。"淡然笑着，使我如享熏风。刘茵编辑我的散文，需要一篇评论配发，我开口请先生之作，他说："好！你什么时候要？"在约定之日，我登堂取其文章。他先给了我一份复印件，后又持一份自己的钢笔件说："这也给你吧！"出乎意料的惊喜，仿佛天窗悠启，阳光旋照，一片明亮。先生鼓励我参加鲁迅文学奖评选，遗憾铁幕难破，我遂一笞二毛，扬声告别了。先生说："情况我也知道一点。既然这样，不参加也罢。"此乃理解，也是安慰，若空谷幽兰，旷野素菊，足矣！我有感动，先生一直善待我。

我不能想起自己为陈忠实先生做过什么。只记得拂逆他，一而再，再而三，可恶至极。

1996年，我编辑了他的文集五部，行世在即，打算举办一个新闻发布会。出版社不愿意有花销，就把负担转嫁给先生了。幸而一家企业慷慨资助，问题得以解决。企业欲通过新闻发布会腾声三秦，这也很是正常，遂提出由其老板主持。先生约我见面，茶饮之间，悦然相告企业支持之事。获悉新闻发布会要由企业老板主持，我劈头盖脸地说："这不行！版权是出版社的，必须由出版社领导主持。"先生一愣，又说："我已经答应了。"我说："陈老师，答应了也不行啊！可以给老板增加一些节目，主持必须交出版社领导主持。"先生骤然发火，怒气冲冲宣示新闻发布会作罢。不料形势如此，我遂婉转校正。经过反复协商，新闻发布会归出版社领导主持，然而程序多有空间，以让企业老板亮相，事遂顺利且圆满。先生轻松愉快，竟向领导夸我厉害，可以重用。实际上我根本不满意领导，也不为出版社争什么。我只是遵循一个道理和规矩，而且坚持这一点。

还有一次，我邀三五朋友小聚，先生说："某某几次要见我，干脆喊他也来，就算见了。"窃以为某某不纯，便没有允诺，也没有通知。那天晤觞，先生注意到某某不在，就问我："某某没有来？"我恬然且怡然地看着他，没有正面回答。先生略有色作，说："不就是加一双筷子的事么！"我蔼然不语，恭候他之平静。俄顷启宴举杯，先生遂开颜而乐。半年以后，某某便以其莽撞之举彻底得罪了先生。相信先生的明白，我也没有再解释什么。

还有一次，我做得非常糟糕。时在2008年，春节期间，先生做东请客，十余人也咸为朋友。我和庞进有龙之辩，影响广泛，以至席间诸君仍发所议。庞进并不在场，不过先生似乎倾向庞进，是扬龙的，并以二月二，龙抬头这样的民俗论证。我的观点是：龙的文化属性十分复杂，然而其要害在于，龙是皇权的象征。基于此，龙极易为专制思想所利用，所以选其角度抑龙、贬龙、责龙，应该是一个知识分子的觉悟和承担。可惜出于对先生的敬重，我既不能径言，也不能大言，遂他一句、我一句，一句杠一句，气氛渐渐凝固，终于紧张到诸君无不噤声。先生也搁下筷子，背靠椅圈，仰起头吸烟。菜一盘一盘地上来了，我转至先生面前，说："陈老师，揀菜！"先生悠着气息说："你先用，我抽几口烟！"不知道怎么缓和为安的，总之，尚未炸裂，以礼而散。我的沮丧涨满了全身所有的细胞，是方英文陪我从小寨走到了明德门。三公里，王顾左右而言他，不能提龙。

我的认真，我的偏执的认真，不含糊的认真，不得体的认真，不领情的认真，不蹈孔门的认真，不会圆融的认真，一而再，再而三，顶撞着先生，一个兄长，一个前辈，一个文学事业辉煌的人，一个社会声望甚盛的人，一个道德律极高的人，一个尊严感颇强的人，一个性格坚硬的人，一个谨防冒犯的人。然而先生一次两次三次地理解了我，宽容了我，原谅了我。他对我没有丝毫的疏远，没有任何的讨厌，没有微茫的旁敲和侧击，反之，他待我越来越好，越来越信任，甚至越来越喜欢。这个春天，为什么我总是伤感？为什么我常常落泪？我想看一次先生，然而不便，不成！

记得 2007 年，文学院有意成立一个写作中心，委托我邀先生做主任，他欣然响应，然而拒绝报酬。我再见他，告知文学院领导的意思：主任怎么能白做呢！所以不确认报酬是多少并接受所付报酬，写作中心成立的程序便不能向前走了。先生转过脸，睁大眼睛，目光直视，声情并茂地说："你看，我有工资，有版税，字也有一点润格，还在别的大学做一些事，这就够了。担任写作中心主任，我能做什么就会做什么，只是我不能再拿报酬了。我很清楚人与社会之间的利益关系：要合适，不能过。我不能过！"我知道了先生的所想。此肺腑之言，给了我难得的启示，文学院领导也啧啧赞之。

先生是一个久经儒家文化浸润和陶冶的人，其动心凝虑，举手投足，皆有仁义礼智信的约束。孔子在二十世纪一败再败，儒家文化也持续衰落，至二十一世纪，究竟几人还以君子的标准要求自己呢？

秦岭嶂峦，东西横贯。天街犹在，南北纵穿。一日照空，万木尽繁。先生之正，馨必飘远。

# 李若冰先生

李若冰先生是一个官员，但他过去到底担任过什么职务，我并不清楚；他是一位作家，但他的散文究竟有多少篇目，我也不清楚；他生于何日，逝于何地，我还是不清楚。窃以为这些都不重要。重要的是，我常常会想起斯人。在不定的瞬间，不定的境况，无意之中，先生的形象会蓦地闪现脑海，我不禁喟然赞叹说："君子啊！"

先生总是微笑着，唇动欲言，终于又沉默了，不过仍微笑着。先生背头，白发，额亮颐丰，敦实而稳健，是可以信靠的。先生重而威，威而不猛，温而厉，厉而不苛，恭而安，安而不固。先生恂恂如也，侃侃如也。

我是实实在在的晚辈，不与共学，何论适道，更何论同坚守，同经略。然而在我出乎大学与入乎社会之际，以路遥的引荐，荣幸地认识了先生，遂能旁观和侧闻他的高风亮节。

推贤进士是先生最可贵最可敬的品质。二十世纪八十年代，那也是一个晴空万里的历史阶段，凤鸣青山，木发黄壤，他如唐荆州长史韩朝宗一样，陕西文化界公认先生为风雅之司命，俊杰之权衡，一经提携，必可建功立业，扬眉吐气。三秦的青年，凡有志者，有技者，谁不盼投奔先生，博得先生的激赏，从而有一个平台，以振翅远飞。

他给了路遥巨大的帮助和保护，否则路遥将麻烦缠身，怎么会安然写其小说。他支持在陕西人民出版社创办一家大型刊物，并举散文家刘成章为文学家杂志的主编。他支持陕西省作家协会的机关刊物进行改革，从而三十二岁的白描当了《延河》杂志的主编。他支持导演吴天明做厂长，西安电影制片厂遂脱颖而出，誉满天下。先生的甄拔与调度，奠定了陕西文学、艺术、电影和出版的格局，尤其是给陕西文化界注入了强劲的朝气、生气和清气。

先生之爱才，也难免爱到有趣的程度。秦岭南坡有一个青年，好文学，欲有所发展，便进城见先生。先生觉得此青年的文章屡屡出彩，遂让单位给其置了一张桌子坐下来创作。此青年是农民，不得发工资。写了一个月小说，无钱吃饭，此青年就又叩门见先生诉苦。先生不忍其可怜，便指示财务部门要发工资。上达先生说："不在编，无法发呀！"先生说："让人事部门打报告，我批，入册不就行了。创作呢，还能不发工资！"多年以后，朋友相聚，每每会乐道此事，且无不莞尔颂之。

2002年的一天，在常宁宫举行陈忠实从事文学创作纪念活动，先生受邀，欣然出席。这年是陈忠实发表文学作品四十五周年的庆典，那天也是陈忠实六十周岁生日的祝贺。先生敏于行，并慷慨褒显。有以小事大的，有以大事小的，皆为古道。先生长而老，陈忠实少而壮，先生之举，当属以大事小了。

先生是一位散文作家，著作甚丰，影响颇大，并孜孜促进陕西的散文创作。他对散文作家倾注着热情，只要发现有特点的作品，便不惜口舌，见了同道就夸。他夸过刘成章的作品，夸过李天芳、李佩芝的作品，也夸过匡燮与和谷的作品，当然也夸过贾平凹的作品。先生是散文的妙手，风格清峻，意境明澈，论中国散文少不了李若冰这一家，然而他从不夸自己。大约在1987年前后，先生提议成立陕西省散文学会，并亲自召集诸作家研究其机构和配位。我年轻，便由我通知开会的时间和地点。刘成章、贾平凹、和谷、汪炎，还有张国俊吧，应该都参加过讨论。他和诸作家反复酝酿，拟定了会长和副会长名单，以投票取之，严正产生。会长是第一重要的，那么谁当会长呢？他认为贾平凹合适，提议由贾平凹当会长。那年贾平凹才三十五岁，不过成就斐然，先生支持他。

自古至今，凡智士往往相轻。一旦荣誉与利益杂糅，竟无所不用其极地争座次，夺奖项，狼烟滚滚，冲锋陷阵，真是德之有亏，丑莫大焉。李若冰先生深具领袖风范，一向忘己立人且达人，素能不偏向，不伐异，不嫉妒，不毁钟，不鸣瓦，弃谗拒佞，凌是非之上，近乎于仁，岂非吾曹的一个景仰吗？

# 向郭风墓三鞠躬

天倾西北，地陷东南，此为中国神话所叙述的大陆形势。这种奇幻的故事早就催我走一走福建沿海，以瞻其景。然而一拖十年，再拖二十年，直到甲午正月，我才游了厦门、泉州、莆田和福州。

促我成行，显然还有一个原因，是我想谒郭风墓，向先生表达我的敬意。此念在2014年2月6日8点20分怦然而起，强烈至极，不可回收，遂买了机票，径达鼓浪屿。

我和郭风先生既无面交之亲，又无杯酒之欢，一直如此。他长我两辈，相距也远，往来真的有阻。然而我读过他的作品，那种静穆和明丽的意境确实让我羡慕。我也曾经想象他的容颜和姿态，猜度其轩昂或矍铄。不存拜见之心，因为其中的差异太多。

依稀是我有书出版，一本散文选，寄给了他。我以为到此就结束了，难有什么反响，世情总是这样的薄。未料不久我竟收到他的信，开封一看，居然是一篇评论文章。仿佛两年以后，我复有书出版，一本系列散文集，仅仅是出于汇报，再寄给了他。旬日之间，收到他的信，一看居然又是一篇评论文章。两篇都是钢笔所写，蓝黑墨水，字迹刚劲，气息平和，偶压纸的格子。文章皆不长，然而有分析，有援引，语多鼓励。我能为先生做一点什么呢？聊任编辑，就出版一本他的书吧！然而以郭风先生的艺术造诣和社会影响，实际上是他支持我。即使如此，有一年春节之前，他还寄一盆水仙给我。

327

在我的视线里，其水仙永远叶绿花白，俊俏十足，有盈盈的生机。

先生这些厚爱，都发生在二十世纪九十年代初，算起来当时他七十开外，我三十出头。那些日子，正是我运势持续动荡的时候，以愁云惨雾状我，一点也不夸张。按理我应该拜见先生，恳恳致谢，然而我觉得此举俗了，我也不得意。但先生的帮助与教诲却从来没有散淡，相反，我对先生的感恩固如磐石，重压我胸。2010年先生逝世了，我也尝动意到灵堂去吊唁，不过又立即抑制了我之所计，因为此举也俗了，尤其怕我的突然降临会造成一种打扰。

我决定向先生墓三鞠躬。资料显示，先生葬在他的故乡莆田，我遂骏奔莆田市华亭镇濑溪村的福宝陵园，以为先生安眠在此。可惜管理者告诉我，这里有墓一万余座，不提供具体信息根本不可觅。举首遥望，墼旋雾茫，低眉垂询，秦耳闽语，使我一筹莫展。原不想惊动任何人，现在只好求助朋友了。经了解：郭风不葬福宝陵园，其墓是在福山陵园。不过仍有问题，因为民政部门已经把福山陵园改为宝山陵园了。完全清楚了，遂辞别管理者，乘濑溪村一个青年的摩托车驰骋十余里，沿宝山十八盘而上，终于找到了郭风墓。

先生之墓与它周围的所有墓都是一样的规格，一样的石材，一样的安静。然而我觉得唯先生之墓是熟悉的，亲切的，尤其镶嵌在墓碑上的照片所呈现的先生的慈祥、喜悦和智慧显得独一无二，闪烁着古之君子才具的神采。

确认郭风墓以后，我攀崖入林，揪了一把青草，折了一簇翠枝，撷了一朵黄花，盘结一体。点燃我带的香，遂献先生。我久久站在先生墓前，虚怀净窍，聚精凝虑，让时光一分钟一分钟地悄然倒流，转至二十世纪九十年代初我的落寞岁月。我的泪水潸然而下，我说："先生我看望您来了！我看望您来了！"遂一鞠躬，二鞠躬，三鞠躬。

# 苦难与智慧

　　大约有二十年左右的时间，史铁生是我耿耿想见的一个人，斯念源于他那篇关于清平湾的作品。我的见一见他，并不是要请教小说的技法问题，也不是钱锺书先生所调侃的吃了蛋还要看鸡的嗜好。我觉得他是一个有心的人，他的灵魂有一种历练之后的澄明，还有一种高贵的忧伤。这是他的作品给我留下的印象，当然也是他的作品挑起了见他的念想。我一向善感，现实中的或艺术中的事，每每会打动我，于是近乎二十年之前我那充满忧伤的青春岁月，就非常易于为史铁生的忧伤所浸润，随之汩汩地流泪，并感到了灵魂的净化和抚慰。然而也不仅仅是这样。我发现史铁生对生活留恋得极为深沉，甚至他认为清平湾的牛都知道羞耻，有道德，而村子的男女老少则无不属于良家。我十分诧异，窃以为他在无意之间弄出了人之将死其言也善的信息，清平湾的暖色显然是黄昏的暖色。我独守这个发现，拒绝交流或传播，是出于对宇宙之中一种神秘力量的敬畏，也不愿意让人骂我是诅咒史铁生。我多少也有文士相轻的毛病，对一般人的作品，通常只是品尝一下，领略其味就行了，可对史铁生的作品却兴趣强烈，能得到的一定要读。除了他的作品让我喜欢之外，我还有一个目的就是捕捉新的信息，并想见他。我尝思索，如果史铁生知道在西安有一个人这样关注他，而且是暗暗的，持久的，那么他大约很是反感。可惜他无法发现我，并阻挡我。不过我想见他的念想也是淡若轻烟，飘若浮云，忽隐忽现的，然而这个念想似乎也特别顽强，一岁一岁地延续下来，没有消失。我明白，见一见是需要机会的，遂等待着机会。

实际上我所捕捉的信息是很准确的，有史铁生的作品提供的证据。不过在清平湾之后，他显然已经战胜了自己。我的意思是，他曾经一步一步地走到了死的悬崖，甚至要纵身一跳，以摆脱身后的世界，可他却终于醒悟，决定要生，遂返回大地，从而看到了清平湾的美丽。醒悟的过程是漫长的，也是艰难的。也许只有史铁生知道，一个多么英俊，多么自尊，充满希望的青年，突然双腿废了，不得不靠轮椅在世间游移，是怎样一种苦难。是的，史铁生的苦难是从双腿有病开始的。人类有形形色色的苦难，而史铁生的苦难则起于身残。

苦难有时候真像大海，溺于其中的人，往往会由于难以承受其折磨而颓唐，而堕落，或是变得嫉妒和仇恨，甚至有的会图谋报复社会，若实在走投无路，那么便自杀。在我周围就有这样的故事发生，而苦难所造成的消极心理，我则完全可以考量，并愿意理解。在史铁生双腿有病的开始十年，他经常摇着轮椅把自己运到天坛。那是一个古老的祭场，不过史铁生进去的时候，它已经成了一个又破败又荒芜的园子，只有厌世或隐身的人才喜欢这里。史铁生显然是希望躲避喧嚣的，躲避所有的人，甚至要躲避自己的母亲，或分担母亲的忧伤。母亲也知道儿子的煎熬，然而她难以有效地安慰儿子，或减缓儿子的煎熬。如果史铁生离开家的时候不是心平气和的，那么他母亲便不会安安静静地待在家里，即使史铁生不烦不恼地走了，她也不能。她总是在史铁生出门之后，要悄悄地到天坛去，以看一看儿子。史铁生不愿意遇到人，甚至在落寞的园子，他也要藏在树后或林中，这为母亲找他增加了难度。有几次，他发现母亲在园子张望着，四下张望着，终于也未能发现自己，遂怅然而去。之所以母亲未见他还能走，是因为园子的气氛是正常的，她感到儿子还好，虽然未见。如果儿子不好，那么园子早就会有一种惊异与紧张的气氛。不过她走，也是怅然的。史铁生躲避在古老而荒芜的祭场，竟连母亲也躲避，主要的原因，甚至唯一的原因，是他正经受着苦难的锻造。他不希望任何人看见他挣扎的状态，这仿佛蛇蜕皮，蝉脱壳，虎狼豺豹舔其创伤，总是隐蔽在角落进行的。禽兽也会维护其自尊，何况是人，何况是史铁生。也许这还不仅仅是一个自尊的问题，它有可能是出于宇宙之中一种神秘的力量，具有生命诞生的性质，或是要脱胎换骨就必须这样，因为它将导致人的根本变化。苦难有时候真像大海，史铁生溺于其中近乎十年，终于摆脱了沉沦之势。

当然，他还从苦难之中掌握了智慧。至于苦难怎么变成了智慧，是用加减法，还是用乘除法，还是混合用之，他似乎省略了。不过总之，他是我知道的，在世间同路而行的人之中，唯一对死有研究的人，而他的结论则从实践获得。他是以见证死来研究死的人。他对死的研究，使他完全达到了这样一个高度：他凌驾于死之上，从而潇洒地生。在这一点上，我觉得他似乎有一种宗教的精神，使我易于想到释迦牟尼的信徒或耶稣的信徒。我以为，这是一种智慧，它使灵魂扔掉了庸常的累赘，变得澄明，充满了人之为人的纯洁。我所谓的有心，就是指这种经过一番历练之后才获得的纯洁，而史铁生则属于有心的人。多年之后，史铁生完全理解了母亲，也对母亲产生了一些负疚和懊悔，并深沉地纪念着母亲，这便是有心的表现。史铁生早就把对母亲的感情，扩而大之为对万物的感情，而这则恰恰是一种智慧。史铁生的苦难是从双腿有病开始的，他的智慧是从苦难开始的。对于这样一个人，我当然是要见的。

　　机会出现在一个夏天的下午，大雨以后。我进入史铁生所居的社区之际，那里低凹的地方还汪着水，空中也有一种混合着花草与树木的气味，非常凉爽，有老人和孩子在路上且行且停。我敲了敲门，他的妻子便打开礼让我，接着史铁生摇着轮椅出来，迎我到客厅去。近乎二十年之间我想见的人，一旦坐在我的面前，我居然不知道怎么说，说什么，才算合适。孔子曰："知者不失人，亦不失言。"我便是这样考虑的。在以中国人惯常的相互问候之际，我对史铁生突出的印象是，如果他站起来，那么一定很高大，很魁伟，他在街上碰到流氓或盗匪，一定会有勇为。他也有静气，偶尔的一个手势，还带出了一种领袖的风采。他的身体仍然是麻烦的，他告诉我：每星期做两次透析，使人非常疲倦。透析就是把血液抽出来，消除其中的毒素之后再输进去。消除血液中的毒素，也会损害血液中的一些营养，所以会疲倦。他解释自己的身体，就像解释叶的光合作用或冰的物理变化，是没有任何忌讳的，这便是达观。他很清楚出版行业的变化，并以印数和版税计算我的一本书的报酬，还表示祝贺，不过我明白他对这种问题缺乏兴趣，他这样做，无非是量体裁衣，见客炒菜，以照顾我的情绪。讨论我和他共同认识的一位作家，其骤然兴奋，并对她有可能的成功表示期待。零零散散，任其自然，就到了我应该离开的时候，遂起身告辞。史铁生摇着轮椅一直送我，走过客厅，还继续走。我要出门了，便站下，转过身说："请你留步！"他挥挥手，笑着说："你走好，再见！"

　　离开史铁生所居的社区，我便在北京消失了。不过我一直回味我对史铁生说的话：请你留步！严格分析，它属于弗洛伊德所指出的口误。在我的潜意识之中，显然认为史铁生是一个健康的人，否则不会那样用语。如斯用语，有失推敲，它当然也是在我设防不严之际自己涌出的，总之难免有一点唐突与冒犯，并害怕刺激他。我也久久想到他的客厅。地板是不加修饰的水泥地板，桌椅都是旧的，由于住在一楼，光线显得黯淡，然而刘梦得有言："山不在高，有仙则名；水不在深，有龙则灵。"孔子有言："君子居之，何陋之有！"我还感到上帝的伟大！上帝常常给金玉似的身体装满了败絮似的俗气，以让这种人到处展示自己的浅薄与卑劣，反之，常常给疾疴之躯注入灵性，并让这种人静静地放射自己的光芒。我不知道上帝是什么旨意，是要造成悬殊的反差吗？若是，那么这种反差的作用何在？难道是要启示：瞧，人的能量多么巨大，疾疴之躯都会修成澄明的灵魂，难道强壮之身不能吗？不过也可能是这样的启示：苦难并不是幸福的绝路，如果你愿意，那么苦难还培育智慧呢！然而这都是我的一点猜测，窃以为我愚笨的脑子是不能提供优秀思想的，请包涵，请原谅！

# 路遥纪念

一年之中，总有几次要往西安的一些大学去向学生分享当代文学的认识，最后半个小时，照例是回答提问。也许是地域的原因，学生对生活在这个古都的作家有极大的兴趣，而已故的路遥则是他们深情追究的一位。那种场面是感动人的，因为提问学生的神态很是虔诚，没有嬉笑，也没有调侃。可以感到，他们完全是陪伴着路遥在思索，甚至是路遥引导着他们，起码是影响了他们。讲座是为学生传道授业解惑的，但学生的表现却也启示着我。孔子曰教学相长，体会起来，我以为确实是对的。

路遥的书在生前就有很多版本，而死后则更多。他的书几乎都由出版社自己出版，不过也有出版商造货的，也许还有一些盗版。我便见过一种字小而模糊的书，我有相当的根据怀疑它的来路。路遥的女儿是路明，其母亲林达，曾经代表她向我征求如何对待盗版的意见，我的回答使她失望而沮丧。杜绝和打击盗版，以保护路遥在内的作家的知识产权，显然是一个制度问题，即使我是路遥的朋友，即使我还披着一张编辑的皮，我也没有办法。然而我可以思索这样一个问题：媒体几乎没有对路遥的书进行过煽动性宣传，他的书的出版，也没有过商业性运作，实际上路遥的书是以平静的方式行世的，但它却一直拥有大量的购买者和阅览者，这是为什么？

有一次我看到一个学生拿着路遥的小说，封面油污，边缘破损，显然是经过很多人的手才传到他那里的。作家的书被人读烂了，但它却仍被人读着，显然是一种极大的荣耀。把曹雪芹的书和柳青的书读烂的情景，只有小时候我在自己的故乡看到过，不过那时候是中国的禁锢时代，可怜的中国人是没有多少书可读的，不过现在，把谁的书读烂的情景几乎没有。书多了，便增加了选择的机会。在一个有种种选择的岁月，路遥的书经过很多人的手而由新变旧，我为他感到骄傲，当然也有微茫的一点嫉妒。我还在一个县城的书店看到他的书出租的情景，老板告诉我，要路遥书的人几乎都是青年。调查显示，路遥的读者是二十世纪下半叶作家之中最多的一个，多于琼瑶和金庸，当然也多于副主席王蒙。我曾经一再表示对评论家的遗憾，并抱怨他们忽略着这种现象。朋友之间，偶尔也讨论这种现象，也瞪大眼睛惊叹，然而尚未把讨论升华起来。在我看来，既然是一种现象，就需要认真研究，因为在现象背后很可能有一把开启某个文学理论之锁的钥匙。

路遥是一个农民的儿子，但这个乡村青年却怀有改造中国与世界的理想。也许路遥对他的设计是当一个杰出的政治家，我以为，路遥完全具备政治家的天赋和气魄。不过政治家是在一定的气候之下才能产生的，而路遥所生活的时代则体统严密，尽管也有风雨，也有怨，然而总之，路遥以他底层的身份难以进入权力阶层。这多少刺痛着路遥的心，不过也使他深刻地了解着社会与命运。当然关键是，它引发了路遥严肃地考虑，大的考虑，并造成了他这么一个有使命感和责任心的作家。路遥也存在着明显的局限，这便是他没有把自己提升到一个人文知识分子的境界。不过这不能苛求于他，因为做一个人文知识分子，是需要一定的文明的传播和交流的，还需要一定的文化视野，可惜如此条件在路遥的时代还不具备。然而路遥也绝不仅仅是一个追求风雅的文人，在他身上，没有丝毫的中国传统文人的习气。他不会吟风弄月，也不懂棋琴书画。他是把主要的精力都花在对现实的关注了，进而分析着普通人的生存状态。也许路遥的作品缺乏艺术的先锋意识，但它却一点也不缺乏普通人的情感，而恰恰这一点则是他成为普通人的作家。

路遥虎背熊腰，有强悍之感。当然一个男人体质上有力量，并不等于他精神上就有力量，这仿佛女人有一张好脸，并不等于她就有一副好心一样。不过路遥是多少有英雄气概的，并有征服之欲。实际上路遥也只能这样，否则他便会像黄土高原上的一棵杂木一样自生自灭。荒凉，落后，没有前途，这便是路遥的环境。要改变这一点，要出人头地，他只能奋斗。高加林是奋斗的，孙少平也是奋斗的，而要奋斗则会有挫折。奋斗，挫折，甚至失败，对此过程路遥有深切的体验。不过这种体验难道唯路遥有吗？不！凡是这个社会的普通人，凡是底层的青年，不管是乡村的，还是城市的，他都会有，而且是一茬一茬涌现的。这些青年便是路遥的基本读者。路遥的书使他们产生了共鸣，并舒缓了他们的孤独和辛酸。

还有爱情。在我看起来，爱情是有条件的。也许繁殖爱情的条件并不是财富和地位，甚至财富和地位恰恰会削弱繁殖爱情的能力。我以为，通常在贫困的情况下，在道德保守的情况下，在男女的自由受到限制的情况下，爱情才会活跃起来，这就像有压力才会有火山爆发一样。路遥曾经慨叹："雪夜之中，依偎在街角的恋人，是最幸福的，也是最让我羡慕的！"读路遥的小说，便能看见这样的爱情，它当然也是吸引青年的一个秘密。

我和路遥在过去有一点交往，不过属于蜻蜓点水，其背景是我在毕业分配的时候他帮助了我，对此，我心存感激。尽管我十分敬重路遥，但我却始终没有成为团结在他周围的人，这固然由于我主要写散文，他主要写小说，我年幼，他年长，也由于他当时是热点人物，他有自己的崇拜者和追随者，而我自己在骨子里则是一个独立者、高傲者或自负者。我从来都未进入前呼后拥的队伍，也鄙视如此做人。我当时也为他做不了什么。现在能记得的，就是给他女儿找了一根作为玩具的注射针管，不过这还是应林达之托。倒是他一直关注着我，并有庇护之意。

有一年在新城广场附近的一个地方开会，我觉得内容乏味，便抽身离去。出了门，我碰到他和贾平凹站在树下叽叽咕咕商量着什么。他们都是矮子，都穿着二十世纪八十年代在北方时尚的黑呢大衣，都是一副胸有成竹的样子。我跟他们挥手告别，他们遂点头，应着好，随之路遥侧身对贾平凹说："这后生不错，今后多多在意他一点！"其实我认识贾平凹比认识他还早，我和贾平凹的来往也密于我和他的交往，然而路遥的庇护我是领受了。至于贾平凹，当然一直支持着我的写作，而且我也记得在一个困难的冬天他所给予我的帮助。还有一年，是1991年，陕西省作家协会已经确定我作为代表之一，参加全国青年作家会议，然而有奸佞之人揭发我犯过错误，于是协会就不得不遵命取消我作为代表的资格，并以一个身材细瘦的人顶替。这种事情是愤怒不得的，不过可以冷笑。大约就是那几天，我在一个家属院碰到路遥，他宽慰我说："蛋尿事情，不要管它，好好写自己的东西就行了。"我和路遥只有一次讨论过文学，他教我："你写散文一定要走自己的路。现在很多人都模仿贾平凹的散文，你不要这样！"我认为，如果路遥不把我当作他的兄弟看，那么他不会如此坦率；如果不把我当作他的兄弟看，那么他也不会如此诚挚。不过我觉得贾平凹的散文还是魅力很大的，你无法不学习他，然而当时我没有这样回答路遥，只是心里想着而已。

路遥逝世之后我真的非常难过，我一再默默地流泪。我记得一天骑自行车接女儿从幼儿园回家，经过钟楼之际我忽然控制不住抽噎起来，四岁的女儿觉察了，遂抬头仰脸问我："爸爸你怎么啦？"我说："爸爸有一个朋友，是作家，写小说的，他昨天突然逝世了，我心里很难过！"女儿说："爸爸哭，我也要哭！"于是我和女儿就都哭着绕过了钟楼。今年的一天，我应邀在西北政法学院为学生比较余秋雨与贾平凹的文学，最后的提问当然涉及路遥及其我对他的印象，我遂说了说我和女儿为路遥而哭的情景。我以为时过境迁，岁月的尘埃会把我的心灵污染得粗糙而迟钝，岂不知我还十分敏感，我一点也不料突如其来的悲伤会迅速袭击我，我竟在课堂上泣不成声。在大约有三百名到四百名学生的教室，一下变得十分寂静，也十分肃穆，我还隐隐感觉很多人都低下了头。感谢这些学生，他们理解着我，并以默默无言的形式参与了一次感情的交流。我以为此时此刻的无言，应该是最合适和最美丽的方式。

我当然参加了路遥的追悼会，并留下了两个难以磨灭的印象，一是路遥躺下之后显得非常短小，我觉得他短小得简直像一个孩子；二是他的脚上穿了一双雪白的旅游鞋，鞋底有类似瓦当上的一种花纹。从三兆火葬场回来，我有几年不去那个鬼地方。尽管此间有同事和朋友逝世之后也在那个鬼地方举行追悼会，然而我狠着心，坚持不去。我觉得那里阴森，充满了不安的灵魂，尽管哀乐也很是悦耳。

我一直在以自己的方式纪念路遥，不过我始终也没有获得一种足以表达我感情的方式，这是让我遗憾的。几年之前，我有了出版他的全集的设想，觉得这确实还算一件事情，随之找到林达和路明，她们也很是支持。评论家李国平过去也是路遥的朋友，并研究路遥，于是我和他就四处奔走，八方联络，以征得散落各地的路遥作品及书信。经过大约一年的努力，全集倒是编辑起来了，但出版它却遇到了麻烦。在一段时间，出版的计划确实到了流产的边缘，甚至马上就要道歉退稿了，对此，我作为它的编辑极其悲哀，作为路遥的朋友极其负疚，也觉得抱愧林达和她女儿。幸亏广州的杨斌对路遥的书很有兴趣，而且她确实是一个颇有见地和气魄的编辑。经过商榷，很快就有了一个合作出版的协议，而且全集是终于行世了。路遥当然没有见过杨斌，不过他如果有知，我想他一定会感谢她的，并喜欢这个漂亮的女士。依我对路遥的了解，我想这是完全可能的。

我还想告诉路遥，在日本有一位学者名曰安本，是专门研究路遥的。我敢保证，在整个世界，当然包括我的陕西，他是收集路遥资料唯一齐备的一位。他曾经再三打电话询问全集出版的情况，还托叶广岑询问过我。毫无疑问，从邮局取回书之后，我将立即送一套给安本。在冬天，路遥的书出版了！我真是高兴，我真想拥抱街上所有的人，当然是美人！

# 交渊明作朋友

孔融曾经对曹操感慨地说："岁月不居，时节如流。五十之年，忽焉已至。"是的，一切都像刚刚发生的，有野草萌动而露水浸润一般的新鲜。实际上春秋常转，当知天命了。非常幸运，在这样的日子，我要交陶渊明作朋友。他为诗杰，更是士雄。

秋高天澄，怀畅情悦，略阅庐山数景，便携妻儿直抵当年的浔阳郡柴桑县，今之江西省九江县，想看一看先生之墓以行礼。

中国的文化很容易使人有志，志存高远，志在四方，甚至会图谋解放人类。也许一个国家应该有宏阔的理想，但芸芸众生却不敢志大，尤恐大而不当。人一旦存改变社会之念，必然频生矛盾，辄陷纠纷，不慎便惹火烧身。人多是在有了一番经历以后才能洞察的。从杂乱的生活之中所提炼的观点未必都是真理，然而它足以修正自己，调度一种合适的生存方式。

不知道是否可笑，我年轻时候的榜样往往都是伟大的人。

初我景仰鲁迅。江南之行，竟径奔绍兴，因为斯地是鲁迅的故乡。高瞻了三味书屋，遂直入上海，以在大陆新村九号观物思圣。鲁迅当然是伟大的，现在我仍认为他伟大，而且在以往那些困苦的昼昼夜夜，我是依他为靠山的。不过他没有陶渊明伟大，起码他积怨深怒这一点就显得小气。

有一度我颇为迷恋孔子，他的知其不可为而为之的韧性，尤其让我钦佩。我尝在曲阜盘桓半月，举头望天，低头察地，想象他的形容。孔子永远都是伟大的，然而他孜孜于出仕的为作，未免损害尊严。恓恓惶惶，固然是为了天下，不过为了天下就要折腰吗？甚至周游列国，屡遭碰壁，弄得状若丧家之犬，结果是什么呢？孔子之坚贞是否稍逊陶渊明了？

我还曾经投目托尔斯泰，觉得他具超拔之势，东方人和西方人无不在读他的书。不过其想似乎玄幻，逾越了普通人的接受程度。仅仅对幸福的理解，他的观点便让中国人眩晕。他是神化的人，宗教化的人，心理偏执化的人。陶渊明比他现实，然而不比他低，也不比他俗。

我也曾经向歌德一再聚睛，特别欣赏他的智慧。他既能在哲学和艺术的世界劲游，又能在利益的世界阔步，卒不失青史之荣。谁能像歌德这样成功呢？然而他太劳累了，也太周折了，甚至有沉瀣之味。他缺乏陶渊明的清爽和干净，也缺乏陶渊明的潇洒和浪漫。

王维与陶渊明貌似，也神似。他们都知道官场之险峻，都有所退，不过王维是半退，他也有俸禄以惠衣食，但陶渊明却是全退，不得不躬耕谋生。王维心小，陶渊明心旷。王维的消极有幽暗，陶渊明的消极有明丽。王维的快乐有阴影，陶渊明的快乐有光芒。陶渊明是温暖的，也是可以敬爱的。王维和陶渊明都是诗杰，但王维却难为士雄。

苏东坡告其弟苏子由说："深愧渊明，欲以晚节师范其万一也。"他冲冲闯其官场，一再发生政见之争，弄得自己贬谪复贬谪，伤痕斑斑，甚至身临牢门。宏观之，是非何在？远望之，意义何在？所以苏东坡没有陶渊明高，苏东坡也不算士雄，尽管他才华横溢，其名盖世。深愧渊明，是苏东坡的谦虚之道，也是自知之明。

屈原独醒，可惜独醒并没有保障他的安全，甚至独醒把他推进了鱼腹，独醒何悲！独醒当然也有可贵，不过屈原的问题不是独醒，是愚忠。忠于真理而牺牲自己是伟大的，若哥白尼，若布鲁诺。忠于国家和民族而牺牲自己，也伟大。但屈原却是忠于一个人而牺牲了自己，而且他所忠于之人是昏人，是弱人。尽管屈原所忠于的楚王为君，不过君也仍是人，是沦其社稷于灾难之中的特殊的人，如此而已。屈原先忠于楚怀王，继之忠于楚顷襄王，皆是昏弱之君，足见他迟迟没有觉悟，独醒什么呢！陶渊明没有这样为一个南面称王的人而尽心竭力，因为他早就发现道丧了，人不可靠，君也不可靠。陶渊明比屈原伟大，陶渊明是大醒，屈原仅仅是小醒。

李白和杜甫，一个诗仙，一个诗圣，桂冠之华，中国文化人罕有，然而他们无不是官迷，强烈地想跻身朝廷。李白神出鬼没，时隐时现，不过心向长安。受到唐玄宗招致，便仰天大笑，高喊自己并非蓬蒿之人。一旦皇帝发现他不宜政务，让其还山，遂牢骚满腹，聊以参加叛唐的永王麟幕府而丧义，忽然做军阀宋若思的参谋而乱节，卒以依附县令李阳冰而窘迫。老杜久怀宏愿，只是宦海难渡。决心书，求情信，纷纷投送，足以成册。攀附驸马，结交王孙，晨敲富家之门，暮随骏马之尘，真是有伤风骨。"自谓颇挺出，立登要路津。致君尧舜上，再使风俗淳。"此乃老杜的抱负，但他得到的却是小吏之椅，情绪当然难畅，遂一再失态。陶渊明五次任职，五次辞职，挥霍潇洒，不留斧痕，不受委屈，显然是李白和杜甫所缺的。

十分敬爱，要凭吊一下先生，遂到九江县来了。地主好客，皆指沙河镇有先生之墓。在一个花木葱郁的半坡，我看到了先生的坟茔，遂肃然而立。接着过神道，观牌坊，读碑抚亭，赏菊之素。一泓碧水，汪然为湖，数枝红荷，凌波而放。我惊叹，妻儿也觉这里美。

遗憾当我离开沙河镇的时候，有人才告诉我，关于纪念陶渊明的设施，在这里的几乎都不是原版。原版的陶渊明之墓在马回岭镇的面阳山。不过交通有障，难以去，尤其墓在禁区，没有政府的证明是免进的。真是扫兴极了，然而我决意要见一见先生之墓。

世人对陶渊明的喜欢，既有他的诗，又有他质性之自然。其文章枯而丰腴，澹而醇厚。对此，欧阳修与王安石异口同声地喟叹，晋无文章，唯陶渊明而已。他的气节更是一直为文化人所推崇。问：是什么气节呢？答：不为五斗米折腰，君子固穷。

我当然推崇陶渊明的气节，不过这其中的问题显然还有仔细研究的必要。郡上有督邮检查工作，县上的领导应该束带迎接。如果这是一种规矩，那么陶渊明行此礼也不失身份，而且显示了一种修养，何必由于如斯细节就解其印绶呢！大约并非这样简单。君子固穷，不怕穷，然而君子若有妻儿，非一个人生活，那么还是应该努力改变经济状况，以免妻儿受苦。我不是否定陶渊明的气节，也不是批评他。我强烈的感受是，除了卓然的气节以外，陶渊明还有一种更可贵的追求，这就是人的生命要饱满，要充盈，凡羁绊生命的一切都当努力摆脱，尤其是社会强加的。他的气节已经极其可贵了，不过陶渊明的伟大不仅仅在其诗和质性之自然，或是其气节。他更伟大的是，在东方和西方的智者还处于黑暗之中摸索的岁月，用直觉发现了生命自有的价值，并珍视此价值。

陶渊明有怀疑精神。似乎存在着一种公理，善有善报，恶有恶报，所谓："天道无亲，常与善人。"陶渊明怀疑。他认为伯夷与叔齐饿死于野，就是善人不得善报。孔子指出仁者寿，陶渊明也怀疑。他的外祖父孟嘉行不苟合，辞不矜夸，有温和雍容之态，无喜愠骤变之色，素得上下尊重，五十一岁卒。他的妹妹程氏有德有操，柔顺且孝，

343

三十九岁卒。他的堂弟陶敬远清心寡欲，先人后己，不固执，不孤僻，且有艺术禀赋，三十一岁卒。他不信仁者寿之论，显然有自己的观察和思考。道求神仙，佛修轮回，陶渊明都怀疑，并予以拒绝。今之专家学者随波逐流，敢怒而不敢言，当掷头于地，以解其羞。

陶渊明是一位个性主义者。他六十三岁死。之前便有预感，遂自著祭文，想象亲戚故旧为他送葬，供食献酒，一片凄怆，直到棺柩入穴，形灭魂安。视死如归，毫无忌讳。他六十二岁患病，江州刺史檀道济携粱肉看他。陶渊明箪瓢屡空，确实很穷，然而抱歉，不要你当权派的粱肉。陶渊明五十四岁那年，王弘任江州刺史，想结识他。没有兴趣，遂谢了王弘。王弘坚持要见，竟施计由同仁邀其喝酒，自己装作巧遇，忽然而至，不过陶渊明仍见而不理。陶渊明也不是一概反感当权派，他大约是反感王弘和檀道济之类的当权派吧！陶渊明是厌恶官场，但他却有一批当权派为自己的朋友。郭主簿、顾贼曹、刘柴桑、丁柴桑、殷晋安、戴主簿、羊长史、张常侍、庞主簿、邓治中、王抚军、庞参军，皆是州郡县有职位之人，他们全是陶渊明的朋友，陶渊明与他们常有来往。陶渊明也并非直陋不化，凡当权派就统统断交。由斯我猜测他不愿意束带见督邮，主要是以这个人拙劣之故。由斯我也推导陶渊明固穷，是在坚持学而优可以不仕。不仕无禄，尽管如此，还是不仕。孔子指出不仕无义，然而陶渊明偏偏不仕。仔细推敲，陶渊明的不仕属于对污浊的权力阶层的厌弃，甚至是一种宁静的反抗。他做了一次壮丽的决裂，走得真是远，是士所难望其项背的先锋，是先驱的先驱。如斯绝伦的个性主义者，我喜欢！今之重权在掌者，巨款在腰者，盛名在顶者，唯唯诺诺，或只是贪食贪色，当知其羞！

陶渊明是一位自由主义者。屡进机关，屡出衙署，终于躬耕不仕，不是由于报酬太少。他的几个职位报酬并不多，然而总会多于种田之得吧！他自离其任，根本原因是体制生压抑，官场多诡谲，意志不得自由。他说："饥冻虽切，违己交病。"躬耕虽苦，不过当行即行，当止即止，或作或息，或歌或咏，意志还是自由的。东林寺住持慧远是高僧，极具威望，刘柴桑也是陶渊明的至交，他们成立了白莲社，邀陶渊明参加。陶渊明恐要他禁酒，不愿意。他们承诺陶渊明不受戒律，可以喝酒，参加就行了。那好，往东林寺去。登临青峰，闻佛乐演奏，览佛香萦绕，他遽然背身而去。为什么？组织若网，纲纪若笼，即使会进西方极乐世界也不必了吧！生命是可贵的，自由更可贵。他甚至在离任回家以后息交绝游，以保证自由之意志。为什么？以免拉帮结伙，周旋名利，所以即使山头有风光也不必了吧！富贵是可贵的，自由更可贵！

　　陶渊明是一位快乐主义者。他少年丧父，有家未兴，挂印便当自己垦荒，田广而薄收，生活一直拮据，甚至有一度居然到了求贷乞食的地步。然而陶渊明从不为穷而忧，反之总是行乐。三十七岁他便大发感慨："且极今朝乐，明日非所求。"从不惑之年开始，他就一路高唱行乐之歌。四十岁，曰："挥兹一觞，陶然自乐。"四十一岁，曰："聊乘化以归尽，乐夫天命复奚疑。"四十二岁，曰："放欢一遇，既酒还休。"四十五岁，曰："今我不为乐，知有来岁不？"又曰："何以称我情，浊酒且自陶。"四十九岁，曰："感彼柏下人，安得不为欢。"又曰："应尽便须尽，无复独多虑。"五十岁，知天命了，陶渊明曰："得欢当作乐，斗酒聚比邻。"又曰："倾家持作乐，竟此岁月驰。"还曰："放意乐馀年，遑恤身后虑。"其六十二岁曰："介焉安其业，所乐非穷通。"行乐显然成了他生命的主题。

　　他六十三岁总结自己是安于处境，无忧无虑，并把此法则提供世人。陶渊明曰："勤靡馀劳，心有常闲，乐天委分，以至百年。"遂溘然而逝。

生子为父，父盼子成，这是遍布天下的希望。陶渊明有五子，似乎统统不才，然而这等煎熬之事，也并没有把他拖入愁云苦海之中。他豁达地说："天运苟如此，且进杯中物。"

庄子发现，凡得道之人，贫贱也罢，富贵也罢，都是快乐的。自古至今，芸芸众生，能得道的没有几人。显然，陶渊明是得道者，而且是佼佼者，峣峣者。得道者，当为大德大智之人。显然，陶渊明是这样的人。得道者，便掌握了生命的真谛。显然，陶渊明是理解了天的秘籍之人。

陶渊明的快乐无非是在幽居之中喝酒，歌咏，游山玩水，耕耘收获，无不是简单而健康的。当然，快乐也可以是丰富的。不过不能是消极的，颓废的，更不能是畸形的，病态的。今之中国人，穷贱者多不快乐，富贵者快乐的也不多，可怜的是多以感官刺激为快乐！

快乐是生命的需要，也是生命的本质，快乐之与人，当如木之向荣，花之含香。

陶渊明是小时代孕育给中国的一位伟大的人。观其历史，在中国这个地方，伟大的人往往都出生在小时代。陶渊明之伟大，在于他的诗，他的质性之自然，他的气节，更在于他的价值观及其所行。他之所行，见证了生命固有的价值在于怀疑，个性，自由，快乐，从而是人要珍视的。在探究人何以有价值的问题上，陶渊明和孔子是一样伟大的，然而在关注人的生命上，陶渊明比孔子更伟大，因为他更理解生命，更尊重生命。据此，窃谓陶渊明的追求比孔子的追求更具现代性，陶渊明也更像一个现代人，一个现代知识分子。凡是一个中国的文化人，到了活得明白的时候，往往都会景仰孔子，敬爱陶渊明。

有一点我必须强调：我并无官场要脱身，也无宅院和田园能隐身，不过这不妨碍向陶渊明学习。陶渊明的归去，是以逃亡换解放，享受闲适，尽管很穷！他之避于世，本在轻于名与利。陶渊明之所行不易，太难，从而伟大，我颂其为士雄。学习陶渊明，就是学习他的价值观及其所行。

朋友，我远远地追慕而来了，遗憾我不会喝酒，即使坐你面前，对你娓娓汇报，我也不喝酒。不过我玩瓦弄玉，我的瓦和玉就像你的酒。在我看来，你喝酒也只不过是途径而已，当你陶然之际便会忘其酒的，这仿佛你得意而忘言的境界！

觉得如斯朋友，不到其墓致祭怎么能安宁，何况我已经在九江县了。出了沙河镇，我就租车，以速至马回岭镇的面阳山。

丘陵起伏，道路逶迤，疾驶数十公里仍是无边无际。旷野多草，绿退黄浮，风吹白茅，一个一个的村子都是空的，寂寞着，偶见有童叟候门。我问："种田的人呢？"司机说："壮年能打工的都进城打工了，青年更不想待在乡里。"今之形势，城华乡敝，农民避穷趋富，当然都会离开村子。

墓地有红色的标志出现，不允许车向前。我要求继续走，司机犹豫了一下，便继续走。才走了几百米，就有手推出，再推出，示意停车。界限为度，不可闯禁区，遂携妻儿下车。望其面阳山，纵岭横峰，苍苍莽莽，不知道何处是陶渊明的入土之地。当年他嘱咐家属，葬之封不树，得体为妥。不过我想墓总是存在的，虽不能至，不过它就在面阳山。云轻雾薄，阳光透亮，可惜我只能远眺。情有所郁，遂画地徘徊。毕竟在坡底有菊竞放，灵机一动，采之遥祀。一阵风翩然掠过高岗上的树，先生有灵，先生感应了。

# 周氏兄弟的散文

鲁迅的作品，我大量地读过，觉得好，愿向其学习，受其影响。多年之后，我接触到周作人的作品，也觉得好，别有味道，也愿向他学习，受他的影响。

这种状况大约发生在 1975 年至 2005 年之间，足有三十年。我知道饭要杂吃，书要杂读，所以我也会古今读、东西读，不过周氏兄弟的书，我是断断续续，一路读下来的。

陶渊明、杜甫和曹雪芹，我基本上也这样一路读下来。显然，我的精神食谱以中国为主。

以对周氏兄弟久怀的兴趣和热情，我一直在脑子里比较他们。

鲁迅才更大，凡文学的小说、散文和诗，都有其成。他也有翻译，学术课也颇坚硬。周作人是长寿的，翻译甚丰，诗也具功誉，不过他的业绩主要表现在散文上。鲁迅也更深刻，更洞明世事。

周氏兄弟的作品都隐含着一种苦涩。然而鲁迅会把装着苦酒的瓶子打碎，扬其于天空，并洒到地上，但周作文却一直在咀嚼苦药，冥观苦雨。

鲁迅风流，潇爽，甚至放纵，周作人谨严，肃穆，尽管道术也强，终于不免有一点装圣装贤的做作。

周氏兄弟竟为悲剧，这使我不胜惋惜。当然，真正的作家谁不是悲剧的角色呢？

考察周氏兄弟的散文需要一个背景，它应该由整个文学活动、全部人生经历和艺术传承构成。以对周氏兄弟散文的喜欢，我一直在脑子里比较他们。

周氏兄弟的散文有很多相似的内容，凡故乡、风土、家庭、女性、儿童，都呈现着几近共鸣的体验和表达。鲁迅后有时局散文和辩驳散文的旁逸，执着于批判，愤怒极了，常常抒发失望的喟叹。周作人后有知识散文的斜出，并渐渐蔚然为派，成了他的散文的一个主干。我以为这种变化是各自对环境的反应，也符合各自的性格，更是各自创作的衍化。总之，鲁迅和周作人是一座山的两面，一个向阳，一个向阴，兼具散文的审美性。

然而周氏兄弟的散文毕竟相异甚大。我在对鲁迅迷恋了三十余年以后，对周作人欣赏了十余年以后，卒断我对鲁迅的喜欢多于对周作人的喜欢，尽管周氏兄弟都是我所推崇备至的作家。我以为，在中国能出其右的散文作家，鲜矣！

鲁迅的感情始终是强度的，这在中国散文史上极为罕见。他并非不知道温柔敦厚的传统，然而他的文学源出生命，他的文学就是生命的外化或变形，从而生命是怎样极致的体验，感情就是怎样的强度倾吐，自己是无法修饰的，也不用修饰。像鲁迅这种强度的感情。我只从贝多芬的音乐，以及波德莱尔的诗和陀思妥耶夫斯基的小说领略过，显然属于艺术的奇迹。让我选他一些句子，以体会鲁迅的热血和烈性吧！


我在破获秘密的满足中，又很愤怒他的瞒了我的眼睛，这样苦心孤诣地来偷做没出息孩子的玩艺。我即刻伸手折断了蝴蝶的一支翅骨，又将风轮掷在地下，踏扁了。 论长幼，论力气，他是都敌不过我的，我当然得到完全的胜利，于是傲然走出，留他绝望地站在小屋里。后来他怎样，我不知道，也没有留心。

当我失掉了所爱的，心中有着空虚时，我要充填以报仇的恶念。

我总要上下四方寻求，得到一种最黑，最黑，最黑的咒文，先来诅咒一切反对白话，妨害白话者。即使人死了真有灵魂，因这最恶的心，应该堕入地狱，也将决不改悔，总要先来诅咒一切反对白话，妨害白话者。

周作人偶有感情的激动，明显的是，他记女儿若子的死。不过这在他确实是太少了。他的基调始终是平缓的，平稳的，平妥的，平实的，平静的，安然的，淡然的，圆润与拙涩融通的。这是功夫，经营出来的。周作人的文学也源出生命，但他的感情却是弱度的。平和冲淡似乎是他的风格，我以为这靠的是养。
也选择周作人三个句子吧！

每逢伊抱着猫来看我写字，我便不自觉地振作起来，用了平常所无的努力去映写，感着一种无所希求的迷蒙的喜乐。并不问伊是否爱我，或者也还不知道自己是否爱着伊。总之对于伊的存在感到亲近喜悦，并且愿为伊有所尽力，这是当时实在的心情，也是伊所给我的赐物了。

今年冬天特别的多雨，因为是冬天了，究竟不好意思倾盆的下，只是蜘蛛丝似的一缕缕地洒下来。雨虽然细得望去都看不见，天色却非常阴沉，使人十分气闷。

　　清明前后扫墓时，有些人家——大约是保存古风的人家——用黄花麦果作供，但不作饼状，做成小颗如指顶大，或细条如小指，以五六个作一攒，名曰茧果，不知是什么意思，或因蚕上山时设祭，也用这种食品，故有是称，亦未可知。


　　比较周氏兄弟的体魄，也会发现鲁迅属于强度感情的一种，周作人属于弱度感情的一种。鲁迅瘦硬，其作品读着解恨；周作人胖软，其作品读着舒服，悉为精舍宝玉。不过鲁迅的作品意思大，滋味多；周作人的作品意思小，滋味少。

　　鲁迅的散文是开放的，活的，汹涌的，奔流的，遂能变化无常，气象万千。他的散文固然也要叙事、抒情和议论，不过也不拒绝象征、神话和梦。有时候瑰丽，明快，有时候也晦暝，曲折，仅作暗示。

　　他的散文像殷人的玉器，用阴线，也用阳线，用浮雕，也用透雕，是随物赋形，随心所欲。他的散文像周人的青铜器，雄壮、峥嵘，让兽面露出精致的龙纹、凤纹和虎纹。

　　鲁迅的精神世界是广袤的，也是黑暗的，不过黑暗之中总是闪烁着爱的光。他也往往神经过敏，以偏激到了病态，然而总是不失其正义。

　　鲁迅的散文是从他的精神世界生出的林木和花丛，看到它，投身它，徜徉林海与花海，就使人惊异、惊奇、惊喜，甚至使人战栗和震撼。

　　周作人的散文一般都徘徊在现实的范畴和层面，属于一种人生的艺术。他有巨万的知识积累，在这一点，任何作家也比不上他，也许鲁迅也比不上他。其是儒家，又谙熟释迦牟尼的佛学。他的隐士之架势，又显然通向老子和庄子。他称颂并推广希腊文化，也敬重基督思想，其行为方式，又显示他倾慕日本的菊与刀。理性是周作人本质的特点，这反映在散文上，遂能一以贯之地破除迷信，摈弃虚妄，反对暴力，也反对极端，从而使人聪明，并确立人的尊严。

他的散文总是清清楚楚，朴朴素素，不渲染，更不夸张。不过他在艺术上也是大有追求的，虽然叙事、抒情和议论都很明白，但他却拒绝表达得直接和简单。他要意趣，要丰腴，要风神，要不紧不慢的一种呼吸。他不强加人，也不征服人。他像一位长者、老者、智者，临窗而坐，一边品茶，一边论道。其谆谆然，循循然，描绘着一种有价值有愉悦的人生。

周氏兄弟都是语言大师，然而各有各的精彩。

鲁迅对语言的运用非常从容，仿佛是一位富于经验的猎师，凡豹呀，熊啊，鹰呀，鸥呀，他欲擒，不管其藏在何处，也逃不出他的手，遂没有语言的忙乱，更没有语而言穷的匆匆。只要他想，他就能把自己观察到的外在之妙，感受到的内在之奥，表达得尽情尽理。在一层一层的意思之间，他的转承无不轻巧，迅速，应接圆润。

鲁迅更像庖丁解牛，牛虽大，牛骨虽硬，牛肉虽厚，但他却能游刃有余。其肉皮相裂，骨筋相离，神遇发音，自己也很快乐。

总之，他的语言可以迂回纵深，可以曲径通幽，可以挥霍勾勒，可以细腻刻画，无不透彻见底，惟妙惟肖。

周作人对语言的运用犹如高明的裁缝，其针脚的一深一浅，一长一短，都有娴熟的把握。他的语言不但疏密有致，冷热有调，而且韵律有节。

读周氏兄弟的散文，也许会校正当代散文在语言上的粗糙和随便。

# 后　记

　　为此书选集作品，我始终感觉到有一种难度。私心里想编辑一本自己最满意的书，同时不失学士的首肯和市场的响应，这真的不易。我久久凝虑，反复掂量，把一些作品挑出来，又放回去，接着又提出来，以求妥妥当当，置于合适的位置。

　　这个工作涉及散文观，指如何认识散文。写作散文几十年，教授散文几十年，毕竟认为散文是兼容审美之质、智慧之光和人格意象于一体的文学形式。它可以自由地叙事、议论和抒情。这一切都应该发乎包括对写作者自己在内的整个生存系统的至诚、敏锐、深刻、准确和独特的感受。也许如此，才能使每个句子出于情，每个语词出于情，抒情更是出于情。这本书中的作品，就是据此理念选集的，然而是否做到了，我怎么敢自己宣称呢？

　　作品比较多，归类和排序，也颇费揣摩。末了呈现的几个单元，也不过是勉强所分而已，它们是：关于写作者自己或明丽或幽微的魂域的；关于牵肠挂肚的亲人的；关于女性和爱的；关于可以生而不能死的故土的；关于万物寄命且风光无限的大地及史迹的；关于写作者自己由衷钦佩的作家和其他艺术家的，有的是给其以帮助或影响的。有一些散文，我也足够喜欢，然而无法归类，便割舍了。每个单元的作品，都以发表的早晚排序，不过最晚发表的列前，最早发表的列后。基本如此。

我偏爱此书里的作品，这些散文往往是在激动的状态下写作的，有的是在十分伤感的时候写作的，有的是流着泪写作的。总之，凡此作品，我呕心沥血。选集之际，需要重读。重读这些散文，我仍慨叹欲哭，不禁鼻子发酸，泪水盈盈。

在写作上，我对自己的要求窃以为颇高，是绝不含糊的。我孜孜追求思想价值，孜孜追求艺术价值，尤其希望语言能具玉帛之感，所用的任何一个字都必须再三推敲，以期传神达意。岁月是否不弃此书里的作品，我怀有从容的态度。去留取决于时间，它公正之至。一直如此，我相信它。

我要向天祈祷：愿我生命中的贵人成全此书！

二〇二一年六月二十九日，窄门堡